KB102864

우리를 읽은 책들

이윤영
이상길

글 싣는 순서

서문

읽기,
살아가기,
쓰기

이윤영

이 책은 서평 모음집이다. 여기 실은 서평들은 이윤영과 이상길이 '대한출판문화협회' 발행 월간지 『출판문화』에 2021년 1월부터 2022년 12월까지 번갈아서 연재한 글들이다. 연재 제목은 '생각, 시대를 바꾸다'였다. 여기에 『역사와 문화』에 실린 이상길의 서평 「자본주의 사회의 일상 비판」(2006)을 덧붙였다. 이 책의 기본 기획은 한국 사회와 서구 사회에서 인식의 전환을 일으킨 책들을 현재의 시점에서 다시 읽자는 것이다. 한국에서든 서구에서든 세계를 보는 법을 바꾸어 놓아서 시대의 이정표가 된 책들이 있고, 이런 의미에서 우리를 키웠다고 할 수 있는 책들이 있다. 따라서 우리가 이 23편의 서평을 쓰면서 이 책들을 다시 꺼내서 새롭게 읽으려고 애쓴 이유는 단순하다. 우리를 키운 책들을 잊어버린다면, 우리는 배은망덕한 사람이 될 것이다. '배운' 망덕한 사람이 되지 않으려고 이 책의 필자들은 자기들을 키운 책들을 되돌아보기로 한다.

두 달마다 숨 가쁘게 마감이 돌아왔던 지난 2년을 돌아보면, 사실상 가장 어려웠던 일은 서평으로 쓸 책을 고르는 일이었다. 이 책의 필자 두 사람은 막연한 가이드라인—이윤영은 한국 책, 이상길은 서구 책—만 정한 채 각기 자율성을 갖고 서평으로 쓸 책을 골랐지만, 책을 고르는 과정이 늘 쉽지만은 않았다. 어떤 기준으로 어떤 책을 고를 것인가? 무엇보다 이런 책들을 뭐라고 일컬을 것인가?

이에 대한 답이 '우리를 읽은 책들'이다. 이 표현은 프랑스 영화비평가 세르주 다네Serge Daney(1944–1992)의 글에서 비롯되었다. 그는 죽기 얼마 전에 쓴 글에서 자신의 영화 인생을 돌아보면서 이렇게 쓴다.

> "장-루이 쉐페르Jean-Louis Schefer가 『영화를 보러 다니는 평범한 남자』에서 '우리의 유년 시절을 지켜보았던 영화들'에 대해 말했을 때, 내게는 이 표현보다 더 아름다운 표현이 없었다. 어떤 영화들이 우리를 점점 덜 지켜보는 영화라는 것을 확인하기 위해 이 영화들을 '직업적으로' 보는 법을 배우는 것과, 우리가 자라는 것을 지켜보았고 우리

자신을 지켜보았던 영화들[…]과 사는 것은 다르기 때문이다. 〈싸이코〉(1960), 〈달콤한 인생〉(1960), 〈인도의 묘지〉(1959), 〈리오 브라보〉(1959), 〈소매치기〉(1959), 〈살인의 해부〉(1959), 〈신헤이케 이야기〉(1955), 그리고 특히 〈밤과 안개〉(1955)는 내게 다른 영화들과 같은 영화가 아니다. '이들이 너를 지켜보는가?'라는 갑작스러운 질문에 이 영화들 모두 내게 그렇다고 말한다."[1]

다네의 글과, 그 기원이 된 셰페르의 글에서는 '우리가 보았던 영화들'이란 문구가 주어와 목적어가 전도되면서 '우리를 보았던 영화들'로 바뀐다. 우리가 어떤 영화들을 볼 때 그 영화들 역시 '자기 시선'으로 우리를 '본다'는 것이다. 그러나 우리가 본 모든 영화가 곧바로 우리를 지켜본 영화들이 되는 것은 아니다. 그중 어떤 영화들만 우리를 지켜본다. 다네에게 직업상 마지못해서 봐야 하는 영화들과 자신이 자라는 것을 지켜본 영화들은 같은 영화가 아니었다. 후자의 특별한 영화들은 다네 자신의 개인사와 긴밀하게 얽히면서 사실상 그와 함께 살아갔기 때문이다. 위에서 인용한 글 앞부분에서 다네는 자신을 지켜본 영화가 무엇보다 알랭 레네Alain Resnais의 〈밤과 안개〉와 〈히로시마 내 사랑〉(1960)이었다고 밝히고, 이 영화들이 자신을 얼마나 흔들어놓았는지를 생생하게 기술한다. 그런데 이 글 뒤쪽에 그가 이후 레네를 직접 만나서 당신 영화들이 자기 인생을 바꿔놓았다고 고백했을 때, 레네의 시큰둥한 감사 인사에 기분이 상한 장면이 나온다. 이때 다네는 이렇게 쓴다. "나는 기분이 상했지만 틀린 것은 오히려 나였다. '우리의 어린 시절을 지켜본' 영화들은 공유할 수 없는 것이다. 심지어 이 영화들을 직접 만든 사람하고도."[2]

세르주 다네의 문장에서 '영화'를 '책'으로 바꾸어 보자. 그러면 '지켜

---

1 세르주 다네, 「〈카포〉의 트래블링」(1992), 『사유 속의 영화: 영화 이론 선집』, 이윤영 엮고 옮김, 문학과지성사, 2011, pp. 333-334. 번역문의 표현 몇 개를 바로잡았다.

2 앞의 글, p. 337.

보다'란 동사는 '읽다'로 바꿔야 한다. 이 서평 모음집의 필자 두 사람은 각기 대학에 자리 잡고 있고, 이들에게 읽기는 무엇보다 직업 자체에 속하는 행위다. 이들의 쓰기, 말하기, 듣기도 어떤 의미에서는 읽기에서 파생된다. 그런데 다네 자신을 지켜본 영화들이 그가 본 모든 영화가 아니었던 것처럼, 우리가 읽은 모든 책들이 우리를 읽은 책들이 되는 것은 아니다. 우리 서평의 대상이 된 책들은 일단 우리가 읽은 책들이지만, 우리와 같이 살면서 우리 자신의 정체성을 이루며 우리 자신의 일부가 된 책들이다. 이런 의미에서 이 책들은 우리를 '읽었다'. '읽다'라는 동사에는 독서라는 일차적인 의미 말고도 '마음을 읽다'에서처럼 '이해하다', '뜻을 헤아려 알다'라는 뜻이 들어 있다.

우리를 읽은 책들은 함부로 대할 수 없다. 책 제목만 들어보고서 이미 다 안다고 생각하거나 단지 예전의 한 시대를 풍미한 지나간 책으로 여기는 것은 적어도 이런 책들에 대한 예의는 아니다. 반대로 이런 책들과 만난 순간을 되돌아보면, 결국 독서가 삶과 현실로 돌아가는 하나의 방법이며, 그것도 상당히 강력한 방법이라는 생각을 하게 된다. 우리가 누구인지를 알려주고, 우리의 자의식을 일깨워주며, 불가능한 세계가 아니라 가능한 다른 세계를 꿈꾸게 하고, 세계를 다르게 살 수 있는 힘은 대부분 어떤 책들과의 만남에서 생긴다. 역사를 돌아보면, 체제나 제도에 짓눌리고 억압된 사람들이 다른 세계를 볼 수 있는 동력은 대개 책에 있었다. 여성이 소수자였거나 여전히 소수자일 때, 새로운 여성의 가능성을 보여주는 이미지는 늘 책 읽는 여성이었다. 마찬가지로, 노동자의 인권과 권리라는 생각이 싹트던 시기의 이미지는 책 읽는 노동자로 나타났다. 시대가 달라진다고 이런 풍경이 달라질 수 있을까?

일단 책을 선정하고 나면, 어떤 원칙으로 서평을 쓸 것인가의 문제가 제기된다. 여기서 글쓰기에 대한 미셸 레리스Michel Leiris의 성찰을 불러올 수 있다. 그의 문제의식을 단순하게 소개하면 다음과 같다. 작가가 글을 쓸 때 스스로 어떤 위험도 감수하지 않는다면, 글쓰기는 가치 없는 행위가 되어버리지 않을까? 그래서 그는 글쓰기를 성찰하면서 행위자 스스로 가장 위험한 상황에 놓이는 투우(鬪牛)를 떠올린다. 투우사는 '경기장'에 들어가면서 때로는 자기 목숨까지 걸기 때문이다. 레리스는 자신을 오랫동안 괴롭힌 고민을 다음과 같이 표현한다. "글쓰기 차원에서 이루어지는 일이 그저 '미적'이고 대수롭지 않은 일이어서 그 대가를 치를 위험이 전혀 없다면, 글쓰기는 가치 없는 행위가 아닐까? 투우사에게 황소의 날카로운 뿔이 뜻하는 것과 동등한 것[…]이 책을 쓰는 행위에 전혀 들어 있지 않다면, 글쓰기는 가치 없는 행위가 아닐까?"[3] 그래서 그는 '투우사에게 황소의 날카로운 뿔이 뜻하는 것과 동등한 것'을 글쓰기에 도입하고자 한다. 그렇다면 우리는 이렇게 물을 수 있다. 이를 도입하면 글이 어떻게 달라질까? 스스로 대가를 치를 준비가 되어 있고 위험을 무릅쓰는 글쓰기는 무엇인가?

글쓰기가 위험을 감수한다는 것은 작가가 단순히 필화사건이나 스캔들에 연루된다는 뜻은 아니다. 레리스에게 그것은 글 쓰는 사람 스스로 자기 글에 엄격한 원칙을 설정한다는 뜻이다. 그래서 그는 "자기 고백을 하는 작가가 감수하는 위험은 그가 택한 원칙의 엄격함과 정비례하지 않을까?"[4]라고 쓸 수 있었다. 자서전을 쓰면서 레리스가 택한 원칙은 다음과 같다. "모든 날조를 거부하고, 진실 그대로의 사실—고전주의 소설에서처럼 진실임직한 사실이 아니라—만 자료로 인정할 것, 오직 사실만을, 그리고 그 사실들 전체만 자료로 인정할 것."[5] 자서전을 쓰면서 자기 행적을 미화하거나 잘못된 행동들을 숨기거나 합리화하는 대신, 외부에 보이고 싶은 가상의 자기를 꾸며내는 대신, 숨기고 싶은 가장 부끄러운 사실들까지

3 미셸 레리스, 『성년』, 유호식 옮김, 이모션북스, 2016, p. 10. Michel Leiris, *L'Âge d'homme* précédé de *L'Afrique fantôme*, Bibliothèque de la Pléiade, Éditions Gallimard, 2014, p. 756. 원문을 참조하여 번역문의 표현 몇 개를 바꾸었다. 이하 마찬가지.

4 앞의 글, p. 20. *Ibid.*, p. 761.

5 앞의 글, p. 16. *Ibid.*, p. 759.

피하지 않는 글쓰기는 분명 많은 것을 걸고 위험을 무릅쓰는 글쓰기다.

이 책의 필자들은 서평을 연재하기 전에 다음 네 가지 원칙을 세웠다. 먼저, 두 사람이 각기 영역의 제한 없이 글을 쓴다. 각자의 전공 영역을 넘어서 탈분과적 관점에서 서로가 중요하다고 생각하는 책을 선정한다. 두 번째는 인용이 있는 글쓰기. 되도록 많은 사람이 읽을 수 있는 글을 지향하지만, 독자들이 서평에 인용된 책들을 직접 찾아 읽을 수 있도록 출처를 밝히면서 글을 쓴다. 적지 않은 사람들이 남의 말을 자기 말처럼 하는 상황에서는 '카이사르의 것은 카이사르에게' 돌려주는 작업이 필요하다. 인용의 작업은 또한 하나의 책이 다른 책들을 불러오고, 어떤 책을 중심으로 '꼬리에 꼬리를 물고 이어지는' 책들의 우주와 연결망을 그려내게 될 것이다. 나아가, 서평이 초역사적 위치를 점하지 않도록 가급적 현재 한국사회의 상황과 연동시키는 방식으로 글을 쓴다. 그것은 한 글자가 될 수도, 두세 문단이 될 수도 있다. 글 쓰는 사람의 시공간이 드러나는 글쓰기는 어쩔 수 없이 시사성을 띠게 될 것이며, '책과 현실'이라는 방향에서 현실이 책의 독해에, 책이 현실의 독해에 생기를 불어넣게 될 것이다. (서평들을 책으로 묶으면서 필자들은 예전에 쓴 글에 약간의 수정을 했다. 다시 봐서 만족스럽지 않은 표현을 바로잡거나 불필요한 내용을 걷어냈지만, 이 원칙을 존중하고자 글 쓴 시공간을 보여주는 표현들은 그대로 남겨두었고 각 서평 마지막에 글 쓴 시기를 표기했다.) 마지막 원칙은 서평을 쓰는 사람의 내밀한 사유가 드러나는 글쓰기를 지향한다는 것이다. 일반적이고 무난한 독해보다는, 개성적인 독서를 통해 나만의 독해를 보여주기. 물론 여기서 나만의 독해와 심층적인 독해는 전혀 다르지 않다.

두 번째 원칙인 '인용이 있는 글쓰기'를 제외하면, 나머지 세 가지는 이 책의 필자들이 크든 작든 일정한 위험을 무릅쓰고자 세운 원칙이다. 전공 영역 너머로 시선을 돌리고 여기에 발을 내딛는 것, 서평을 쓰면서 초역사적인 자리를 점하지 않고 현실의 시공간에 뿌리를 내리는 것, 무난하고 일반적인 통념들과 다르게 자기만의 내밀한 독서를 보여주는 것은 모두 일정 정도 위험에 노출되는 행위다. 안전한 지반을 버리고 다른 곳에 발을 딛는 시도가 어느 정도 성공하면 작으나마 새로운 길이 생길 것이다. 물론 이 원칙들이 서평의 원칙으로 얼마나 적합한지, 우리의 서평이 얼마나 이 책들의 핵심을 찌르고 있는지에 대한 판단은 전적으로 독자의 몫이다. 독자의 몫은 이것 말고도 또 있다. 필자들이 아무리 엄선했더라도 이 서평 모음집에 제시된 책들의 목록은 완전할 수 없다. 따라서 이 목록은 제안의 성격을 넘어설 수 없으며, 아마도 독자 스스로 '자신을 읽은 책들'의 목록을 만들 수 있을 것이다. 보이지 않는 또 다른 움직임을 추동하는 것이 필자들의 소박한 바람이기도 하다.

2024년 4월
이윤영

1부

이윤영이 다시 읽다

이윤영

영화학자. 연세대학교 커뮤니케이션대학원 영화 전공 교수. 「덧쓰기 예술, 몽타주, 멜랑콜리: 장-뤽 고다르의 〈영화의 역사(들)〉」, 「압바스 키아로스타미의 〈클로즈업〉과 영화적 (재)구성의 시학」, “Lieux et imaginaires dans le cinéma d'auteur coréen” 같은 논문을 쓰고, 로베르 브레송(Robert Bresson)의 『시네마토그라프에 대한 노트』, 『사유 속의 영화: 영화 이론 선집』, 다니엘 아라스(Daniel Arasse)의 『디테일: 가까이에서 본 미술사를 위하여』 등의 책을 우리말로 옮겼다. 이상길 교수와 번갈아서 『출판문화』에 서평을 연재하게 되면서 전공을 벗어나 자신을 키운 책들을 찬찬히 꼽아볼 기회가 생긴다. 이상길 교수가 서구에서 나온 책을 맡게 되면서 그의 시선은 안쪽으로 향한다. 시간의 변덕을 견뎌내고 시대의 좌표를 이루는 책들이 그에게만 보이는 것은 아닐 것이다.

섬뜩한 적의와 미적인 세계인식

조세희 —
『난장이가 쏘아올린 작은 공』

조세희(1942–2022)의 연작소설집 『난장이가 쏘아올린 작은 공』에 실린 소설들은 1975년부터 1978년까지 여러 문예지에 게재되었다. 「칼날」이 『문학사상』 1975년 겨울호에 실리면서 연작이 시작되어 「내 그물로 오는 가시고기」가 『창작과 비평』 1978년 여름호에 실리면서 창작이 일단락되고, 연작소설 전체를 모아서 1978년에 문학과지성사에서 출간되었다. 2000년에 출판사를 옮겨서 이성과힘에서 출간되었다.

벌써 오십을 넘는 시간을 살면서 가끔 다시 꺼내 읽는 책들이 있다. 조세희의 『난장이가 쏘아올린 작은 공』(1978)도 그중 하나다. 위의 문장에서 '가끔'이 가리키는 시간적 간격은 짧지 않다. 때로는 10년도 훌쩍 넘는 시간이다. 이런 반복적인 독서의 행위는 어떤 특정한 장소들에 내가 주기적으로 되돌아가는 것과 비슷하다. 이렇게 나는 조세희의 소설을 적어도 대여섯 번 정도 다시 읽었다.

첫 번째 독서는 '국민학교'에 다닐 때였다. 교실 뒤쪽에 학급문고 같은 것이 있었고, 여기에 이런저런 책들이 두서없이 꽂혀 있었다. 당시 아이들에게 인기 있던 책은 '이순신', '강감찬', '을지문덕' 같은 위인전류였다. (뒤에 든 생각이지만, 여기에도 유신의 흔적이 있다.) 이런 책들은 거의 항상 누군가 빌려서 읽고 있었지만, 조세희의 책은 매번 그 자리에 있었다. 그 책이 왜 초등학교 학급문고에 있었는지, 내가 그 책을 얼마나 이해하면서 읽었는지는 알 수 없다. 아마도 1980년대 말 내가 대학에 들어가서 이 책을 두 번째로 읽었을 때, 이후 주기적인 회귀를 불러올 어떤 충격과 경이가 시작되었을 것이다.

책을 다시 읽는 행위는 예전의 독서에서 경험한 어떤 느낌이나 직관과 다시 만나는 과정이다. 조세희의 책에서 피할 수 없이 마주치는 감정은 적의(敵意)다. 아주 섬,뜩,한 적의. 말이 전혀 통하지 않는 상황, 대화와 타협의 여지가 사라지고 어느 순간 앙상한 감정 하나만 서슬 퍼렇게 빛나는 상태. 예컨대 자기 밥벌이를 위협한다고 난장이를 무자비하게 폭행하던 사내는 평범한 중년 여자 신애에게 이 감정을 마주하고 비로소 뒷걸음질쳐 도망간다. "죽어, 죽어, 하면서 칼을 휘두르는 신애에게서 무서운 살기를 느꼈던 것이다."[6] 난장이 아버지가 자살한 후, 딸 영희는 큰오빠 영수와 이런 대화를 나눈다. "'큰오빠는 화도 안 나?' /'그치라니까.' /'아버지를 난

6 조세희, 「칼날」, 『난장이가 쏘아올린 작은 공』, 이성과힘, 2000, p. 55.

장이라고 부르는 악당은 죽여버려.' /'그래. 죽여버릴게.' /'꼭 죽여.' /'그래. 꼭.' /'꼭.'"[7] 난장이의 큰아들은 마침내 재벌의 아들 윤호에게 이렇게 말한다. "그를 죽이려고 그래."[8] 곳곳에 흩어져 있는 이 극단적 감정은 소설의 끝부분에서 큰아들 영수의 실제 살인으로 수렴된다.

따라서 이 소설을 다시 읽는 행위는 이 적의를 이해하는 과정이기도 하다. 물론 이 이해의 과정은 한 번으로 끝나지 않고 독서 때마다 매번 반복된다. 1970년대 철거민의 상황과 공단 노동자들의 현실을 그려낸 이 소설에서 이 감정과 마주칠 때 과연 다른 가능성은 없었을까, 이것이 최선일까를 반문하다가 책을 읽는 시기의 현실에서 이를 다시 확인하는 과정을 거치기 때문이다. 최근의 독서에서는 '구의역 김군'이나 김용균 등의 이름이 어른거렸다. 한 해에 2,400명이 산업재해로 사망하는 상황. 국회에서 계속 표류하면서 무력화되고 있는 중대재해 기업처벌법. 조세희의 연작 소설들은 1975년과 1978년 사이에 쓰여졌지만, 40년이 훌쩍 넘게 지나도 어떤 현실은 바뀌지 않는다. 거의, 또는 전혀.

소설에 나타난 적의의 또 다른 표현이 유토피아다. 이 소설 곳곳에는 존재하지 않는 공상적 세계의 흔적이 있다. 철거되는 난장이네 집의 행정적 주소인 '낙원구 행복동'이라는 지명, 이들 가족이 매일 꿈꾸었다는 천국, 지섭과 교사가 만났다는 우주인이 제시하는 세계, 달에 세워질 천문대의 일자리, 머리카락 좌의 성운 등등. 유토피아가 구체적인 지명으로 등장한 것이 "독일 하스트로 호수 근처에 있다"[9]는 국제 난장이 마을 릴리푸트읍이다. 그런데 이 지명은 조너선 스위프트의 『걸리버 여행기』에 나오는 소인국 이름이다. 낯선 섬에서 만난 인간의 크기(소인, 거인 등)를 조정함으로써 18세기 영국인 걸리버의 세계를 계속해서 상대화시키는 이 소설

7 조세희, 「난장이가 쏘아올린 작은 공」, 앞의 책, pp. 143-144.

8 조세희, 「기계 도시」, 앞의 책, p. 193.

9 조세희, 「은강 노동 가족의 생계비」, 앞의 책, p. 195.

은 그가 방문하는 섬마다 다른 질서, 다른 도덕의 가능성을 빠짐없이 제시한다. 예컨대 릴리푸트 나라는 "모든 직업에서 사람을 채용할 때 능력보다는 도덕성에 중점을 둔다."[10] 스위프트의 소설은 유토피아 소설이고, 소설이 쓰여진 바로 그 시공간에 대한 적의를 기반으로 한다. 그 이름이 지시하는 저쪽의 무엇이 아니라 그 이름을 지어낼 수밖에 없는 이쪽의 현실을 더 많이 가리키기 때문이다. 따라서 그 이름은 실체도, 장소도 없다. 이런 의미에서 릴리푸트 나라(읍)는 유토피아이지 헤테로토피아, 즉 "구체적이고 실제적인 장소, 우리가 지도 위에 위치지을 수 있는 장소를 가지는 유토피아"[11]가 아니다. 따라서 이 불가능한 지향에는 해결할 수 없는 절망의 냄새가 스며 있다.

서평을 쓰려고 최근에 조세희의 소설을 의식적으로 다시 읽었을 때, 감흥은 생각보다 크지 않았다. 「칼날」, 「잘못은 신에게도 있다」, 「내 그물로 오는 가시고기」는 여전히 경이적이었지만, 다른 단편들은 시대의 변화와 무관하게 낡고 앙상해 보였다. 이 책의 명백한 이원론이 그랬다. 사실상 아무리 복잡한 형식을 채택해도 세계를 선악으로 나누고 선의 좌절과 악의 승리를 기술하는 소설은 우화 이상의 것이 되기 쉽지 않다. 물론 이 책의 독서 때 겪은 인식의 변화는 이번이 처음이 아니다. 굴뚝 청소부 일화, 뫼비우스의 띠, 클라인 씨의 병과 같이 어렸을 때 참신해 보였던 것이 어느 순간부터 감흥이 아예 사라졌다. 그것은 나뿐만 아니라 이 소설도 나이를 먹는다는 뜻이 된다.

그러나 『난장이가 쏘아올린 작은 공』이 한국 사회에 어떤 상징 혁명을 일으켰다면, 그것은 무엇보다 출구 없는 세계를 그리는 방식 때문이다. 조세희는 그 시대의 어떤 내용을 포착했지만, 이와 동시에 그것을 독특한

10 조너선 스위프트, 『걸리버 여행기』, 박용수 옮김, 문예출판사, 2008(1726), p. 69.

11 미셸 푸코, 『헤테로토피아』, 이상길 옮김, 문학과지성사, 2014(2009), p. 12.

형식으로 포착했다. 김현의 지적처럼, "어떤 내용은 그것이 작가에게 인지된 순간, 내용으로 인지되는 게 아니라 내용화된 형식으로 인지되는 것이다."[12] 이 '내용화된 형식'과 관련하여 무엇보다 이 소설의 문체를 꼽을 수 있다. 간결하고 장식 없는 단문의 문체는 툭툭 끊어지고 갑자기 다시 시작되면서 상당한 흡인력과 속도감을 만들어낸다. 소설의 앞에서 나온 문장이 다른 곳에서 그대로 반복되는 것도 일종의 후렴구와 같은 효과를 낸다. 리듬, 그리고 속도.

단문이 개척한 가능성으로 생략과 비약을 꼽을 수 있다. 특히 대화를 제시할 때 (때로는 발화자가 누군지 순간적으로 사라지면서) 짧은 대화가 일종의 연상 몽타주로 교차되는 방식은 내가 이 소설에서 처음 본 것이었다. 예컨대 노사 대표의원들의 회의는 다음과 같이 기술된다. "사용자 2: '옷핀?'/ 어머니: 옷핀을 잊지 마라, 영희야. /영희: 왜, 엄마. /어머니: 옷이 뜯어지면 이 옷핀으로 꿰매야 돼. /노동자 3: '그 옷핀이 저희 노동자들을 울리고 있어요.' /영희: 아빠보고 난장이라는 아인 이걸로 찔러버려야지. /어머니: 그러면 안 돼. 피가 나. /영희: 찔러버릴 거야. /노동자 3: '밤일을 할 때 일어나는 일입니다. 누구나 새벽 두세 시가 되면 졸음을 못 이겨 깜빡 조는 수가 있습니다. 반장이 옷핀으로 팔을 찔렀습니다.'"[13] 하나의 대화와 다른 대화가 병치, 교차, 연상, 충돌로 결합하는 방식은 영화가 일찍이 개발한 몽타주 기법과 유사하다.

조세희의 소설이 사건을 제시하는 방식 또한 충격적이다. 이 소설은 연작 소설의 형식을 띠고 있고, 프롤로그 기능을 하는 「뫼비우스의 띠」와 「에필로그」를 제외하면, 각 단편 소설마다 일인칭이나 삼인칭의 화자가 등장한다. 중편 「난장이가 쏘아올린 작은 공」에서 난장이의 세 자녀(영수/

---

12 김현, 『한국문학의 위상』, 문학과지성사, 2015(1977), p. 27.

13 조세희, 「잘못은 신에게도 있다」, 앞의 책, p. 224.

영호/영희)가 각각 일인칭 화자로 등장하고, 이를 빼면 전체적으로 화자의 역할은 중년의 여자 신애가 2번, 역사 공부를 지향하는 재벌가의 아들 윤호가 3번, 난장이의 큰아들 영수가 3번, 계급의식에 투철한 재벌가의 아들 경훈이 1번 맡는다. 따라서 이 연작 소설은 주요 사건과 관련하여 파편화된 시점 구조를 취한다. 이 때문에 같은 사건—예컨대 난장이의 집이 철거되는 일—이 다른 시점으로 다시 제시될 수 있다.

전체적으로 이 소설의 주요 사건은 재개발 붐 때문에 서울에 있는 난장이네 판자집이 헐리는 것, 난장이가 벽돌 공장 굴뚝에서 자살하는 것, 은강으로 이사 간 난장이의 큰아들이 노조 활동을 하다가 부사장을 살해하고 사형선고를 받는 것이다. 그런데 이 전반적인 사건의 진행은 전혀 다른 화자들의 시점으로 파편화된 채 제시된다. 예컨대, 난장이 큰아들의 살인은 재벌가 막내아들의 일인칭 시점을 취하는 「내 그물로 오는 가시고기」에 나온다. 살인의 암시가 실제 살인으로 바뀌는 사건은 이 소설에서 아마도 가장 많은 묘사와 설명이 필요한 장면일 것이다. 그런데 난장이 큰아들의 행위는 그에게서 가장 멀리 있는 인물, 다시 말해서 가장 믿을 수 없는 화자를 통해 제시된다. 여기서 시점은 사건을 압도한다. 건강한 노동자의식을 가진 영수의 살인은 또 다른 적의를 가진 화자를 통해 충동적이고 이해할 수 없는 행위로 제시되기 때문이다. 독자는 사건의 진실을 왜곡된 상태로, 어렴풋하게밖에 접하지 못한다.

당연히 당혹스러움과 '왜 이런 방식을'이라는 의문을 남기는 이런 제시방식은 무엇보다 무뎌진 독자의 의식을 깨트리는 데 쓰인다. 문학에서 충격 기법이 필요한 이유에 대해 김현은 이렇게 쓴다. "억압에 길든 의식은 그것을 억압이라고 보지 않으려고 하는 경향이 있다. […] 그 굳은 상상력을 깨우기 위해서는 그것에 충격을 주지 않으면 안 된다. 충격을 받은 의식은 깨어나고, 자신을 마비시킨 억압의 정체를 드러내게 된다."[14] 『난장

14 김현, 앞의 책, p. 248.

이가 쏘아올린 작은 공』은 기사, 르포르타주, 고백록, 수필이 아니라 실험적 형식을 갖춘 소설이며, 오로지 언어만을 사용해서 자율적인 가상의 세계를 구축한다. 여기서 온전하게 드러나는 것은 미적인 세계인식이다. 이 독특한 세계인식은 객관적이거나 총체적이지 않고, 특정한 감정에 사로잡힌 상태로 세계를 파악하고 이를 독자적인 형식으로 제시함으로써 독자의 공감대를 끌어낸다. 만약 신문 기사가 영수의 살인을 다룬다면, 그것은 「내 그물로 오는 가시고기」에서처럼 절대로 사건 자체를 흐릿하게 지우는 데까지 나아갈 수 없을 것이다. 이 단편은 반대로 시점을 전면에 내세워서 사건의 경과를 극단적으로 주관화시키고, 그 시점의 주체가 의식하고 경험하는 세계를 독자가 체험할 수 있는 영역으로 옮겨온다. 어떤 의미에서 이 재벌 아들의 시점은 사법부나 언론 등을 포함해 한국의 기득권자들이 이런 류의 사건을 대하는 태도일 수 있다.

『난장이가 쏘아올린 작은 공』이 한국 사회에 오래 지속되는 충격을 남겼기 때문에 이 소설 이후 한국 사회는 난장이라는 뚜렷한 표상 하나를 갖게 되었다. 그 부산물 중 하나는 난장이 의식이다. 소설에서 신애는 다짜고짜 무자비한 폭행을 당한 난장이를 위로하면서 이렇게 말한다. "'아저씨.' 신애는 낮게 말했다. '저희들도 난장이랍니다. 서로 몰라서 그렇지, 우리는 한편이에요.'"[15] 이것은 평범한 중년 여자가 부당한 폭행 피해자에게 문자 그대로 연대의식을 표명한 말이다. 그러나 어떤 시기의 한국 사회는 '우리는 모두 난장이'라는 의식을 연대의식이라기보다 일종의 자기의식으로 받아들이지 않았을까? 우리는 제대로 된 영양을 공급받지 못했고, 제대로 된 주거환경과 의료혜택을 누리지 못했으며, 제대로 된 교육을 받지 못했고, 제대로 된 문화를 누리지 못했다는 의식. 그래서 우리가 제대로 자라지 못했다는 의식. 물론 이 연대의식과 자기의식 모두를 부인하는 사

15 조세희, 「칼날」, 앞의 책, p. 57.

람들이 여전히 적지 않지만, 좋든 싫든 아마도 우리는 꽤 오랫동안 난장이라는 표상과 함께 살아야 할지 모른다.

2021년 1월

한국적
정체성의 속살

최순우 —
『무량수전 배흘림기둥에 기대서서』

최순우(1916–1984)의 『무량수전 배흘림기둥에 기대서서』는 본래 『한국미(韓國美) 한국의 마음』이란 제목으로 1980년에 지식산업사에서 출간되었다. 이후 1994년에 『무량수전 배흘림기둥에 기대서서』로 제목을 바꾸어서 학고재에서 나왔고, 2002년에 2판이 나왔다. 2013년에 같은 출판사에서 『청소년을 위한 무량수전 배흘림기둥에 기대서서 1–4』가 나왔다.

내가 1960년대 후반에 한국에서 태어난 것은 내 선택이 아니다. 그렇지만 이 단순한 사실은 내 의지와 무관하게 외부에서 나를 규정하는 정체성 중 하나가 되었다. 삼십 대의 꼬박 7년을 유럽에서 보내면서 나는 의식적으로 세계시민이 되고자 했지만, 어쨌거나 그 전에 이미 한국인(시민)이었다. 어떤 의미에서는 세계시민 이후에도 그렇다고 할 수 있을 것이다. 그것을 무엇—향토적인 것, 민족적인 것, 한국적인 것, 내 것 또는 우리 것, 로컬—으로 부르든, 보편적 차원으로 환원될 수 없는 지점들이 여전히 남아있기 때문이다. 직접적으로는 생각과 소통에 주로 사용하는 언어가 그렇고 음식이 그렇다. 여기에 한국적인 정서, 그리고 한국적 정체성의 속살이라고 할 만한 미의식도 덧붙여야 한다. 최순우의 『무량수전 배흘림기둥에 기대서서』(학고재, 1994)는 바로 이 한국적인 미의식을 환기하고 추동한 책이다.

이 책은 한국의 조형 문화재에 대한 일종의 감상평 모음이다. 몇 편의 글이 추가되고 삭제되었지만, 이 책의 원판은 최순우 생전에 발간된 『韓國美 한국의 마음』(지식산업사, 1980)이다. 이 두 책 모두에서 눈에 띄는 구성은 없다. 별도의 제목 없이 문화재 이름이 그대로 글의 소제목이 되고, 글마다 해당 문화재의 사진 도판 한두 장을 곁들여서 길거나 짧은 감상평을 자유롭게 덧붙인 것이다. 지식산업사 판이 아무 분류 없이 감상평을 무작위로 모아놓은 데 반해, 학고재 판은 편집자가 개입해서 건축, 불상, 석탑, 금속공예, 목칠·민속공예, 신라 토기, 청자, 분청사기, 백자, 회화 등과 같은 범주로 글을 분류했다. 회화의 경우 조선 전기, 후기처럼 간단한 시대 구분이 더해지고 겸재 정선, 단원 김홍도, 혜원 신윤복은 따로 장을 할애했다. 그리고 책의 마지막에는 사진 도판 없이 한국의 미 일반에 대한 자유로운 논의—'한국미 산책', '한국미 한국의 마음', '흔하지 않은 이야기'—를 한곳에 모았다. 어떤 경우든 논의의 대상은 단지 나열되었을 뿐, 체계화나 분류의 의지 자체가 없다고 할 수 있다. 건축, 공예, 도자기를 포함한 한국의 조형예술이 논의의 대상이라는 점을 제외하면, 대상 선정의 기준도 찾아보기 힘들다.

그러나 전체적으로 보면, 하나의 질문과 대상을 대하는 일관된 태도가 최순우의 글을 관통하고 있다. 그 질문은 '한국의 미란 무엇인가'이고, 그것은 '중국의 미, 일본의 미와 다른 한국 고유의 미는 무엇인가'라는 또 다른 질문을 함축하고 있다. 그러나 이 질문에 답을 찾는 과정은 사변적이거나 연역적인 방식이 아니라 대상 하나하나에 낮은 포복으로 다가가는 방식이다. 여기서 두 번째 특징을 찾아볼 수 있다. 그것은 문화재에 접근하는 일관된 태도로서, 『무량수전 배흘림기둥에 기대서서』는 무엇보다 미적 체험, 그리고 대상을 오래 지켜보는 시선을 담고 있는 책이다.

먼저 그의 글에서는 문화재에서 경험한 미적 체험이 핵심적 지위를 점한다. 예컨대 불국사 대석단에 대해 그는 이렇게 쓴다. "이렇게도 눈맛이 시원한 시야 속에 아무런 거드름도 아무런 시새움도 없이 이처럼 고급한 아름다움이 이다지 편안하게 놓여질 수가 있었을까."[16] 문화재는 이렇게 중립적인 대상이 아니라 미적 체험의 대상으로 기술된다. 최순우는 어떤 대상을 경이(驚異)의 태도로 바라보고, 무엇이 자기 안에서 이런 감정을 환기하는가를 충실하게 재구성한다. 객관적인 묘사, 기술(記述), 설명도 빠지지 않지만, 이 모두가 미적 체험의 틀 안에 포섭되어 있다.

사실상 문화재는 이런 대면(對面)이나 대화에 적절한 대상이다. 글로 쓰여진 문서나 자료는 과거에 대해 비교적 명확한 지식을 주지만, 관념적이고 추상화된 형태를 벗어나지 못한다. 반면에, 고스란히 남아 있는 문화재는 그것이 만들어지고 사용된 시대를 생생하게 체험할 수 있게 해준다. 진품성authenticity이 핵심적 가치를 이루는 문화재는 아우라가 있어서 복제품으로는 경험할 수 없고, 대상과의 직접적인 만남 없이는 온전하게 향유할 수 없다. 어쨌거나 문화재에 대한 미적 체험은 시공간을 뛰어넘

16 최순우, 「불국사의 대석단」, 『무량수전 배흘림기둥에 기대서서』, p. 10.

어 온전한 상태로 유지된다. 관람자의 시공간적 좌표와 위치는 달라지지만, 작품은 그대로 남아서 과거와 똑같은 호소력을 갖기 때문이다. 이것은 사극에서 나타나는 것처럼 이국적인 방식으로 과거를 불러내는 것이 아니고, 현재의 인식을 무분별하게 과거로 투영하는 것도 아니며, 상상적으로 과거를 재구성하는 것도 아니다. 적절한 계기만 주어지면, 마치 물에 담근 꽃이 생기를 되찾는 것처럼, 과거가 본래 모습 그대로 눈앞에 살아나게 된다.

단순한 문화재 감상평을 담은 최순우의 책이 한국 사회에 오래 지속된 파장을 불러일으켰다면, 그것이 한국의 문화유산을 생생한 체험의 영역으로 옮겨 놓았기 때문이다. 이것이 가능했던 이유는 이 책이 미적 체험을 담은 글쓰기일 뿐 아니라 문화재를 오래 지켜본 시선의 산물이기 때문이다. 이 시선은 '빨리 보기', '대충 보기', '얼핏 보기'가 아니라 '오랫동안 보기', '자세히 보기', '찬찬히 훑어보기'를 담고 있다. 경우에 따라 '멀리서 보기'의 방식도 도입된다. 이 때문에 다음의 기술이 이루어질 수 있다. "분청사기는 특히 가까이 뜯어보는 아름다움보다 좀 거리를 두고 바라보는 아름다움을, 당장에서 느끼는 아름다움보다 돌아서서 느끼는 아름다움을 지니고 있다."[17] 물론 디테일에 주목하는 '가까이 보기'에서 이런 보기의 방식이 가장 잘 드러나며, 이는 특히 최순우가 조선의 회화를 언급할 때 두드러지는 점이다. 이런 시선이 중요한 것은 "디테일을 통해 회화에 접근하면, 그렇게 하지 않았다면 결코 드러나지 않았을 것들이 드러나"[18]기 때문이다.

체험의 글쓰기와 오래 보는 시선은 곧바로 글쓰기의 특성으로 이어진다. 최순우의 글에서 두드러지는 것은 대상의 속성과 성격을 규정하는

---

17 최순우, 「분청사기의 멋」, 앞의 책, p. 434.

18 다니엘 아라스, 『디테일: 가까이에서 본 미술사를 위하여』, 이윤영 옮김, 숲, 2007, p. 8.

형용사가 문장에서 특권적인 지위를 누리고 있다는 점이다. 문화재와 내밀한 대화를 이어가는 과정은 무엇보다 적절한 형용사를 찾는 과정으로 나타난다. 예컨대 금동반가사유상(국보 83호)은 이렇게 기술된다. "슬픈 얼굴인가 하고 보면 그리 슬픈 것 같이 보이지도 않고, 미소짓고 계신가 하고 바라보면 준엄한 기운이 입가에 간신히 흐르는 미소를 누르고 있어서 무엇이라고 형언할 수 없는 거룩함을 뼈저리게 해주는 것이 이 부처님의 미덕이다." 그리고 곧바로 다음 문장이 이어진다. "인자스럽다, 슬프다, 너그럽다, 슬기롭다 하는 어휘들이 모두 하나의 화음으로 빚어진 듯 머릿속이 저절로 맑아 오는 것 같은 심정을 일으킨다."[19] 이 글에는 정확한 형용사를 찾는 과정이 그대로 드러나 있고, 모색과 머뭇거림이 녹아 있다. 최순우의 미적 직관은 무엇보다 형용사에 깃들고, 그렇게 찾은 형용사들은 대상을 환기하고 살아 있게 하는 데 효율적으로 기능한다. 끊일 듯 끊이지 않는 만연체 문장도 명사나 동사를 상대화시키고 형용사에 방점을 부여하는 방식 중 하나다.

최순우의 책에서 반복적으로 등장하는 형용사는 '잘생겼다', '희한하다', '시원하다', '스산하다', '아늑하다', '안온하다'는 등의 말이다. 이런 말들 반대편에는 '잔재주', '작위', '허세', '가식', '속기', '욕심', '객기', '속물적인 것' 등의 명사가 놓인다. 따라서 이런 말들은 예컨대 '잔재주가 없는' 등과 같이 부정어의 방식으로 쓰인다. 이를테면 신라 토우는 "가식 없는 작업"[20]을 보여주고 있고, 안동 제비원 석불은 "잔재주를 모르"[21]며, 조선 자기는 "기교나 허식을 멀리 벗어난 숫배기의 아름다움"[22]을 보여준다. 조선의 도자기에 대한 최순우의 인식은 사실상 일본의 도자기에 대한 야나기 무네

19 최순우, 「금동미륵보살반가상」, 앞의 책, p. 52.

20 최순우, 「신라 토우」, 앞의 책, p. 146.

21 최순우, 「안동 제비원 여래석불」, 앞의 책, p. 80.

22 최순우, 「살결의 감촉—도자기」, 앞의 책, p. 425.

요시(柳宗悦)의 비판과 통한다. 그에 따르면, 일본의 다완이 조선의 것에 미치지 못하는 이유는 "아름다움을 작위적으로 만들어내려 하기 때문"[23]이다. 최순우가 자주 사용하는 형용사 중에서 특히 주목할 만한 말은 '잘생겼다'는 단어다. "한국 도자기들을 바라보고 있으면 예쁘다기보다는 잘생긴 것이 그 특색이 되는 경우가 많다. 잘생겼다는 말은 물론 예쁘다는 말과는 뜻이 달라서 도량이 있어 보인다, 옹졸해 보이지 않는다(쩨쩨하지 않다), 덕이 있어 보인다, 붙임성 있어 보인다, 시원스러워 보인다, 깨끗해 보인다 하는 등의 내용이 담긴 아름다움을 의미한다고 생각된다."[24]

적절하게 찾은 형용사는 대상의 특성을 생생하게 환기해서 이를 독자의 눈앞에 옮겨 놓는다. 이런 글의 궁극적인 목적은 독자를 문화재 앞에 직접 서게 하는 일이다. 최순우는 부석사에 대한 유명한 글에서 이렇게 쓴다. "무량수전, 안양문, 조사당, 응향각들이 마치 그리움에 지친 듯 해쓱한 얼굴로 나를 반기고, 호젓하고도 스산스러운 희한한 아름다움은 말로 표현하기가 어렵다."[25] 이 문장은 전혀 객관적인 분석을 담고 있지 않다.[26] 그것은 사적인 감흥을 너무 많이 담고 있어서 어쩌면 거부감을 낳을 수도 있다. 어쨌거나 위의 문장은 "말로 표현하기가 어렵다"라는 표현으로 끝난다. 그것은 독자나 관객이 직접 보고 직접 느껴보지 않고서는 알 수 없다는 뜻이다. 실제로 비평가나 연구자는 가끔 작품과 마주하면서 어떤 강렬한 미적 체험을 경험하고, 그것이 지극한 나머지 말을 멈출 수밖에 없는 순간을 경험한다. 다니엘 아라스Daniel Arasse의 지적대로 "이 '황홀경의 순

---

23 야나기 무네요시, 「'기자에몬 오이도'를 보다」(1931), 『조선을 생각한다』, 심우성 옮김, 학고재, 1996, p. 318.

24 최순우, 『나는 내 것이 아름답다』, 학고재, 2002, p. 159.

25 최순우, 「부석사 무량수전」, 『무량수전 배흘림기둥에 기대서서』, 앞의 책, p. 14.

26 객관적인 분석을 하려면 예컨대 이렇게 써야 할 것이다. "부석사 공간 구조의 특징은 기승전결 형식을 따른 종심형 가람 배치, 정연하고 힘 있는 석축단, 파격적인 축의 설정, 드러나지 않는 교묘한 공간 처리 등으로 요약할 수 있다." 배병선 외, 『부석사』, '빛깔 있는 책들', 대원사, 1995, p. 63.

간'에, 목소리가 목구멍에 걸려 있는vos faucibus haeret 순간에 목소리는 잦아들고 말은 목에 걸려 나오지 않으며 말하고 담론을 펼칠 수 있는 말이 부족하게 된다. 느낀 것은, 뒤섞일 수도 공유할 수도 없는 기쁨 저편에 존재한다."[27] 이렇게 말을 할 수 없는 순간—어떤 의미에서는 비평가의 자기 부정—에 비평가가 취할 수 있는 유일한 제스처는 어쩌면 가장 단순한 손동작—'저것을 보라'는 지시 동작—일 수밖에 없다. 말은 동작 너머로 사라지며, 순수하게 '저것을 보라'를 구현한다. 강렬한 미적 체험, 오랫동안 찬찬히 훑어보기, 형용사들이 두드러진 만연체 문장, 그리고 지성의 침묵 등이 녹아 있는 최순우의 글은 말이 순수하게 지시 동작으로 변형되는 드문 예에 속한다.

사실상 최순우의 글을 통해 내게는 영주 부석사, 경주 불국사, 창덕궁과 그 후원('비원')이 단순한 관광지에서 벗어나 하나의 장소가 되었다. 그리고 그 장소의 목록은 이후 서울 종묘, 담양 소쇄원, 안동 병산서원, 순천 송광사, 화순 운주사, 예산 수덕사, 해남 대흥사 등으로 확장되었다. 이런 지명들은, 마르크 오제Marc Augé의 표현대로 장소, 즉 "그곳에 가득 차 있으면서 그 내밀한 지리를 활성화시키는 지옥과 천상의 힘, 선조, 정령의 흔적을 거기서 발견하는 토착민이 점유하는 장소"[28]이며, 그곳에 사는 사람에게 정체성을 부여하고 다른 사람과 관계를 만들어내며 역사를 환기하는 곳이다.

문화유산의 직접 체험을 추동하는 최순우의 기획은 사실상 민족주의적이라기보다는 보편적이다. 시선이 가까운 곳에서 벗어나 자꾸만 바깥으로, 더 이국적이고 더 화려한 곳으로 가려할 때, 우리 주변에 의연하게 남아 있는 것의 가치를 환기하는 작업은 전 세계 어디에서나 이루어져야 할 작업이기 때문이다. 그리고 이 땅의 유산을 생생하게 환기하는 작업이

27 다니엘 아라스, 앞의 책, p. 418.

28 마르크 오제, 『비장소』, 이상길·이윤영 옮김, 아카넷, 2017(1992), p. 59.

지금 이곳에서 이루어지는 실천을 숙연하게 되돌아보게 하는 것은 두말할 나위가 없다.

2021년 3월

서울, 1960년대, 반시대적 고찰

김수영 —
『김수영 전집 2: 산문』

김수영(1921–1968)의 『김수영 전집 2: 산문』은 1981년에 민음사에서 김수영 전집을 출간하면서 처음 세상에 나왔다. 이후 같은 출판사에서 2003년에 2판, 2018년에 3판(이영준 엮음)이 출간되었다. 전집 출간 이전에 나온 김수영 산문집으로는 민음사에서 1975년에 나온 『시여, 침을 뱉어라』, 1976년에 나온 『퓨리턴의 초상』이 있다.

1990년대 말과 2000년대 초, 유럽 생활 초기 3-4년 동안 내가 가장 많이 떠올린 한국어 단어는 설움이었다. 말로만 듣던 이른바 '선진세계'에 몸을 담그고 그 가장 일상적인 것에서 가장 정신적인 것까지 온몸으로 부딪치면서 꽤 많은 생각과 감정이 나를 스쳐 갔지만, 나를 오랫동안 사로잡은 상태를 나는 설움이란 단어로 규정했다. 사실 유학생이든 이민자든 사업가든 공무원이든, 외국에 오래 머무르는 사람들이 이런 감정을 느낄 때는 제각기 다른 절절한 이유가 있을 것이다. 그러나 적어도 내게 이 단어가 지칭하는 상황은 인종 차별의 경험이나 경제적 곤란, 또는 물질문명의 격차 같은 것이 아니었다. 그것은 주로 교육과 문화에서 왔다. 사소한 예지만, 예컨대 칸트의 「계몽이란 무엇인가 하는 문제에 대한 답변」[29] 같은 짧은 글을 프랑스 고등학생들이 수업 시간에 읽는다—이 글은 고등학생도 충분히 읽을 만한 글이다—는 사실이 그랬다.

바로 이 시기에, 한국에서 작은 출판사를 운영하는 친구 한 명이 내게 개인적인 부탁을 한 일이 있었다. 프랑스 서점들을 방문해서 중고등학생 대상으로 서양의 고전들을 '다시 쓰기' 한 총서가 있으면 찾아서 알려달라는 것이다. 아마 이런 총서를 번역해서 통째로 내면 한국의 입시시장에 자연스럽게 편승할 수 있으리라는 판단이 있었을 것이다. 그런데 이 친구의 부탁으로 파리의 서점들을 돌아다녔을 때, 놀랍게도 이런 책은 단 한 권도 찾을 수 없었다. 온갖 종류의 '핵심 체크'나 '밑줄 쫙' 등의 참고서나 인터넷강의 때문에 지적인 '빨리빨리' 문화—안 읽고도 다 아는(!) 속물적인 풍토—를 조장하는 한국의 입시와 달리, 읽기 쉬운 내용 요약 같은 것이 아마 그들의 입시에 전혀 도움이 되지 않아서 그랬을 것이다. 이때에도 나는 설움이란 단어를 떠올렸다. 이들의 청소년 시절이 내 청소년 시절과

29 「계몽이란 무엇인가 하는 문제에 대한 답변」(1784), 이마누엘 칸트 외 지음, 『계몽이란 무엇인가』, 임홍배 옮김, 길, 2020, pp. 25-38. "계몽"을 "미성숙에서 벗어나는 것"이라고 정의하는 이 짧은 글에서 칸트는, 성인(成人)—성인(聖人)이 아니라—이 되라고 촉구한다. 그에 따르면, 성인은 참과 거짓(지식), 옳고 그름(도덕), 건강이란 세 가지 문제에서 다른 사람에 의존하지 않고 스스로 책임지는 사람이다.

겹쳐지고, 그 이후 자연스럽게 떠오르는 "만약 내가 이들처럼…"과 같은 가정법 표현에는 꽤 두터운, 돌이킬 수 없는 시간의 지층이 있었다.

나는 이 단어를 김수영에게 배웠다. "나는 너무나 자주 설움과 입을 맞추었기 때문에/ 가을바람에 늙어가는 거미처럼 몸이 까맣게 타 버렸다"(I, 「거미」, 1954, 79).[30] 김수영 초기 시에는 유독 설움이나 비애(悲哀)라는 말이 자주 나온다. 예컨대 이 시인은 수직으로 이륙하는 서양 물질문명의 이기(利器) 헬리콥터를 두고 이렇게 썼다. "헬리콥터가 풍선보다도 가벼웁게 상승하는 것을 보고/ 놀랄 수 있는 사람은 설움을 아는 사람이지만/ 또한 이것을 보고 놀라지 않는 것도 설움을 아는 사람일 것이다"(I, 「헬리콥터」, 1955, 118). 이에 따르면, 우리는 모두 다 설움을 아는 사람들이다. 사실상 이 시인—올해는 김수영 탄생 100주년이다—의 청소년기와 청년 시절을 돌아보면, 그가 느낀 감정을 충분히 이해할 수 있다. 일제 식민 치하에서 청소년기를 보내고, 혼돈의 해방 정국, 피비린내 진동하는 한국전쟁을 온몸으로 겪고, 극한의 이념대립을 경험한 포로수용소 생활과 전후의 경제적 빈곤을 뼈저리게 체험한 김수영에게 이 단어는 과장이나 엄살이 아니었다. 김현은 이렇게 썼다. "그의 시가 노래한다고 쓰는 것은 옳지 않다. 그는 절규한다."[31]

이 시인이 느낀 설움과 비애의 주요 부분은 한국과 다른 나라와 상대적 격차에서 왔다. 그가 한국(문학)의 후진성을 날카롭게 의식하고 있었기 때문이다. 젊었을 때의 짧은 일본 유학과 만주 체류를 빼면 김수영은 평생 한국을 떠나지 않았지만, 탁월한 어학 능력(일본어, 영어) 덕분에 뉴욕과 도쿄의 지적 경향을 비교적 속속들이 알고 있었다. 1960년대 그가 서울과 뉴욕, 서울과 도쿄 사이에서 느낀 물질적, 사상적, 문화적 격차는 아

---

30 이 글에서 김수영의 인용은 전집 3판을 기준으로 한다. 김수영 글의 출처는 따로 각주를 붙이지 않고 괄호 안에 쓴다. 『김수영 전집 1: 시』(이영준 엮음, 민음사, 2018)는 I, 『김수영 전집 2: 산문』(이영준 엮음, 민음사, 2018)은 II로 쓰고, 이후 글 제목, 작성 연도, 쪽수 순서로 표기한다.

31 김현, 「자유와 꿈」(1974), 『김수영의 문학』, 황동규 편, 민음사, 1983, p. 105.

마 오늘의 그것보다 훨씬 더 컸을 것이다. 그는 서구의 한 패션잡지에 대해 심지어 선망(羨望)마저 느끼지 않는다고 쓴다. "선망이란 어지간히 따라갈 가망성이 있는/ 상대자에 대한 시기심이 아니냐, 그러니까 너는/ 선망도 아냐"(I, 「VOGUE야」, 1967, 356). 심지어 그는 한국의 시인이 정직하게 그 격차를 의식하는 "과단과 결의"가 필요하다고 주장한다. "이상한 역설 같지만, 오늘날의 우리의 현대적인 시인의 긍지는 '앞섰다'는 것이 아니라 '뒤떨어졌다'는 것을 의식하는 데 있다. 그가 '앞섰다'면 이 '뒤떨어졌다'는 것을 확고하고 여유 있게 의식하는 점에서 '앞섰다'"(II, 「모더니티의 문제」, 1964, 576). 서구나 일본과 뼈아픈 격차에서 비롯된 감정은 그에게 꽤 오랫동안 지속된다.

나는 김수영이 스스로 설움과 비애의 감정을 어떻게 넘어섰는가에 관심이 많다. 한국(문학)의 후진성을 뼈저리게 의식한 이 시인이, 김치를 맛있게 익히듯 안으로 이 감정을 삭이면서 이를 이와 정반대의 감정—자기 긍정과 긍지—으로 바꿔갔는가에. 이후 그는 이렇게 장엄하게 노래한다. "전통은 아무리 더러운 전통이라도 좋다 […] 버드 비숍 여사를 안 뒤부터는 썩어 빠진 대한민국이/ 괴롭지 않다 오히려 황송하다 역사는 아무리/ 더러운 역사라도 좋다/ 진창은 아무리 더러운 진창이라도 좋다"(I, 「거대한 뿌리」, 1964, 299). 비교적 잘 알려져 있듯이, 이 시인이 설움과 비애를 극복하게 되는 외적인 계기는 4·19 혁명이다. 그는 북한으로 간 시우(詩友)에게 이렇게 공개편지를 쓴다. "헐벗고 굶주린 사람들이 그처럼 아름다워 보일 수가 있습니까! 나의 온몸에는 티끌만 한 허위도 없습디다. 그러니까 나의 몸은 전부가 바로 '주장'입디다. '자유'입디다… '4월의 재산'은 이러한 것이었소"(II, 「저 하늘 열릴 때」, 1961, 245). 그는 존재를 뒤흔드는 사건으로 4월 혁명을 경험하고, 이후 그 체험을 정신적 유산으로 삼는다. 비록 현실의 혁명이 지지부진하게 진행되다가 일 년 후 비참하게 좌절된 후에도.

이 눈부신 4월의 체험이 김수영에게 발휘한 효과 중 하나는 산문정신의 태동이다. 4·19를 계기로 그의 시 세계가 변모했다는 사실은 비교적 많이 알려졌지만, 이 사건이 그에게 산문정신이 발현되는 계기가 되었다는 사실은 그다지 알려지지 않았다. 실제로 그는 4월 혁명 이전까지 시 창작과 생계용 영어번역에 몰두하였을 뿐, 산문은 거의 쓰지 않았다. 그가 남긴 산문 대부분은 4·19 이후, 즉 1960년대에 쓰여진 것이다. 그 자신의 고백에 따르면, 그가 산문을 쓸 수 없었던 이유는, "시를 쓸 때 통할 수 있는 최소한도의 '캄푸라주'[camouflage, 위장]가 산문에 있어서는 통할 수가 없었기 때문"(II, 「책형대에 걸린 시」, 1960, 230)이다.

그가 쓴 산문은 다양한 매체에 발표되어 당대 한국 문단과 지식 사회에 무시할 수 없는 영향력을 발휘했지만, 후세 사람들이 그 전모를 알기는 쉽지 않았다. 김수영 생전에 발간된 산문집이 한 권도 없다는 사실은 독특하다. 1968년에 그가 죽고 오랜 시간이 지난 후 『시여, 침을 뱉어라』(1975), 『퓨리턴의 초상』(1976)이라는 작은 산문집 두 권이 발간되었을 뿐이다. 김수영의 산문이 한국 사회에 본격적으로 알려지기 시작한 것은 1981년 전집 발간 이후다. 김수영 산문집은 이후 빠진 글들을 계속 보완해서 2003년에 2판, 2018년에 3판이 발간되었다. 3판의 편자 이영준은 그의 산문을 주제에 따라 '일상과 현실', '창작과 사회의 자유', '시론과 문학론', '시작(詩作) 노트', '시평', '일기초(秒)·편지·후기', '미완성 장편소설'로 분류한다.

김수영에 따르면 "산문이란, 세계의 개진(開進)이다"(II, 「시여, 침을 뱉어라」, 1968, 499). 다시 말해서 감춤이나 은폐에 맞서, 보이는 세계와 보이지 않는 세계를 명석하게 드러내는 작업이다. 김수영의 산문정신은 자신의 창작—시작(詩作) 노트—과 다른 시인들의 시를 성찰할 때 특히 날카롭게 나타난다. 이런 성찰에 필수적인 것은 자기 시대의 현실과 자신의 내면까지 위장 없이 직시하는 일이며, 이런 태도는 고스란히 시를 평가

하는 기준이 된다.[32] 그는 거짓 꾸밈의 시, 진정한 내용이 없고 '포즈'나 '코스춤'만 있는 시, 자신이 느끼고 보지 않은 것을 가장하는 시, 그리고 자신(의 작업)에 대한 날카로운 의식이 없는 시[33] 등을 쓰는 시인을 최소한 "현대적인 시인"(II, 「시여, 침을 뱉어라」, 1968, 500)은 아니라고 단언한다.

따라서 다음 시들은 격렬한 거부의 대상이 된다. 한국의 현실에 발을 딛고 있지 않은 시("시의 내용이 도무지 한국의 현실 같지가 않다."[II, 「'현대성'에의 도피」, 1964, 590]), 수준에 못 미치는 시("'참여시'니 '순수시'니 하기 전에 우선 작품의 수준에 달해야 한다"[II, 「변한 것과 변하지 않은 것」, 1966, 460]), 시인이 어느 세기를 사는지 도무지 가늠할 수 없는 시("오늘날의 서정시에서 우리들이 타기해야 할 것은 시대착오적 상상이다"[II, 「지성의 가능성」, 1966, 616]), 불평과 주관적 도취를 늘어놓는 시("우리는 이제 불평의 나열에는 진력이 났다. 뜨거운 호흡도 투박한 체취에도 물렸다."[II, 「참여시의 정리」, 1967, 493]) 등등. 반대로, 진정한 시인은 "한 작품 한 작품마다 목숨을 걸어야 하고, 한 작품 한 작품이 새로워야 한다"(II, 「빠른 성장의 젊은 시들」, 1966, 448). 그리고 그는 제대로 된 시가 나왔을 때의 느낌을 이렇게 묘사한다. "이와 같은 나의 전진(前進)은 세계사의 전진과 보조를 같이한다. 내가 움직일 때 세계는 같이 움직인다. 이 얼마나 큰 영광이며 희열 이상의 광희(狂喜)이냐!"(II, 「시작 노트 2」, 1961, 532-533).

이렇게 해서 시가 세계로 확장될 수 있는 가능성이 열린다. 그에 따르면, 시는 부당한 현실에 온몸으로 항거하는 방식이며 격렬한 몸부림이다. "건강한 개인도 그렇고 건강한 사회도 그렇고 적어도 자기의 죄에 대해 […] 몸부림을 칠 줄 알아야"(II, 「제정신을 갖고 사는 사람은 없는가」, 1966, 264-265) 하기 때문이다. 따라서 현실의 모순에 항거하는 학생

32 김수영 어머니의 증언에 따르면, 실제로 그는 "거짓말을 비상[독약]으로 여겼다." 최하림, 『김수영 평전』, 실천문학사, 2018, p. 200.

33 이점에서 김수영이 시작(詩作)에 자기만의 원칙을 세워가는 과정인 예술가의 노트(시작 노트)를 썼다는 사실도 주목할 만하다.

들은, 사실상 "시(詩)를 이행하고 있는 것이고, 진정한 시는 자기를 죽이고 타자가 되는 사랑의 작업이며 자세"(II, 「로터리의 꽃의 노이로제」, 1967, 280)다. 시인으로서 김수영은 무엇보다 시를 통해 혁명으로 가는 길을 택했다. 일찍이 정현종은 김수영의 작업을 이렇게 규정한 바 있다. "김수영의 […] 자유주의적 성향이나 사회적 정열이 그의 작품을 손상하지 않는 이유는, 그가 혁명을 통해서 시에 이르려고 한 사람이 아니라 시를 통해서 혁명에 이르려고 한 사람"[34]이기 때문이다

프리드리히 니체는 『반시대적 고찰』[35]의 2권 서론에서 자기 시대가 자랑스러워하는 것을 시대의 폐해, 그 질병과 고통으로 받아들임으로써 자기 시대와 근본적인 불화를 표명한다. 1960년대 한국 사회에서 김수영은 시대와 불화를 감수함으로써, 또 이를 산문의 언어로 명석하게 표명함으로써 반시대적 인물이 되었고, 이를 통해 결국 가장 동시대적인 인물이 되었다. 그가 설움과 비애를 극복하게 된 내적인 계기 또한 여기에 있을 것이다. 그가 이어령과 격렬하게 논쟁하면서 "모든 전위적인 문학은 불온하다. 그리고 모든 살아 있는 문화는 본질적으로 불온한 것"(II, 「실험적인 문학과 정치적 자유」, 1968, 304)이라고 주장했을 때, 나는 이 글을 처음 읽었던 고등학생 때나 지금이나 그의 편이다. 김수영이 한국(문학)에서 우리가 나아가야 할 "방향은 애정", "방향은 현대"라고 규정(I, 「네이팜탄」, 1954, 96-97)한 이래, 나는 여전히 그가 가리킨 방향을 바라본다. 그는 "시의 모더니티란 외부로부터 부과하는 감각이 아니라 내면에서 우러나오는 지성의 화염(火焰)이며, 따라서 그것은 시인이 —육체로서— 추구할 것이지, 시가 —기술면으로— 추구할 것이 아니다. 그런 의미에서 젊은 시인들의 모더니티에 대한 태도가 근본적으로 안이한 것 같다"(II, 「모더니티의 문제」, 1964, 576)고 지적했을 때, 나는 이 말이 오늘의 예술가, 오늘의

---

34 정현종, 「시와 행동, 추억과 역사」(1981), 『김수영의 문학』, 황동규 편, 민음사, 1983, p. 229.

35 프리드리히 니체, 『비극의 탄생·반시대적 고찰』, 이진우 옮김, 책세상, 2005(1876)

영화감독에게도 타당하다고 생각한다.

내 청소년 시절에 칸트의 글은 없었지만, 다행히 김수영 전집이 있었다. 오늘 다시 김수영 산문을 읽으면, 진지하고 명석한 지성, 처절한 일상을 견디는 힘, 스스로 '찌질하다'는 점을 잘 알고 있으면서 이를 드러내는 솔직한 태도, 본의 아니게 웃음을 부르는 유머, 그리고 오늘의 건강한 목소리를 부르는 힘이 넉넉하게 느껴진다. "곧은 소리는 곧은/ 소리를 부르기"(I, 「폭포」, 1956, 128) 때문이다.

2021년 5월

의뢰(인) 없는 변호(인)

조영래 —
『전태일 평전』

조영래(1947–1990)의 『전태일 평전』은 한국어판이 나오기 전인 1978년에 김영기(金英琪) 지음, 이호배(李浩培) 옮김으로 일본 다이마츠(たいまつ) 출판사에서 『불꽃이여, 나를 감싸라-어느 한국 청년 노동자의 삶과 죽음(炎よ、わたしをつつめ-ある韓国青年労働者の生と死)』으로 처음 출간되었다. 조영래의 한국어 원고는 한국에서 복사본으로 유통되다가 1983년에 저자 이름을 익명('전태일기념관건립위원회')으로 한 채 돌베개에서 『어느 청년노동자의 삶과 죽음』이란 제목으로 출간되었다. 조영래 사후인 1991년에 돌베개에서 다시 책을 내면서 처음으로 저자 이름을 되찾았고 책 제목도 『전태일 평전』으로 바뀌었다. 2020년에는 아름다운전태일에서 출간되었다.

그리 어렵지도 그리 두껍지도 않은 책인데 독서에 꽤 오랜 시간이 걸리는 책들이 있다. 내게는 조영래의 『전태일 평전』이 그렇다. 예컨대 전태일(1948-1970)과 그의 동료들이 1970년 10월 6일 노동청장에게 제출한 진정서 초안에는 "①평화시장 3층 가 176 창별사/ 건평 2평 종사원 13명/ 다락 높이 1.6m 형광등"[36]이라는 구절이 등장한다. 당시 평화시장 한 층 높이는 3미터. 따라서 이 구절은, 다락방을 만들어 상하를 둘로 나눈 2평의 공간에서 13명의 노동자가 형광등 조명 아래서 일한다는 뜻이다. 여기서 이 13명의 노동자가 매일 어떤 일과를 보내는지는 전태일의 일기를 보면 짐작할 수 있다. "아침 8시부터 저녁 11시까지 하루 15시간을 칼질과 아이롱질[다림질]을 하며 지내야 하는 괴로움. 허리가 결리고 손바닥이 부르터 피가 나고, 손목과 다리가 조금도 쉬지 않고 아프니 정말 죽고 싶다."[37] 나는 이런 문장의 무게를 끝내 가늠하지 못한다. 단어 하나하나가 감당하기 힘들 만큼 무거워서 꽤 오랫동안 책을 내려놓을 뿐이다.

조영래의 『전태일 평전』은 아마도 한 사람에 대한 평전으로서는 가장 뚜렷한 자취를 남긴 책일 것이다. 수많은 인물에 대한 평전이 도서관에 있지만, 그중에서 가장 선명한 초상을 그려낸 책 중 하나가 『전태일 평전』이다. 1970년 11월 13일에 일어난 전태일의 분신은 당시 한국 사회에 엄청난 반향을 일으켰지만, 전태일의 희생이 느리게나마, 또 조금이나마 현실을 바꾸는 힘으로 전화되고, 그가 우리 곁에 손에 잡힐 듯이 생생하게 남아 있는 것은 조영래의 책을 통해서다.

물론 지금 『전태일 평전』을 읽어보면 과장된 수사나 상투적 표현들이 없는 것이 아니다. 예컨대 이런 문장이 그렇다. "어느 날 돌연 기적과도 같은 부활이 일어났다. 그는 죽음과 좌절을 뚫고 일어나 '아니다!'하고 울부짖기 시작했다. […] 그리고 그는 거기서 인간이 없는 현실, 그 소리 없

36 조영래, 『전태일 평전』, 아름다운전태일, 2020, p. 294. 이후 이 책의 인용은 인용이 끝나는 자리에 괄호 안에 넣어서 쪽수만 표기한다.

37 전태일, 「일기」, 『내 죽음을 헛되이 말라: 일기·수기·편지 모음: 전태일 전집』, 돌베개, 1988, p. 109. 1967년 3월 18일자 일기.

는 통곡의 역사를 두드리는 '인간 선언'의 불꽃이 되어 승리하였다."(146-148) 여기서 이 책을 썼을 때 조영래의 나이가 20대 중후반이었다는 사실을 상기할 필요가 있다. 그러나 『전태일 평전』이 한국 사회에 오래 지속되는 파장을 남긴 것은 이런 과다한 표현 때문이 아니고, 오히려 '군데군데 이런 표현이 있음에도 불구하고'이다.

이 책에서 조영래는 사회로부터 단 한 번의 보호도, 단 한 번의 변호도 받지 못한 한 청년 노동자의 온전한 상을 그려내는 데 온 힘을 다한다. 여기서 그는 이미 마석 모란공원에 묻힌 전태일을, 현실의 법정이 아니라 세상의 법정에 내세우고, 이 예외적이면서 전형적인 노동자를 총체적으로 변호하고자 한다. 이런 의미에서 이 책은 의뢰 없는 변호이고, 필자 조영래는 의뢰인 없는 변호인이다.

조영래는 전태일을 가까이에서, 또 멀리서 바라본다. 마치 피사체를 온전하게 포착하려고 카메라가 다양한 위치에 자리를 잡는 것처럼. 먼저 이 무명의 노동자에게 가까이 다가가는 데는 전태일 자신이 쓴 수기, 일기 등의 자료가 큰 역할을 한다. 조영래는 전태일이 남긴 기록을 철저하게 읽고 그 의미 하나하나를 되새기고 곱씹는다. 이때 이 책은 전태일을 대신해서 말하기보다는, 상황을 치밀하게 재구성하면서 그가 남긴 글을 적절하게 인용하고 그 의미를 반추하는 인용의 글쓰기로 나타난다. 조영래는 또한 전태일의 어머니 이소선 여사와 그의 주변 사람들을 직접 만나서 이들의 증언을 하나하나 채록한다. 기록이 없어서 빈칸으로 남아 있는 전태일의 행적을 복원하는 데 이 증언들은 큰 역할을 한다. 나아가 조영래는 평화시장을 시시때때로 방문해서 현장의 상황을 직접 느끼고 관찰한다. 『전태일 평전』에는 1970년대의 평화시장을 속속들이 알지 못하고서는 쓸 수 없는 아주 구체적인 묘사들이 등장한다.

또한 조영래는 전태일을 멀리서 바라본다. 그는 청계천 복개 공사가 끝나고 그 자리에 들어선 평화시장, 통일상가, 동화시장의 역사와 공간적 특징을 제시하고, 작업장 및 노동자의 수, 시장 상황, 노동의 성격 등을 개괄한 후 피복 공장의 직종을 구체적으로 서술한다(95-102). 열세 살의 여공이 여기서 어떤 하루를 보내는지를 생생하게 재구성하기도 한다(107-113). 나아가 그는 노동시간, 노동 강도, 임금, 작업환경, 노동자들 건강 상태에 이르기까지 당시 평화시장의 상황을 전체적으로 복원해낸다(113-122). 이렇게 해서 외적인 상황에서부터 내밀한 심리에 이르기까지 전태일에 대한 총체적인 기술이 이루어진다.

이 책에 통상적인 집필 동기가 전혀 없다는 사실도 주목해보기로 하자. 출간 자체에서도 온갖 우여곡절을 겪은 이 책은, 조영래 생전에는 익명으로 출간되었다. 따라서 이 책의 저자에게는 최소한의 공명심마저도 없었고, 책의 출간으로 생길 수 있는 어떤 경제적인 이익도 없었다. 오히려 1974년부터 1976년까지 쓰여진 이 책은 지금으로서는 상상하기 힘든 극한 상황에서 쓰여졌다. 전태일의 상(像)을 온전하게 복원하기 위한 증언의 채록이나 평화시장의 방문, 심지어 집필 자체까지도 조영래에게 극도로 위험한 일이었기 때문이다. 이 시기 그는 '민청학련' 배후조종자로 수배되어 만 6년까지 이어지는 도피 생활을 하고 있었고, 그와 똑같은 혐의를 받은 이른바 '인혁당 재건위' 관련자 8명이 저 끔찍한 '사법살인'(1975년 4월 9일)을 당한 것이 바로 그 시기였다.

따라서 '조영래는 왜 그토록 전태일에 매달렸을까'라는 질문을 던질 수 있다. 글쓰기 자체가 생명까지 위협하는 상황에서 그는 어떻게 3년여에 걸친 집요한 작업 끝에 이 책을 완성할 수 있었을까? 이 질문에 답하기 전에 먼저 전태일이 누구인가를 물어야 한다.

전태일은 16살에 평화시장의 공원('시다')이 되기까지 절대빈곤의 삶을 경험한다. 가족 말고는 사회로부터 어떤 보호도, 어떤 혜택도 받지 못하는 상황에서는 가족이 무너지면 개인은 극한 상황에 노출된다. 어린 태일이가 세 번에 걸친 가출을 감행하게 된 계기는 이 때문이었다. 대개 어떤 사람이 절대빈곤의 상태에 처하면 스스로 생각하지 못하는 존재가 되고 타성(惰性)의 노예가 된다. 그러나 초등학교도 제대로 마치지 못한 전태일은 그 어떤 상황에서도 배우고자 하는 태도를 놓지 않았다. "하루하루 나의 생활 속에서 배움을 빼버리면 무슨 희망으로 살아가겠습니까."[38] 전태일은 독학과 글쓰기를 통해 무지의 상태, 스스로 생각할 수 없는 상태를 상당 부분 벗어난다. 나아가 뚜렷한 자기의식을 형성하고 성숙한 자기 긍정의 태도까지 보여준다. "과거가 불우했다고 지금 과거를 원망한다면 불우했던 과거는 영원히 너의 영역의 사생아가 되는 것이 아니냐?"[39] 따라서 다음 김명인의 말은 상당히 적절한 평가라고 할 수 있다. "전태일의 지식은 소박하지만 깊었으며, 얼마 안 되지만 그 무게는 막중하였다."[40]

성년의 전태일이 일관되게 보여준 태도 중 하나는 다른 사람의 고통을 자신의 것으로 느끼는 태도다. "조금만 불쌍한 사람을 보아도 마음이 언짢아 그날 기분은 우울한 편입니다. 내 자신이 너무 그런 환경을 속속들이 알고 있기 때문인 것 같습니다."[41] 3, 4년에 걸쳐서 퇴근하는 버스값으로 여공들에게 풀빵을 사주고 평화시장에서 도봉산 기슭까지 밤마다 두 시간이 넘는 거리를 걸어가곤 했던 것(294)도 이런 마음의 발로였다. 마침내 전태일을 행동으로 이끈 것은, 사흘 밤 내내 잠 안 오는 주사를 맞고 일해서 앞도 안 보이고 손도 펴지지 않는다는 여공의 탄식(153)이나, 각혈 때문에 병원에서 폐병 3기의 진단을 받았지만 아무 보상 없이 해고당한 미싱사의 사연(154-155)이었다. 조영래는 이렇게 쓴다. "그 자신의 고통, 그리고 이웃에 대한 인간적인 애정과 관심이 그를 눈뜨게 하고 반항으로 몸부림치게 만든 것이다."(319)

38 전태일, 「어린 시절 회상 수기 2」, 앞의 책, p. 51.

39 전태일, 「일기 속의 단상들 1」, 앞의 책, p. 130.

40 김명인, 「그가 나를 전태일이라 불렀다」, 『리얼리스트』 3호, 2011년 11월; 김명인, 『폭력과 모독을 넘어서』, 소명출판, 2021, p. 190.

41 전태일, 「어린 시절 회상 수기 2」, 앞의 책, p. 50.

『전태일 평전』을 읽기 힘든 이유 중 하나는 우리가 이 "몸부림"의 결말을 이미 알고 있기 때문이다. 독서가 진행되면서 서서히 피할 수 없는 결말로 나아가는 과정은 고통스럽다. 그런데 바로 이 결말이 한 무명의 노동자가 세상에 알려지게 된 계기였다는 사실 또한 부인할 수 없다. 전태일의 분신(焚身)에 대해 조영래는 "그런 일은 없어야 마땅할 것"이라고 강조한 후 이렇게 쓴다. "상황이 이렇게 혹독하지 않았던들, 그리고 대중이 이렇게나 무관심하고 무기력하지 않았던들, 그가 이런 극단적인 투쟁 방법을 택하지 않았을 것이다. 이런 점에서 그의 죽음은 스스로 선택한 것이라기보다 당시의 암울한 시대 상황에 의해 강요된 것이라고 보아야 한다."(321-322) 이것은 분명 의뢰인을 진심으로 변호하는 변호인의 목소리다.

그러나 조영래는 무엇보다 전태일이 마지막 결단에 이르는 과정을 세세하게 추적한다. 여기서 분명하게 드러나는 사실은 그것이 전혀 충동적인 행위가 아니라는 점이다. 전태일은 마지막 결단에 이르기까지 최악의 노동 현실을 바꾸기 위해 자신이 할 수 있는 모든 일을 다 했기 때문이다. 조영래가 정확하게 제시한 대로(254), 전태일 앞에는 네 가지 길이 있었다. 먼저 평화시장 작업장에서 사장 다음으로 높은 지위인 재단사 지위에 올라 여공들을 돌봐주는 것, 다음으로 노동실태를 객관적으로 조사하여 시청 근로감독관이나 노동청에 청원하는 것, 세 번째로 노동자의 권익을 보장하는 이상적인 회사를 설립하는 것, 마지막으로 적극적인 항의 투쟁. 그러나 앞의 세 가지 시도들이 하나하나 좌절된 후 전태일에게는 마지막 길만이 남아 있었다…. 죽음으로 항거해야 목소리가 겨우 들리는 사회, 심지어 죽음으로 항거해도 목소리가 들릴까 말까 한 사회는 분명 비정상적이고 야만적인 사회다. 전태일의 불꽃이 적나라하게 보여준 것은 바로 이런 한국 사회의 모습이었다.

『전태일 평전』에는 결국 두 명의 청년이 있다고 해야 한다. 이 둘은 한 살 차이이며, 모두 대구 출생이다. 한 청년은 스물둘에, 다른 청년은 마흔

셋에 세상을 떠났다. 그리고 양태는 다르지만, 다른 사람의 고통을 견디지 못하는 마음, 즉 불인인지심(不忍人之心)이 이 둘 모두가 가진 태도였다. 사실상 이는 모든 사람에게 잠재적으로 들어 있는 성향이다. 맹자는 이렇게 말한다. "어떤 사람이 아장아장 걷는 아이가 우물에 들어가는 것을 느닷없이 보게 된다면, 모두 깜짝 놀라 측은히 여기는 마음이 생길 것이다.(今人乍見孺子將入於井, 皆有怵惕惻隱之心)"[42] 이 아이를 구하는 것은 자기 본성에 따른 즉각적이고 자발적인 행동이다. 프랑수아 줄리앙François Julien은 이렇게 쓴다. "남의 불행 앞에서 생기는 측은지심(惻隱之心)은 어떠한 계산이나 심사숙고의 결과가 결코 아니다. […] 그것은 이해관계를 완전히 떠나서 개인성을 뛰어넘는 모습을 보여준다."[43] 맹자는 모든 사람이 이런 성향을 가지고 있지만, 인생을 살면서 아주 소수의 사람만이 이 능력을 지켜낸다고 말한다. 조영래의 책에 나타난 전태일의 삶이 한국 사회에 무시할 수 없는 힘을 발휘한 것은 이러한 인간 본연의 모습을 가장 순수한 상태로 보여주었기 때문이다.

이제 앞의 질문으로 되돌아가 보자. 노동자의 권리를 보호할 목적으로 만든 근로기준법이 버젓이 있었지만, 노동 현장이 무법천지가 된 현실은 전태일에게는 까마득한 절망이었고, 조영래에게는 수치심과 의분(義憤)의 원천이었다. 전태일이 자기 몸을 불사른 것은 허울밖에 남지 않은 근로기준법을 화형에 처하는 자리였고, 이 화형식은 상상할 수 있는 가장 극(단)적인 형태로 이루어졌다. 이 사건이 조영래에게 근원적인 부끄러움이 되었던 것 같다. 근로기준법은, 이익에 눈먼 자들이 만들어낸 야만의 사회를 막아낼 수 있는, 그야말로 최소한의 장치였기 때문이다. 요즘에는 '부끄러움'이라는 말이 남용되고 오용되는 경향[44]이 있지만, 조영래에게는

---

42 동양고전연구회 역주, 「공손추 상 3-6」, 『맹자』, 민음사, 2016, pp. 116-119.

43 프랑수아 줄리앙, 『맹자와 계몽철학자의 대화』, 허경 옮김, 한울, 2004(1996), p. 24.

44 맹자는 "교묘하게 임기응변을 하는 사람은 부끄러워하는 마음이 생기지 않는다(爲機變之巧者, 無所用恥焉)"고 강조한다. 동양고전연구회 역주, 「진심 상 13-7」, 『맹자』, pp. 434-435.

확실히 수오지심(羞惡之心)이 있었다. 순전히 개인적인 생각이지만, 맹자의 사상은 '부끄러울 치(恥)'자 단 한 글자로 집약할 수 있을 것 같다. 이 글자는 '귀 이'(耳)와 '마음 심'(心)을 합쳐 만든 회의 문자다. 따라서 말 그대로 '마음의 소리를 듣는다'는 뜻이다. 그 소리는 이성의 목소리라기보다는, 그 이전의 목소리, 인간 본연의 목소리다. 조영래는 분명 전태일 사건에서 이 목소리를 들었다. 그리고 이러한 태도는 이로부터 16년 뒤 그가 정식 변호사로서 권인숙 사건을 변론할 때도 나타난다. 그는 변론서에서 이 사건을 대하는 경찰, 검찰, 사법부, 언론, 그리고 국가의 태도를 하나하나 준엄하게 꾸짖은 후, "도덕적 위기야말로 그 어떤 군사적·정치적 혹은 사회경제적 위기보다도 앞서는 우리 국가와 사회의 가장 근본적인 위기"[45]라고 질타한다.

『전태일 평전』을 읽을 필요가 없는 사회가 바람직한 사회다. 전태일도, 조영래도 기억할 필요가 없는 사회가 이상적인 사회다. 그러나 그때까지는, 겉보기에 시대와 상황이 아무리 바뀌어도, 또 단어 하나하나가 아무리 무거워도 이 책을 읽을 필요가 있을 것이다. 그리고 두 이름을 떠올려야 할 것이다. 전태일, 그리고 조영래.

2021년 7월

45 조영래, 「부천경찰서 성고문사건 변론 요지」(1986), 『진실을 영원히 감옥에 가두어 둘 수는 없습니다』, 창작과비평사, 2018(1991), p. 132.

이승과
저승 사이의 풍경

박상륭 —
『죽음의 한 연구』

박상륭(1940–2017)의 『죽음의 한 연구』는 1975년에 한국문학사에서 자비출판으로 처음 세상에 나왔다. 이후 1986년에 문학과지성사에서 재간되었다. 같은 출판사에서 1997년에 2판이, 2020년에 3판이 나왔다. 2021년에 국수출판사에서 4권으로 나온 『박상륭 전집』에도 실렸다.

1990년대 초반쯤에 박상륭이라는 이름이 내 주변에서 들리기 시작했다. 때로는 들릴 듯 말 듯 한 목소리, 때로는 조금 더 큰 목소리였다. 1993년에 그가 캐나다에서 일시 귀국했다는 소식이 매스컴을 탔던 것도 그즈음이었을 것이다. 이 시기를 전후해서 나는 『죽음의 한 연구』[46]를 읽었고 『열명길』(문학과지성사, 1986)에 실린 박상륭의 초기 단편들을 찾아 읽었다.

그의 소설들이 그려내는 세계는 전례 없이 기이하고 독특했으며 강렬했다. 소재나 대상, 주제, 그것들을 그려내는 방식 모두가 그랬다. 갑작스러운 살인에 이르는 잔혹한 폭력이나 노골적인 성교 같은 가장 원초적 세계에서 아마도 인간의 가장 초월적 행위인 구도(求道)까지 단숨에 넘나드는 세계. 샤머니즘, 연금술, 그리스 신화 등을 거쳐 불교, 기독교, 힌두교, 이슬람교, 조로아스터교, 티베트 밀교, 자이나교까지 큰 걸음으로 횡단하는 사유의 폭과 깊이. 만연체로 이루어진 독특한 호흡의 문장과 진한 전라도 사투리가 잘 버무려진 문체…. 따라서 박상륭의 소설을 읽으면서 다음과 같은 체험을 한 사람은 아마도 나 혼자만은 아닐 것이다. 이를테면 아주 화려한 피부를 가진 힘센 비단구렁이 한 마리가 내 몸을 칭칭 감고서 천천히 올라오는 것 같은 느낌.

그의 소설에는 원초적인 세계와 초월적인 세계가 긴밀하게 얽혀 있다. 『죽음의 한 연구』 끝부분에 나오는 대목 하나를 보자. 주인공 '나'는 촛불중과 함께 먼 길을 걸어 자신의 죽음이 집행될 형장에 도착하지만, 여기서도 복잡한 일이 그를 기다리고 있다. 우여곡절 끝에 그는 독방에서 겨우 휴식 시간을 얻지만, 이번에는 빈대와 벼룩이 밤새 그를 괴롭힌다. 이 상황은 이렇게 기술된다. "빈대나 벼룩이란, 번뇌의 생물(生物) 이름이 아닐 것인가. […] 그것은 모든 평온한 마음을 쏘고, 물며 갉는 장본인일 것이리라. 그러고 보니, 나는 여태도 번뇌하고 있구나. 번뇌(煩惱)의 벌레에 파 먹히고 있구나. 벌뢰의 벌레에 시달리는 혼일레여, 허긴 번뇌하라, 벌뢰하라, 끝

46 이 글에서 『죽음의 한 연구』의 인용은 2020년에 발행된 문학과지성사 3판을 기준으로 한다. 이후에는 인용문이 끝날 때 괄호 안에 40일 중 며칠인지와 쪽수만 표기한다.

까지 인간이기를 고집하는 것, 그것은 번뇌로써 뿐일 것, 번뇌여, 벌뢰여, 벌레여"(33일, 683). 벌레에게 계속 몸을 뜯기는 상황과 죽음 직전까지 끝없이 사념에 시달리는 상태가 이렇듯 절묘하게 결합된다. 번뇌와 벌레를 결합한 '벌뢰'라는 신조어는 상당히 그럴듯하고, 이 단어는 문장 전체의 운율에 통합되어 있다. 살아 있는 한 인간은 번뇌에서 벗어날 수 없다는 생각을 이런 상황에서 끌어내는 것도 자연스럽다.

『죽음의 한 연구』는 박상륭의 첫 장편소설이다. 그는 1969년에 한국을 떠나 캐나다의 밴쿠버로 이민 가서 "병원에서 시체실 청소부"[47]로 일하면서 이 소설을 썼다. 그리고 박태순의 표현대로 "원고료를 타 먹기 위해 씌어진 문학 작품은 돈 받아먹는 값을 하느라고 독자한테 아무래도 발맞추어야 하는데, [⋯] 그것이 싫어"[48] 1975년에 자비출판으로 책을 출간한다.

이 소설은 주인공이 유리(羑里)라는 곳으로 간 후 그곳에서 죽음을 맞이하기까지 40일의 기록이다. 작가에 따르면 이 지명은 주나라의 문왕이 귀양살이를 하며 『주역』을 완성한 곳[49]으로서 이승도 저승도 아닌 중간계나 연옥 같은 곳이다. 『죽음의 한 연구』는 주인공이 행하는 것, 겪는 것, 듣는 것, 말하는 것, 보는 것, 생각하는 것을 일인칭 시점으로 기술한다. 제1일, 제2일, 제3일과 같이 하루하루가 서술되며 마침내 40일째 되는 날 '내'가 죽으면서 소설이 마무리된다. 소설은 총 5장으로 구성된다. 주인공이 유리에 도착해서 도보수행승의 말을 듣고, 이튿날 수도부(修道婦)와 처음 만나 격렬한 정사를 치른 후 차례로 세 건의 살인을 저지르고, 이후 촛불중과 만나며 수도부와 깊은 관계를 맺는 1일부터 9일까지가 1장.

---

47 김사인·박상륭 인터뷰, 「누가 저 공주를 구할 것인가」, 『박상륭 깊이 읽기』, 김사인 편, 문학과지성사, 2001, p. 27.

48 박태순, 「『죽음의 한 연구』에 대한 연구」, 『박상륭 깊이 읽기』, 앞의 책(1975), p. 321.

49 박상륭, 「「유리장」에 대한 노트」, 『열명길』, 문학과지성사, 1986, p. 410.

살인에 대한 벌로 마른 늪에서 고기 낚기를 하며 명상과 사변에 몰두하는 10일부터 14일까지가 2장. 유리를 떠나 읍내로 가서 장로와 손녀딸을 만나고 장로의 요청으로 긴 강연을 한 후, 막노동을 하면서 주민들과 접촉하고 다시 유리로 돌아와 죽어가는 수도부를 만나는 13일부터 22일까지가 3장. 짧지 않은 애도의 시간을 보낸 후 유리의 율법에 따라 형을 받으러 형장으로 이동하는 23일부터 33일까지가 4장. 목욕재계하고 정육면체 상자 안에 갇혀 높은 나무 위로 끌어올려진 후 죽음을 맞이하는 34일부터 40일까지가 5장을 이룬다.

이 소설에는 현실의 역사를 환기하는 어떤 지표도 등장하지 않는다. 『죽음의 한 연구』는 1940~1950년대 한국의 시골 풍경처럼 보이기도 하지만 역사적 공간이 아닌, 현실이 철저하게 추상된 신화적 공간에서 전개된다. 박상륭은 "어떤 한 시대 한 시대를 공시태(共時態)에서 보는 것"이 자신의 방법이며, 이를 통해 "선도 악도 아닌 것에 접근"할 수 있다고 진술한 바 있다."[50] 흔히 신화에서 그렇듯이, 특정한 역사적 상황에서가 아니라 오히려 추상적 공간에서 인간의 보편적인 문제들이 전면적으로 떠오를 수 있다. 이 소설에서는 인간사의 온갖 희로애락이 40일의 시간에 압축적으로 제시된다. 그리고 제목에 나오듯이, 죽음의 문제가 소설의 중심에 놓인다.

『죽음의 한 연구』에 나오는 죽음을 크게 세 종류로 분류할 수 있을 것이다. '내'가 겪는 죽음, '내'가 저지른 죽음(살인), 그리고 '나'의 죽음. 먼저 소설은 주인공이 겪는 죽음으로 시작한다. 첫날 만난 도보수행승(徒步修行僧)은 자신이 걸으면서 겪고 느낀 것들을 장황하게 말한 후 혼자서 길을 떠나다가, 아득히 멀지만 주인공의 시야가 미치는 곳에서 갑작스레 죽음을 맞이한다. 그러나 이 소설의 중심에 놓여 있는 사건은 주인공이 가슴 깊이 사랑한 수도부[51]의 죽음이다. 그는 스스로 자기 혀를 끊어 죽은 그녀

50 같은 곳.

의 입에 넣어주고 식음을 전폐한 채 그야말로 애를 끊는 망부가(亡婦歌)로 애도의 의식을 치른다(23-26일). 어떤 의미에서는 깊은 정서적 교감을 한 타인의 죽음이 우리 자신의 죽음보다 더 근원적인 현상일 수 있다.

다음으로 이 소설에는 '내'가 저지른 죽음, 즉 살인(殺人)이 나온다. 주인공 '나'는 수도승으로 보통의 인간 척도를 벗어난 인물이다. 그는 유리에 도착하고 그 다음 날 우물에서 만난 뚱뚱한 존자와 외눈의 염주 스님을 살해한다. 그리고 다시 그가 자기 스승인지 모른 채 자기 스승을 죽인다. 피살자가 모두 수도승인 이 세 건의 살인은, 김현의 지적[52]대로 『임제록』에 나오는 유명한 구절의 도해라고 할 만하다. 즉 "부처를 만나면 부처를 죽이고, 조사(祖師)[스승]를 만나면 조사를 죽[…]여야 비로소 해탈하여 어떠한 경계에도 구속되지 않고 모든 것에서 벗어나 자유자재하게 된다."(殺佛殺祖 […] 始得解脫 不與物拘 透脫自在)[53] 소설에서 그의 스승은 죽기 전에 앞의 두 살인이 "구도적 살인"(2일, 99)이라고 말하지만, 그는 이 세 건의 살인으로 씻을 수 없는 죄를 짓고 죽을 때까지 그 짐을 안고 살게 된다.

마지막으로 '나'의 죽음이 있다. 일반적으로 나의 죽음은, 나에게 고유한 것이지만 심지어 나에게도 경험 영역 너머에 있는 것으로 나타난다. 그런데 일인칭 시점을 취한 이 소설은 감히 그것을 경험의 영역으로 옮겨놓고자 한다. 주인공 '나'는 수도부가 죽을 때 스스로 혀를 끊어 말을 버리고, 이후 촛불중에게 시력을 상실하는 예형(豫刑)을 당한 후 정육면체 상자 안에 갇혀 죽음을 기다린다. 여기서 그려지는 것은 '나'의 죽음이 이루어지는 풍경이다. 소설은 그의 의식이 겪는 마지막 순간을 그려내지만, 그 광경은 전율과 공포라기보다는 차라리 담담한 풍경이다.

---

51 "집착하지 않으면 만났어도 만난 것이 아닐 것이며, 헤어져도 헤어지는 것이 아닐 것이겠지만, 내게 무서운 것은 그래, 내가 이 계집을 한사코 애착하기 시작한 것이다." (5일, 161)

52 김현, 「인신의 고뇌와 방황」, 『박상륭 깊이 읽기』, 앞의 책(1976), p. 353.

53 성철, 『성철스님 임제록 평석』, 장경각, 2018, p. 407. 번역문은 필자가 약간 다듬었다. 이 구절은 가장 믿을 만한 존재에게도 의지하지 말고 자기 혼자서 도를 찾으라는 뜻이다.

물론 이 소설에 죽음만 제시되는 것은 아니다. 여기에서 부활과 생명을 동시에 아우르는 행위와 상징이 각각 등장하는데, 성교(性交)와 물고기 형상이 그것이다. 먼저, 이 소설에서 성교는 죽음의 편에도 있지만(수도부에 대한 촛불중의 강간), 무엇보다 생명과 부활의 편에 있다. '나'는 장로의 손녀딸과 나흘에 걸쳐 끝없는 정사를 치르면서 다음의 생각을 한다. "성교란 하나의, 명상법으로도 던져진 것이며, 우주를 이해해보기 위한 수단으로 놓여진 것이다. 그래서 이 음통(陰通)은 음통이 아니며, 그것은 죽음의 연구로 변해진다"(32일, 646). 성교를 그릴 때 소설의 초반부와 후반부에 뉘앙스 차이가 나타난다는 것도 지적할 수 있다. 즉 그것이 주인공에게 안락과 정체(停滯)를 암시하는 "문(門)에의 유혹"(2일, 50/3일, 129)으로 나타날 때는 행위의 여부와 관계없이 거역해야 하는 대상이 되지만, 이후 생명과 부활의 방법으로 제시될 때는 적극적인 의미를 띠게 된다. 처음에는 폭력적으로 시작했다가 이윽고 지극한 사랑의 행위로 변한 수도부와 정사, 주인공의 아이를 갖기 위해 눈도 보이지 않고 말도 못하는 주인공을 찾아온 손녀딸과 정사가 이런 예라고 할 수 있다.

다음으로, 『죽음의 한 연구』에서 생명의 상징으로 집요하게 등장하는 것은 물고기다. 속죄와 구원의 의식으로 등장하는 '마른 늪에서 물고기 낚기'는 죽음과 대척점에 있는 행위다. 주인공은 이 무익하고 부조리한 행위를 하면서 본래 어부였던 베드로에게 예수가 하는 말, 즉 "내가 너희로 [하여금] 사람을 낚는 어부가 되게 하리라"(「마태」 4 : 18-19)를 떠올린다(10일, 208). 사람이 물고기로 취급되는 이 비유에서 주인공은 한 인간의 거듭남에 대한 성찰을 끌어낸다. "거듭나기 위해서, 생명은 그것이 어떤 것이든, 한 번 죽지 않으면 안 될 것인 듯하다. 그러니까 말을 바꾸면 그러한 어부업이란, '사람'은 죽이되 '생명'은 낚아내는 행위로 여겨진다"(10일, 209). 실제로 물고기 상징은 이 소설 전체를 관통하는 형상이다. 주인공이 읍내에서 당한 봉변은 일종의 생선구이 형상으로 그려지고(15일, 289), 주인공이 강연에서 제시한 마지막 도식은 "흡사 물고기의 형상"(17

일, 404) 같이 제시되며, 수도부가 죽어가면서 하는 말 또한 물고기를 환기시킨다. "그라요, 나 인제 물괴기나 될라요이, 그래서나 시님이 멋 땜시로 벌 받고 있단 것 내가 모도 갚았이면 싶어라우"(22일, 554).

박상륭의 소설과 함께 한국문학은 형이상적이고 종교적인 소설, 치밀한 구도적 소설의 강렬한 표본을 갖게 되었다. 아울러 인간사의 근원적 문제들이 토속적이고 신화적인 공간에서 다루어지면서 전례 없는 소재의 확장이 이루어졌다. 또한 그의 소설들은 진한 전라도 사투리와 저잣거리 언어부터 지극한 관념어에 이르기까지 폭넓은 어휘와 복잡한 문장 구조를 사용하면서 한국어의 표현 가능성을 눈에 띄게 넓혀놓았다.

그러나 네 권으로 나온 『칠조어론』(1990, 1991, 1992, 1994) 이후 박상륭 저작에서 내가 느낀 당혹스러움은 무엇보다 그가 소설가의 테두리를 벗어나서 문명을 이끄는 일종의 선지자나 '교주'가 되려고 한 것은 아닌가 하는 의심에서 비롯된다. 김현은 『칠조어론』 1권에 붙인 해설에서 이렇게 쓴다. "구태여 그를 정의하자면, 예언자에 가깝다. 그러므로 그가 쓰는 것도 소설이나 작품이 아니라 잡설·변설·어론에 가깝다."[54] 김윤식도 반쯤은 농담의 어조를 빌려 『칠조어론』이 소설이나 문학이 아니라고 지적한다.[55]

때로 예술가들은 허망하게도 예술가 너머의 자리로 가고자 한다. 루이스 부뉴엘Luis Buñuel은 자서전 『마지막 숨결』에서 자신의 오랜 친구 살바도르 달리를 평가하면서 이렇게 썼다. "피카소는 화가였고, 단지 화가였을 뿐이다. [그러나] 달리는 화가 너머의 자리로 갔다."[56] 이 문장의 형식을 빌려 예컨대 이렇게 쓸 수 있을 것이다. 이청준은 소설가였고, 단지 소설가

---

54 김현, 「병든 세계와 같이-아프기: 『칠조어론』의 주변」, 박상륭, 『칠조어론 1』, 문학과지성사, 1990, p. 415.

55 김윤식·박상륭·이문재 대담, 「우리 소설을 지키는 프로메테우스」, 『문학동네』, 2003년 가을, p. 374.

56 루이스 부뉴엘, 『마지막 숨결』, 이윤영 옮김, 을유문화사, 2021(1982), p. 350.

였을 뿐이다. 그러나 박상륭은 소설가 너머의 자리로 갔다…. 정과리는 박상륭의 언어가 단지 '듣기'만을 강요하는 "엄격한 모놀로그"[57]라고 지적했지만, 나는 이 지적이 『칠조어론』 이후의 박상륭에만 온전하게 적용된다고 생각하는 쪽이다. 이 때문에 나는 1990년대 이후 이 작가가 걸어간 길을 안타까워하면서 『죽음의 한 연구』의 박상륭, 그 이전의 박상륭을 자꾸만 되돌아보는 것이다. 미련은 미련한 것들이나 갖는 것일지도 모른다고 생각하면서.

2021년 10월

57 정과리, 「신이 되고팠던 이의 행로는 애잔하나니」, 『문학과 사회』, 2017년 가을, p. 285.

서울을 이해하기 위하여

손정목 —
『서울 도시계획 이야기: 서울 격동의 50년과 나의 증언 1-5』

손정목(1928-2016)의 『서울 도시계획 이야기: 서울 격동의 50년과 나의 증언』은 2003년에 한울에서 5권으로 출간되었다.

서울에서 30년이 다 되는 시간을 보냈지만, 내가 이 도시를 얼마나 알고 있는지는 가늠하기 힘들다. 그 인구와 규모가 상상을 넘어설 정도로 크고, 서울은 특히 20세기 후반부에 상전벽해에 버금가는 변화를 겪었기 때문이다. 더구나 이 급격한 변화는 대다수의 시민이 모르는 상태에서 이루어졌다. 손정목은, "서울 개발의 역사는 드라마의 연속"이었지만 서울시민들은 "그 내용을 거의 모르는 가운데 개발이 진행되었"으며 심지어 "서울시 고위 간부들조차 왜 이런 일이 이루어지는지 그 이유를 모르는, 한갓 하수인들"에 불과했다고 쓴다.[58]

이렇게 극심하게 변화하는 도시에서 오랜 시간을 살다 보면, 사실상 그날그날의 일들만 강렬하게 체험되고, 우리 정체성의 가장 중요한 부분이라고 할 수 있는 기억의 상당 부분이 사라져버린다. 우리의 기억, 특히 무의지적(無意志的) 기억을 불러내는 데 장소가 각별한 역할을 하지만, 어느 순간 그것이 완전히 다른 것으로 바뀌어버렸기 때문이다. 정수복은, 배를 타고 강물을 따라 물건을 팔러 다닌 강상(江商)들의 삶을 되살리려 했던 한 소설가의 사연을 전해준다. 그는 소설의 소재를 모으려고 아직 살아 있는 과거의 강상들을 만나러 다녔지만, 애석하게도 그들은 과거의 기억을 잘 되살려내지 못했다. "강에 댐이 생기고 뱃길이 끊어지고 나루터도 없어지자 거기서 일하던 기억도 까맣게 사라지고 말았"[59]기 때문이다. 장소가 알아볼 수 없을 만큼 변형되면, 기억마저 사라진다. 서울은 이런 의미에서 상당한 기억상실증을 불러오는 도시다.

기억을 다시 불러내고 이 불가사의한 도시를 이해하기 위해서는 한국전쟁 이후 서울의 전체상이 어떻게 형성되었는지를 이해할 필요가 있다. 손정목의 『서울 도시계획 이야기: 서울 격동의 50년과 나의 증언 1-5』[60]는 이를 위한 좋은 안내서라고 할 수 있다. 그것은 대략 1950년부터 2000년까지 격동의 시기를 겪은 한 도시 이야기를 들려준다. 출간 이후

---

58 손정목, 『한국 도시 60년의 이야기 1』, 한울, 2005, p. 221.

59 정수복, 『도시를 걷는 사회학자: 서울을 생각한다』, 문학동네, 2015, p. 8.

20년 가까이 지났지만, 손정목의 기술만으로도 사실상 이 거대도시의 기본상을 얻을 수 있다. 도시 전체의 구조적인 변동이 일어나서 서울의 기본 틀이 잡힌 시기가 20세기 후반부였기 때문이다.

이는 각 장(章)의 주제와 거기에 제시된 고유명사만으로도 충분히 짐작할 수 있다. 『서울 도시계획 이야기』 1권은 한국전쟁 이후 서울의 상황, 전쟁피해 복구계획, 워커힐 건설, 박흥식의 남서울 신도시계획안, '새서울 백지계획'과 1966년 8월 15일 도시기본계획 전시, 세운상가, 그리고 한강 종합개발을 다룬다. 2권에서는 여의도 건설, 도심부 재개발사업, 을지로1가 롯데타운 형성과정이 논의된다. 3권은 어린이대공원 건설, 경부고속도로 개통과 강남개발, 잠실개발 및 잠실종합운동장 건립, 구자춘 시장 시기의 3핵 도시구상과 그 파장을 파헤친다. 4권은 도심지 도로망과 주차 공간 확보로 이어진 3개 공간 확충정책, 과천 서울대공원과 국립현대미술관 건립과정, 박정희 정권 시기의 행정수도 구상, 그리고 목동 신시가지 개발과정을 기술한다. 5권에서는 88올림픽과 서울 도시계획, 노태우 정권의 주택 2백만 호 건설과 수서 사건, 청계천 복개공사 및 고가도로 건설, 그리고 남산 변천 과정이 중심에 놓인다.

각 장은 주로 짧은 시기에 단일 장소에서 일어난 변화를 다루지만, '한강 종합개발', '도심부 재개발사업', '남산 변천 과정'은 50년을 가로지르는 서술의 형태로 쓰여진다. 사실상 손정목의 상세한 기술은 서울에 대해 자연스레 제기되는 꽤 많은 의문에 답을 제공한다. 예컨대 서울을 방문한 외국인이 가장 놀라는 것 중 하나는 구도심의 주축이 되는 도로의 폭이 엄청나게 넓다는 점이다. 손정목의 책을 읽으면, 한국전쟁 이후 구도심이 거의 백지상태로 변했고 이 광활한 도로가 '이참에 도로망이나 넓히자'는 최초 도시계획의 산물(1, 114-117)이며, 이에 기반을 둔 도로망 확충의 결

---

60 『서울 도시계획 이야기: 서울 격동의 50년과 나의 증언 1-5』의 1권, 2권, 3권은 1996년과 1998년 사이에, 4권, 5권은 주로 2000년과 2002년 사이에 집필되었고, 2003년에 한꺼번에 발간되었다. 이 글에서 이 다섯 권의 책을 인용할 때는 인용이 끝나는 곳에 괄호 안에 넣어 권수와 쪽수만 기입한다.

과(4, 35–38)임을 알 수 있다.

손정목의 글은 이중의 의미에서 관료의 글이다. 그는 실제로 1970년부터 1977년까지 서울시청의 기획관리관, 도시계획국장, 내무국장으로 근무했다. 행정가로서 도시계획에 깊숙하게 관여했기 때문에 그는 서울시에 구조적 변화가 일어나던 시기의 변화상을 증언하기에 유리한 위치에 있다. 다른 한편, 이 글의 성격은 책을 쓰면서 참고한 자료나 팩트 중심으로 상황을 재구성하는 경향에서 잘 나타난다. 즉 시청이나 구청의 자료, 보고서, 백서, 국회 회의록, 사보, 연보, 실록과 같은 인용 자료의 기본성격, 정보에 접근할 수 있는 권한, 사후에 해당 안건에 대해 직접 문의할 수 있는 다양한 인맥 따위가 글쓰기의 기반이 된다. 자료에 기반을 둔 글쓰기는 손정목의 신념이자 철학이기도 하다. 그는 자료—사료(史料)!—의 중요성을 뼈저리게 인식하고 자료 수집은 그에게 "하나의 숙명"(1, 29)이었다고 고백한다. 그리고 자료를 다룰 때, "진실은 진실 그대로 전해져야 한다. 결코 첨가와 삭제가 있어서는 안 되며 하물며 분칠이 있어서는 더더욱 안 된다"(1, 28–29)는 태도를 견지하고자 했다.[61] 물론 군데군데 자화자찬이 등장하고 같은 내용과 수사가 꽤 많이 반복되는 문제 따위가 있지만, 이 다섯 권의 책에는 20세기 후반부에 서울이 겪은 사건들, 동인들, 도시 계획상의 고민들이 상당히 충실하게 제시되어 있다. 따라서 손정목의 책은 서울을 이해하기에 아주 좋은 성찰의 재료가 된다.

그의 책에서 다소 멀어지더라도 먼저 서울과 외부 도시의 연결 관계부터 생각해보자. 서울과 이어지는 두 개의 핵심적인 도시는 인천과 부산이다. 먼저 인천(제물포)은 전통적으로 뱃길을 중심으로 서울의 관문 역할을 했고, 이후 인천국제공항이 개항(2001)하면서 이 역할은 훨씬 더 강화되었다. 그런데 외부 도시와 연결 관계는 서울 내부에 깊은 흔적을 남긴

61 도시계획의 기록에 대한 손정목의 의지는 『도시문제』(1966–1989)라는 잡지의 발간과 기고, 23년간의 편집위원 활동으로 이어진다.

다. 영등포는 오래전부터 서울 도심의 전통적인 축을 형성하고 있었지만, 인천으로 이어지는 서쪽 축 형성에 결정적인 사건은 여의도 개발(1967-1968)과 한국 최초의 고속도로인 경인고속도로 개통(1968)이다. 손정목에 따르면, 여의도를 설계할 때 김수근 연구팀은 "서울—여의도—영등포—인천을 연결하는 선형계획을 세웠"고, "긴 안목으로 볼 때 서울은 어차피 인천과 연결되는 선으로 발전되어야 한다"는 생각을 하고 있었다(2, 47). '제2 한강교'로 일컫던 양화대교(1965, 1982), 여의도와 마포를 연결하는 마포대교(1970), 금화터널 개통(1979)과 성산대로 건설(1979), 김포국제공항(1958)으로 접근성 강화를 위한 성산대교 준설(1980) 등도 서쪽 축의 강화와 이어진다. 1983년 이후 본격화된 목동 개발도 그 연장선상에 있다. 목동 개발이 상대적으로 지연된 것은, 이 지역이 상습 침수지역이었고 안양천이 공장폐수와 생활오수로 극도로 오염되었으며 절대농지로 묶여 있었기 때문이다(4, 296-297).

다른 한편, 멀리는 부산, 가까이는 대전을 잇는 또 하나의 축이 형성된 것은 경부고속도로 개통(1970) 덕분이다. 그것은 광화문에서 남산 1호터널(1970)과 '제3 한강교'로 일컫던 한남대교(1969)를 거쳐 경부고속도로로 이어지는 남쪽 축이다. 손정목은, 경부고속도로 개통으로 "구도심—강남을 연결하는 선으로서 발전 축이 또 하나 형성되었다"(3, 266)고 쓴다. 서울과 부산을 잇는 고속도로 개통이 서울 내부에 가져온 가장 큰 변화는 강남개발이다(3, 87-95). 이후 여기에 핵심적인 역할을 한 두 가지 사건은 구도심 각지에 흩어져 있던 버스터미널의 강남 이전, 즉 고속버스터미널의 준공(1978-1981)과, 지하철 2호선을 본래 설계를 바꿔 순환선으로 결정하고 준공한 일(1984)이다. 강남개발은 아파트를 중심으로 한 한국의 주거 형태 변화와 중산층 형성에 결정적인 사건[62]이었다고 할 수

62 손정목은 한국인의 주거 형태에 결정적 전환이 이루어진 시기를 1978년으로 본다 (3, 325-326). 또한 강남개발로 이른바 '부동산 불패 신화'가 만들어졌다. 실제로 "1963년에서 1979년에 이르는 16년간에 학동의 땅값은 1천 333배가 오르고 압구정동은 875배 올랐으며 신사동은 1천배가 올랐다"(3, 158).

있다. 이 지역에 이른바 8학군이 형성되면서 계급 및 계층 재생산의 계기가 된 것도 그 부산물이라고 할 수 있다.

손정목의 책을 읽다 보면, 서울 도시계획을 추동한 핵심 요인들이 있었다는 생각이 자연스레 들게 된다. 물가 폭등으로 이어진 1, 2차 석유파동(1973, 1979), 1980년대 3저 호황 같은 외부적 요인도 있지만, 이 책에서 추론할 수 있는 세 가지 핵심 요인은 안보 의식, 외부의 시선, 그리고 인구집중이다.

먼저 안보 의식은 서울시 도시계획에서 중요한 요인으로 작용했다. 이는 우리가 왜 서울 곳곳에서 여전히 위축되거나 음험한 기운을 느끼는가를 설명해준다. 안보 의식을 불러온 대표적인 사건 몇 가지는, 1968년 무장공비 31명이 청운동까지 침입한 이른바 김신조 사건, 그해 원산 앞바다에서 미 정보함 푸에블로호 피랍사건, 그해 무장공비 100여 명이 울진·삼척지구에 침입한 사건, 1974년 육영수 여사 피격사건, 1970년대 중반의 베트남, 라오스, 크메르 같은 나라의 공산화 도미노현상 따위다. 북한의 현실적인 위협은 실제로 서울시 도시계획에 강력한 영향을 미쳤다. 손정목에 따르면, 북악스카이웨이 개통(1968), 야생 숲이었던 평창동, 구기동, 부암동의 개발, 서울시 '요새화 계획'(1969)에 따라 남산 제1·2호터널(1970)을 파면서 평화시에는 도로로, 전시에는 30-40만 명이 대피소로 쓸 수 있게 한 일(2, 69; 5, 260) 모두가 김신조 사건의 파장이다. 또한 소공 지하상가, 을지로 지하상가와 같이 도심지에 건설된 대규모 지하상가들(1975-1978)도 민방위 대피시설을 염두에 두고 건설되었다(4, 68-72). 정부 제2 종합청사가 과천에 건설된 것(1978)도 "포물선을 그리면서 떨어질 적의 포탄이 관악산에 부딪쳐 과천 시내에는 떨어지지 않는다는 계산의 결과"였다(3, 343). 또한 (이후 조순 시장 때 공원으로 바뀐) 여의도광장은 "비상시 군용비행장"으로 만든 공간이고, "같은 시기에 이루어진 경부고속도로에도 여러 개의 '비행장 구간'"이 있다(1, 34). 강남 개발의 심리적 동인 중 하나도 한국전쟁 발발 불과 이틀 뒤에 한강 인도교가 폭파되어 서울시민 대부분이 피난을 가지 못한 사건이 사람들의 뇌리에 강하게 남아 있었기 때문이다. 안보 요인의 영향력은 이후에는 차츰 약화된다.

서울시 도시계획에 작용한 또 하나의 중요한 요인은 외부의 시선이다. 손정목은 1966년 시청 앞 광장에서 전세계에 생중계된 미국 존슨 대통령의 방한 상황을 흥미롭게 되살린다. 서울시민들이 열과 성을 다해 준비한 이 환영식은, 도심지 슬럼가 모습이 전세계 전파망을 타면서 "한국이 정말로 가난한 나라라는 것을 […] 실감하게 한 행사가 되고 말았다"(2, 125). 그 결과 "미국의 거의 모든 지역 교민회로부터의 탄원서가 1967–1968년에 청와대 민원비서실에 접수"(2, 126)되었고, 이 사건은 도심지 재개발의 동인이 된다. 아이젠하워·존슨·포드 대통령의 방한 여정에 맞춰 "한강대교—용산—시청 앞—청와대" 길을 정비하고, 카터 대통령 방한 때는 "김포공항에서 여의도—마포로—서소문—시청까지를 '귀빈로'로 명명하여 외국귀빈들의 새로운 통과코스로 한다"(1979)는 결정이 내려진 것도 같은 맥락에서 이루어진 것이다(2, 181). 1985년 국제통화기금(IMF), 세계은행(IBRD) 연차총회가 개최되었던 힐튼호텔 주변의 양동 재개발이 이루어진 것도 같은 맥락이다(2, 202). 목동 개발의 직접적 동인 중 하나도 목동이 86아시안게임과 같은 국제행사로 "한국을 찾을 외국인이 김포공항에 내리기 전에 기내에서 내려다보는 지역"(4, 302)이었기 때문이다. 국립현대미술관(1986)의 입지가 과천 서울대공원 옆으로 정해진 어이없는 사정도 이런 국제행사를 앞두고 졸속으로 행정이 이루어졌기 때문이다.

마지막 요인은 급격한 인구 증가다. 손정목은 기회가 있을 때마다 서울시 인구 증가 상황을 강조한다. "1959년에 2백만 명을 넘은 서울의 인구는 1963년에 3백만 명을 넘었고 1968년에는 4백만 명을 넘었다. 그리고 2년 후인 1970년 인구센서스에서는 540만 명이 되어 있었다. 1972년에 6백만, 1975년에 690만, 1980년에 836만. […] 문자 그대로 '광적인 집중'이었다"(1, 12-13). 따라서 "집은 아무리 지어도 모자랐고 길은 아무리 넓혀도 부족했다. 수돗물은 아무리 증산해도 따라가지 못했고 무허가 건물은 헐어도 헐어도 계속 늘어났다"(1, 302). 강남개발, 박정희 정권 말기의 행정수도 이전계획, 노태우 정권 시기의 주택 200만호 건설 따위의 정책은 일차적으로 끝없이 서울로 몰려드는 인구집중에 대응하기 위한 것이었다. 물론 이 문제는 현재에도 전혀 해결되지 않았다. 출퇴근 시간의 서울 지하철이나 버스, 시도 때도 없이 주차장으로 변하는 도로 위에서 우리는 이를 상시적으로 느낄 수 있다.

손정목은 서울의 괄목할 만한 성장에 자부심을 느끼면서도, 거기에 어두운 그림자가 있다는 점도 빠뜨리지 않는다. 무소불위의 모습을 보였던 박정희, 전두환, 노태우 정권의 서울시 행정을 '개발독재 시대'로 규정한 것(1, 13-18), 강남개발 상황에서 투기를 통한 박정희 정권의 막대한 정치자금 확보에 대한 기술(3, 96-116), 뇌물과 편법으로 불가능한 일을 추진했던 정태수의 수서 사건에 대한 서술(5, 115-180) 따위가 그렇다. 5·16부터 1995년 최초의 민선시장 선출 이전의 서울시 행정을 전시행정(展示行政)으로 규정하는 것도 마찬가지다. 손정목은 이 기간에 18명이 서울시장을 거쳐갔지만 대다수의 시장이 "시민복지나 다수 시민의 행복보다도 '오직 임명권자 한 분에의 충성'에 치중했고 그 한 분을 향한 전시효과와 공적 쌓기에 더 관심을 두었다"(1, 305)고 증언한다. 이런 흔적의 상당 부분은 아직까지 서울 곳곳에 흉터처럼 남아 있다.

손정목은 이 다섯 권의 책에서 이야기꾼의 재능을 보여준다. 제목에 제시된 대로, 한 도시의 역사가 그대로 이야기가 된다. 예컨대 롯데호텔 건설을 계기로 롯데그룹이 굴지의 재벌로 거듭나는 과정을 그린 「을지로1가 롯데타운 형성과정」(2권), 5·16 쿠데타의 주역 중 하나인 김재춘이 등장하는 「신무기 개발기지가 서울대공원으로」(4권), 정태수의 수서 비리 사건을 다룬 「주택 2백만 호 건설과 수서사건」(5권)은 실제 일어난 일을 다루지만, 그 자체로 한 편의 소설이나 영화만큼 흥미진진한 이야기다. 사실상 서울 도시계획의 거의 모든 이야기가 그렇다. 어느 경우나 동인이 있고, 상황이 제시되며, 주도적 인물들[63]이 나오고, 시작과 끝이 있으며, 인과율에 충실하기 때문이다. 여기서 서울은 배경이자 대상으로 남아 있지만, 다른 각도에서 보면 변함없는 이야기의 주인공이다.

손정목의 책을 덮으면서 내게 떠오르는 것은 엄밀한 의미의 장소place다. 20세기 후반부를 거치면서 서울은 겉보기에 부유하고 현대적인 도시가 되었다. 그러나 이 거대한 도시가 서울에 사는 사람들에게 하나의 장소로 기능하고 있을까? 장소는 그곳에 오래 머무른 사람, 그곳과 깊은 교감을 한 사람에게 정체성을 부여하고, 함께 사는 사람들과 자유로운 교류를 허용하며, 기억의 토대가 된다. 그렇다면 서울은 장소일까? 분명 파리지앵parisien이나 뉴요커newyorker는 있다. 그러나 과연 서울 사람seoulite은 있을까? 있다면 누구일까? 서울에서 태어난 사람? 부모님 고향까지 서울인 사람? 서울에서 10년 이상을 산 사람? 아니, 서울을 진정한 삶의 장소로 느끼는 사람이 서울 사람이다. 이 점에서 아무래도 나는 서울 사람이 아닌 것 같다. 반대로 나는 서울의 삶이 갈수록 각박하게 느껴지는 이유에 지나치게 기능적이고 작위적인 서울의 공간도 한몫을 하지 않을까라는 생각

---

63 손정목의 책에 가장 많이 등장하는 건축가는 김수근이다. 그는 28살의 나이로 남산 국회의사당 건물 현상설계(1959)에 당선된 이후, 권력 실세들과 긴밀한 관계를 맺으면서 워커힐 건축(1961-1962), 세운상가 건설(1966-1968), 청계고가도로 설계(1967), 여의도 건설(1968-1969), 잠실대운동장의 전체 배치계획과 주경기장 설계(1976-1977), 서울대공원의 동물원 일부(1982-1984), 목동 설계(1983-1985) 등에 깊숙하게 개입한다. 손정목은 김수근을 "속기(俗氣)"가 강해서 예술가라기보다는 "다재다능한 사업가"라고 평가(1, 143)하고, "항상 스타였고 스타여야 했"으며 "스스로가 다른 차원의 인물이라는 자아도취에 빠져 있었다"고 증언한다(2, 41).

을 한다. 이런 생각이 끝내 지워지지 않는 데에는 서울의 도시계획에도 상당한 책임이 있을 것이다.

2021년 12월

가난에 대해 말한다는 것의 무게

조은 —
『사당동 더하기 25: 가난에 대한 스물다섯 해의 기록』

조은(1946–)의 『사당동 더하기 25: 가난에 대한 스물다섯 해의 기록』은 2012년에 또하나의문화에서 출간되었다. 이 책의 발간을 전후해서 조은이 감독한 4편의 다큐멘터리가 나오는데, 이는 이 책의 다른 판본들이라고 할 수 있다. 〈한 가족의 이야기가 아니다〉(2001), 〈사당동 더하기 22〉(2009), 〈사당동 더하기 25〉(2012), 〈사당동 더하기 33〉(2020).

우리는 모두 가난이 무엇인지 안다. 가난이란 사고 싶은 것을 살 수 없고, 하고 싶은 일을 포기할 수밖에 없다는 뜻이다. 가난이란 나도 모르게 천 원, 이천 원 때문에 목소리를 높인다는 뜻이다. 가난이란 떠나기 싫은 집을 이년마다 옮기지 않을 수 없으며, 주거환경이 나쁘고 교통이 더 불편한 곳으로 집을 옮겨야 한다는 뜻이다. 가난이란 내가 선택한 것으로서 나를 단련하는 무기이며, 내가 물질적인 것에 얽매이지 않고 (상대적으로) 자유롭다는 것을 뜻한다. 가난이란 나의 '자존심'을 이루는 물건 대신 허접한 물건을 사지 않을 수 없다는 뜻이다. 가난이란…. 이렇게 '가난'으로 시작하는 문장의 서술어 목록은 무한히 길어질 수 있다. 우리는 각기 가난에 대해 일정한 표상을 갖고 있고, 이 모든 문장에 일리가 없다고는 할 수 없다.

그러나 우리 모두가 가난이 무엇인지 아는 것은 아니다. 가난은 관념적으로는 이해하기 힘든 단어에 속한다. 여기서 잠시 디디에 에리봉Didier Eribon에게 눈을 돌려 보자. 프랑스의 가장 가난한 하층 계급 출신인 그는 현재 가장 주목받는 지식인 중 한 명이 되었다. 성공에 이르는 20년 가까운 시간 동안 그는 심지어 부모하고도 연을 끊고 살았다. 그는 마침내 고향 랭스로 되돌아가는데, 그때 어머니가 꺼내 온 앨범에서 자기 유년기와 청소년기 사진을 발견하고 이렇게 쓴다. "내가 살아온 노동자 계층의 환경 […]은 아직도 내 정신과 육신에 새겨져 있지 않은가? 노동자 계층의 비참함은 배경으로 보이는 주거지의 외관과 실내 장식, 의복, 심지어 몸 그 자체에서도 드러난다."[64] 그는 심지어 자신의 동성애 성향에 대해 쓰는 것보다 출신 환경에 대해 쓰는 것이 더 어려운 일이었다고 고백한다.[65] 가난은 그에게 '사회적 수치'이며, 오랫동안 말할 수 없는 것의 영역, 완고한 침묵의 영역으로 남아 있었다. 이런 단어는 어쨌거나 쉽게 말할 수 없다.

---

64 디디에 에리봉, 『랭스로 되돌아가다』, 이상길 옮김, 문학과지성사, 2021, p. 21.

65 앞의 책. p. 23.

조은의 『사당동 더하기 25: 가난에 대한 스물다섯 해의 기록』[66]은 이 쉽게 말할 수 없는 세계로 우리를 초대한다. 가난에 대한 조은의 연구는 1986년부터 시작되었고 이 책은 또하나의문화에서 2012년에 출간되었다. 그 사이에 이정표를 이루는 책이 하나 있는데, 그것이 1992년에 조옥라와 공저로 출간된 『도시빈민의 삶과 공간: 사당동 재개발지역 현장 연구』다.[67] 이 두 책을 비교하면 『사당동 더하기 25』에 대해 몇 가지 시사점을 얻을 수 있다.

『도시빈민의 삶과 공간』은 지금은 사라진 사당동 재개발지역에 대한 연구다. 이 책은 사당동 '달동네'가 형성되는 과정과 재개발 상황을 전체적으로 기술하고, 재개발이 지역주민들에게 어떤 의미를 지니는가를 다양한 각도로 파헤친다. 그리고 이를 계기로 주거 공간의 실태, 가족관계, 생계전략 등을 통해 1980년대 후반 도시빈민의 실제 모습을 가까이에서 규명해낸다. 이 연구에는 심층 면담, 설문조사의 방법론이 사용되는데, 이 책이 도시빈민의 실제 모습을 생생하게 그려낼 수 있었던 것은 무엇보다 참여관찰의 방법 때문이다. 특히 두 명의 조사원(조혜란, 홍경선)이 2년 반 동안 사당동에 상주하면서 직접 기록한 자료가, 편견과 선입견을 넘어 생생한 현실로 들어가는 좋은 계기가 된다.

『도시빈민의 삶과 공간』을 『사당동 더하기 25』와 비교해 보면, 크게 세 가지 정도의 차이가 두드러진다. 먼저 이 두껍지 않은 책에는 도시빈민의 삶에 대한 풍부한 서술이 들어 있지만[68], 이 책은 무엇보다 당시 사당동의 현안이었던 재개발에 초점을 맞춘다. 이 때문에 지역형성과 해체, 이주 실태, 재개발의 의미, 재개발을 둘러싼 갈등, 지역빈민운동이 이 책에서

---

66 이하 『사당동 더하기 25』로 표기하고, 인용할 때는 괄호 안에 쪽수만 기입한다.

67 이 세 개의 연도를 표시하면 1986년, 1992년, 2012년이 된다. 또 다른 좌표를 이루는 것은, 출판의 형태로 발간된 연구 결과물과 별개로 (때로는 더불어) 발표된 다큐멘터리들이다: 〈한 가족의 이야기가 아니다〉(2001), 〈사당동 더하기 22〉(2009), 〈사당동 더하기 25〉(2012), 〈사당동 더하기 33〉(2020). 결국 가난에 대한 조은의 연구는 시작한지 33년이 지나서 2020년에 일단락된다.

비중 있게 다루어진다. 연구의 중심이 재개발에 놓여 있기 때문에, 사당동 주민들의 이주가 모두 끝나자 연구도 마무리된다. 나아가 이 책에서는 연구자(들)의 모습이 간접적으로만 드러날 뿐 직접적으로 드러나지 않는다. 연구를 진행하면서 연구자가 겪는 내적 갈등, 도시빈민들과 빈번하게 접촉하면서 발생하는 인식론적 충격, 연구방법론에 대한 고민 따위는 사실상 서술의 뒤편에 놓이고, 연구 대상에 대한 이른바 '객관적인' 서술이 연구의 전면을 차지한다. 마지막으로 한 가족의 사례를 통한 심층 연구는 아직 시작되지 않았다. 물론 여기서도 22개 가족의 표본을 뽑아서 연구를 진행했지만, 이는 무엇보다 1980년대 후반 도시빈민의 전체상을 제시하려는 목적에 수렴된다.

앞의 서술을 『사당동 더하기 25』를 중심으로 다시 쓸 수 있을 것이다. 물론 이 연구의 씨앗은 상당 부분 『도시빈민의 삶과 공간』에 들어 있고, 이 책은 조은의 문제의식이 본격적으로 발아하게 된 계기가 되었다고 할 수 있다. 그러나 재개발이 끝나도 가난이 없어지지 않고 단지 보이지 않는 곳으로 모습을 감춘 것에 불과하다면, 연구 대상은 전혀 사라지지 않았다. 『사당동 더하기 25』는 재개발 이후 사당동에서 상계동으로 거처를 옮긴 한 가족을 오랫동안 추적하면서 이들이 어떤 삶을 살아가는지에 초점을 맞춘다. 따라서 연구의 중심축은 자연스럽게 재개발에서 가난으로 이행한다.

---

68 이 책에서 내게 인상적이었던 것은 '생계전략과 기반'에 대한 서술(3장 3절, pp. 40-50)이다. 조은은 이렇게 쓴다. "1년에도 몇 번씩 일자리를 찾아야 하는 이들은 누군가의 도움을 받는다. […] 이웃, 이웃의 친척, 동네 사는 친척, 친척의 이웃, 전에 일터에서 만난 사람 등등 다양하다. 이는 […] 이들의 일종의 생존전략 체계이다. 건설업 관계 일용노동 연결망은 주로 남성 중심이며, 여성들의 경우는 가내 하청업 연결망이 보다 대표적이다. 노점상이나 서비스업 연결망은 […] 덜 유형화되어 있지만 어떤 경우는 치밀한 연결망이 형성되어 있다."(조은·조옥라, 『도시빈민의 삶과 공간: 사당동 재개발지역 현장연구』, 서울대학교출판부, 1992, pp. 40-41.) 그리고 조은은 장소와 인물을 중심으로 사당동의 일자리 연결망을 치밀하게 재구성해낸다. 그래서 다음의 진술이 가능하게 된다. "재개발추진은 실제 사회관계망뿐 아니라 지역에서 일감을 없애버렸다."(앞의 책, p. 136)

다음으로 『사당동 더하기 25』에서는 연구방법론에 대한 성찰이 제시된다. 가난을 연구하고 가난에 대해 말한다는 것은 무엇인가? 자신이 체험하지 못한 가난을, 연구자가 어떻게 말할 수 있는가? 조은은 "연구자에게 연구자가 속한 일상과 다른 일상을 경험하고 연구한다는 것은 어떤 의미인가를 수시로 자문해야 했다"(31)고 고백한다. 이는 조은이 연구를 진행하면서 가난의 무게를 느끼고 가난에 대해 쉽게 말할 수 없다는 것을 체감했다는 뜻이다. 이전 저작의 방법론과 비교해보면, 『사당동 더하기 25』에서는 설문조사가 사라지고 심층 면담과 장기적 참여관찰 등 이른바 질적 조사 방법론이 전면적으로 등장한다.

방법론적 성찰의 대상에는 이른바 객관적인 서술도 포함된다. 이런 서술방식은 연구자가 연구 대상에 대해 초월적 위치를 점하고, 단일하고 투명한 의식을 가진 상태로 대상을 기술할 때 나온다. 그러나 이것이 전면적인 회의의 대상이 된다. 이 회의는 아마도 다음 의문문의 형태를 취하게 될 것이다. 즉, 할 수 있는 한 최대한으로 객관적인 연구를 수행하면서도 그때그때 연구자의 상태 및 위치, 내적 고민을 드러내는 것이 오히려 더 정직한 태도가 아닐까? 이런 태도를 취하면, 객관적인 기술 뒤에 있던 연구자의 모습이 드러나게 된다. 이후 다시 언급하겠지만, 가난한 사람들과 긴밀하게 접촉하면서 그때그때 발생한 인식론적 충격들이 『사당동 더하기 25』에 풍부하게 기술되어 있고, 그 대목들은 이 책에서 가장 인상적인 부분들에 속한다.

가난을 두껍게 읽고자 하는 이 방법론적 고민에 영화가 도입되는 것도 주목할 만하다. 사실상 기술하는 언어가 아무리 정교하고 섬세해도 언어가 수행할 수 없거나 수행하기 힘든 것이 있고, 카메라는 이를 훨씬 더 잘 수행할 수 있다. 앞서 에리봉의 글에서 "배경으로 보이는 주거지의 외관과 실내 장식, 의복, 심지어 몸 그 자체"에서 드러나는 가난을 한눈에 보여준 것도 영상[사진]의 힘이었다. 일반적으로 언어는 개념적이고 논리적인 서술에 능하지만, 영화는 구체적이고 직접적인 서술에 능하다. 조은은 이렇게 쓴다. "할머니와 교회의 관계는 문자로 풀면 '의지할 데가 별로 없는 금선 할머니는 결코 교회를 빠지는 일이 없다'는 정도가 되겠지만, 일요일 날 륙색에 김, 봉지 커피, 설탕 등을 담아 교회 친교 시간에 파는 할머니의 모습이나 찬송하는 모습은 빈곤층이 교회와 맺고 있는 관계를 좀 더 적나라하게 드러냈다"(92). 카메라를 통한 관찰의 결과물은 네 편의 다큐멘터리로 세상에 나온다.

이렇게 한 권의 책에서 다른 한 권의 책으로 이어지면서 가난에 대한 사회학적 연구가 확장되고 심화된다. 『사당동 더하기 25』에서는 『도시빈민의 삶과 공간』에 제시된 연구 자료가 상당 부분 다시 사용되지만 전면적으로 확장되고, 무엇보다 한 가족의 사례에 대한 장기 관찰을 통해 심화된다. 이것이 마지막으로 결정적인 차이를 이룬다. 사실상 이 가족의 사례는 『도시빈민의 삶과 공간』에서 단지 부록의 표 한 칸을 차지했을 뿐이다. 여기에는 이렇게 기입되어 있다. "세대주: D부인(여성가구주), 직업: 파출부, 연령: 66, 고향: 함경도, 집 소유: 월세, 거주 동기: 양동 철거, 거주 년수: 23년, 방수: 1, 가구원의 경제 참여방법 및 가족 실태: 아들(건설 노동—공구리), 며느리(이혼), 큰 손자(중2년—운동선수), 큰 손녀(국5년), 둘째 손자(국2년), 가족관계: 아들과 손자3, 의료보험 여부: 생활보호 대상자."[69]

멀리서 보지 않고 현장으로 들어가 가까이에서 오랫동안 지켜보면, 통념과 다른 것들이 보인다. 조은은 예컨대 이렇게 쓴다. "덕주[둘째 손자]씨를 통해서 알게 된 것 중 하나는 우리가 흔히 '불량소년'이라는 이름으로 매도하는 상당수의 청소년들이 특별히 불량하지도 악덕하지도 않은 아이들이라는 사실이다"(228). 이렇게 하나하나 쌓인 관찰의 결과들은 가난에 대한 상투적이고 피상적인 인식들과 충돌을 일으킨다. 이런 인식 중 하

69 조은·조옥라, 앞의 책, p. 165.

나는 가난해지는 이유가 게을러서, 무절제해서, 어리석어서 따위의 설명이다. 그러나 예컨대 조은이 관찰한 덕주 씨는, 심지어 법원의 사회봉사 명령을 피해 다니면서도 "단 하루도 자기 먹을 것을 자기가 벌지 않은 때는 없었다"(229). 그래서 조은은 "이들에게 나타난 빈곤 문화는 자세히 들여다보면 원인이 아니라 결과"(311-312)라고 단언하고, "빈곤 문화가 있는 것이 아니라 빈곤이 있을 뿐이며 가난을 설명하는 데 가난 그 자체만큼 설명력을 가진 변수는 없다"(304)고 쓸 수 있었다.[70]

이 책에는 연구자가 오랜 시간 마주친 인식론적 충격들과 가난을 실감하는 계기들이 섬세하게 기록되어 있다. 예컨대 조은은 1986년 사당동에 처음 갔을 때 "주민들이 그렇게 가난해 보이지 않는다"(14)는 인상을 받고 당황한다. "옷차림도 깨끗하고 골목이 비좁긴 하지만 특별히 지저분하거나 칙칙하지 않았"(14)기 때문이다. 그리고 이렇게 쓴다. "그들의 가난은 집안에 들어섰을 때에야 실감하게 되었다. 길가에 면한 어느 곳이나 문을 열면 순간 부엌이 나타나고, 장지문을 열면 바로 온 식구들이 모여 사는 방 한 칸이 있었다. 주민들 대부분은 두세 평짜리 방 한 칸에 서너 명 이상이 살고 있었다. […] 통계를 냈더니 가구당 가족원 수는 3.5명이었다. 방 한 칸의 평균 넓이는 1.6평이었다. 따라서 온 식구가 반듯하게 누워서 잠을 잘 수 있는 집은 별로 없었다"(15). '칼잠'이란 말이 그렇게 연구자의 인식에 들어온다.

언어의 계급성에 대한 인식도 가난한 사람들과 직접적인 만남에서 비롯된 것이다. 이제는 유명해진 에피소드 하나는 '지금 일자리를 잃으면 사흘은 놀아야 된다'는 대사의 녹취록을 푸는 과정에서 벌어진다. 녹취를 맡은 대학생들이 '사흘'을 '석달'이라고 푼 것을 보고 조은은 이렇게 쓴다. "이는 단순히 오청(誤聽)의 문제라기보다 삶의 경험의 차이를 드러내는 것

70 이런 인식은 『도시빈민의 삶과 공간』에도 제시되어 있다. "이들의 빈곤의 원인이 성취욕 부족이나 게으름, 음주, 도박 등 개인적 결함으로 설명될 수 있는 사례는 거의 없다." 조은·조옥라, 앞의 책, p. 66.

이었다. 대학생들에게 실직이라는 것은 그 단위가 3개월인데, 빈곤층 청소년들에게 놀면 안 되는 날 수는 사흘인 것이다"(87). 부정확한 발음 및 우물우물 말하는 경향(87)이나 어휘력의 빈곤 때문에 '장점', '성실', '화제' 같은 가장 단순한 어휘조차 이해 못 하고 되묻는 상황들(88)도 언어의 계급성을 보여주는 지표가 된다. 이 일련의 에피소드는 언어가 모든 사람이 차별 없이 공유하는 공공재(公共財)라는 생각이 얼마나 터무니없는 환상인가를 잘 보여준다.

나아가 조은은 "성·사랑·결혼·가족 같은 내밀한 관계"(287)에서 가난의 무게가 가장 두껍게 쌓여 있는 것을 관찰하고 이렇게 쓴다. "빈곤층 여성들에게 가난한 가족으로부터의 피난처는 사랑이다. 그리고 그 사랑은 다시 가난의 덫이 된다"(293). 그리고 금희 엄마의 사례가 소개되는데, 성적 일탈, 가정 폭력, 로맨스를 빙자한 환상 등이 복잡하게 얽혀 있는 이 경우에서 조은은 새로운 인식에 도달한다. "금희 엄마가 특별히 예쁘거나 돈이 많은 것도 아닌데, 유부녀인 금희 엄마가 계속 총각들과 사귀는 것도 불가사의라고 생각했는데 나중에야 알게 되었다. 이들 계층에서 장가 못 간 총각들이 넘친다는 것을"(302).

몇 가지 예만 들었지만, 조은의 책에는 가난한 사람들과 지속적으로 상호작용하면서 스스로 인식의 범위가 넓어지는 경험들이 풍부하게 들어 있다. 연구자가 겪은 각각의 체험은 사실상 정교한 사회학적 규정들보다 훨씬 더 생생하게 가난한 사람들의 모습을 보여주고, 이들의 세계를 이해할 수 있게 해준다. 가난에 대한 사회학적 규정은 (그 건조한 문장들이 얼마나 잔인한 현실을 가리키는가와 관계없이) 아마도 몇 마디 말로 정리할 수 있을지도 모른다. 『도시빈민의 삶과 공간』에서 조은은 이렇게 썼다. "사례 가구의 생활사를 분석해 볼 때, 이들의 빈곤이 지속적이고 세습 가능성이 높으며, 일단 빈곤해진 뒤에는 빈곤의 악순환에서 벗어나는 것이 매우 어려움을 알 수 있다. 빈곤의 지속성이나 세습 가능성은 거의 모든 사례를 일반화시킬 수 있을 만큼 보편적이다."[71] 이것은 어떻게 보면 종언적(終焉的)인 진술이지만, 이 진술과 더불어 연구가 끝나지 않고 오히려 『사당동 더하기 25』로 다시 시작되었다는 사실에 주목해 보자. 연구의 목적 또한 바뀐다. 조은은 『사당동 더하기 25』의 매듭을 지으면서 이렇게 쓴다. "사당동 철거 재개발 프로젝트를 끝내고 보고서를 낼 때는, '가난한 사람들에 대한 이 기록'이 연구자, 정책 입안자, 그리고 '그들'에게 도움이 되기를 바란다고 썼다. 그런데 이제는 연구자나 정책 입안자가 아니라 우리들이 가난함을 이해하고 가난의 조건을 이해하게 되기를 바란다"(319).

가난에 대한 터무니없는 오해가 만연하는 이유 중 하나는 가난의 표상이 그 자체로 이미 오염되어 있기 때문이다. 자본주의 사회에서 특히 가난은 가장 큰 공포의 대상 중 하나(나의 가난!)이며, 질병, 불결, 추(醜), 비속, 부도덕, 범죄 따위와 연관되어 한 사회에서 부정적인 모든 것을 대표하는 표상이 되기도 한다. 여기서 혐오까지는 크게 멀지 않다. 이런 대상일수록 더 많은 편견과 선입관, 환상적 공포의 대상이 되는데, 정책 입안자를 포함한 독자와 연구자 모두가 사실상 그 자장(磁場) 안에 들어 있다. 가난에 대한 오해가 만연하는 또 다른 이유는 가난에 대해 제대로 말하지 못했기 때문이다. 문제는 가난을 직접 체험한 사람들이 말할 수 없거나 말하기 힘들다는 점에 있고, 이 때문에 연구자의 존재 근거가 생긴다. 따라서 더 큰 문제는 연구자의 태도다. 가까운 곳에서 살아 있는 인간들을 관찰하려면, 도덕적이든 정치적이든 섣부른 판단을 멈추고 이들을 차분하게 지켜보면서 성찰하는 과정이 필요하다. 이는 가깝지도 멀지도 않은 거리를 취하고, 온갖 자료를 성실하게 취합해서 가급적 그 자료가 스스로 말하게 하며, 연구자가 가르치거나 말하기보다는 듣고, 무엇보다 이들

---

71 조은·조옥라, 같은 곳. 다른 한편, 에리봉은 이렇게 쓴다. "사회적 운명은 일찌감치 결정된다. 모든 것이 미리 작동된다! 우리가 미처 의식하기도 전에 판결은 이미 내려져 있다. 태어나는 순간 선고문이 우리 어깨에 낙인처럼 새겨지고, 우리가 차지할 자리도 우리에 앞선 것들, 그러니까 우리가 속한 계층과 가족의 과거에 의해 규정되고 제한된다." 디디에 에리봉, 앞의 책, p. 57.

을 가까이에서 이해하려고 하는 과정이다. 그때에야 비로소 가난의 무게는 가난에 대해 말한다는 것의 무게로 옮겨진다. 조은의 책은 그 좋은 예가 된다. 가난을 속단하려 하지 말고 이해해야 한다. 그것이 우리 이웃, 우리 사회를 이해하는 길이기 때문이다.

2022년 2월

『화산도』를 읽어야 하는 이유

김석범 —
『화산도 1-12』

김석범(金石範, 1925-)의 『화산도(火山島)』는 일본어로 쓰여져서 1976년부터 1997년까지 일본의 문예지 『분가쿠카이(文學界)』에 연재되었고, 1997년에 분게이슌주(文藝春秋)에서 완간되었다. 2015년부터는 이와나미쇼텐(岩波書店)에서 출간되었다. 한국어판은 1988년에 실천문학사에서 이호철·김석희의 번역으로 『화산도』의 일부가 5권 분량으로 소개된 적이 있다. 이후 2015년에 보고사에서 김환기·김학동의 번역으로 12권 분량으로 완간되었다.

내 주변의 경우라서 일반화할 수는 없지만, 김석범의 『화산도』를 읽을 시간이 없는 사람들이 많다. 5-6년 전부터 나는 내 주변의 사람들—이들은 모두 지독한 독서광이다—에게 이 소설의 독서를 권했지만, 아직 이 소설을 읽은 사람은 없다. 집에 『화산도』 12권을 모두 사놓은 지인 한 명이 있을 뿐이다. 내가 제주에서 만난 사람들도 다르지 않았다. "읽으려고 했지만 시간이 없어서…"라고들 하지만, 엄밀히 말해서 이는 사실이 아니다. 단적으로 『화산도』를 읽을 수 없을 만큼 바쁜 사람은 없다. 단지 읽어야 할 이유, 읽고 싶은 동기가 부족하거나 아예 없을 뿐이고, 이런 이유로 이 책이 독서의 우선순위에서 (계속) 밀려날 뿐이다.

사실 이 소설은 엄청난 분량이다. 원작이 일본어로 쓰여진 이 소설은 2015년에 한국어로 완역될 때 모두 12권으로 출간되었고, 한국어판 쪽수를 단순하게 더해도 4,954쪽에 이른다. 김석범은 이 소설을 1976년부터 1997년까지 21년에 걸쳐 썼다. 이 소설은 일본의 문예지 『분가쿠카이(文學界)』에 전편이 연재된 후 1997년 9월에 단행본 7권으로 완간되었다. 김석범이 그전에 한국어로 쓴 다른 판본의 『화산도』(1965-1967)까지 계산하면 집필 기간은 총 32년에 달한다고도 할 수 있다. 많은 사람이 읽지 않은 책에 대해 글을 쓰는 일은 내게도 괴롭지만, 나는 서평의 형식으로 이 소설을 읽어야 할 내 나름의 이유를 쓰기로 했다. 그것은 이 소설이 꼭 4·3 사건을 정면으로 다루고 있어서만은 아니다.

내가 분명 제주를 깊이 생각하게 된 것은, 코로나 팬데믹 때문에 2020년 9월부터 2021년 8월까지 연구년 1년을 꼬박 제주에서 보내면서부터다. 이때 나는 백여 개의 오름에 오르고 제주 올레길 총 26코스 425km를 모두 걸으면서 제주의 자연과 문화를 체험하는 시간을 보냈다. 물론 나는 그전에 『화산도』를 두 번에 걸쳐 읽었지만, 이 책에 나온 말들이 훨씬 더 생생한 현실성을 띠기 시작한 것은 제주 체류 이후부터라고 할 수 있다. 간단하게 세 장면만 예로 들어보자.

#장면 1. 주인공 이방근은 술자리에서 시비를 거는 서북청년단을 제압했다가 감옥에서 하룻밤을 보내고 집으로 돌아온다. 그리고 목욕을 하고 자기 방 창문을 연다. 때는 2월 말. 소설은 이 순간을 이렇게 묘사한다. “뺨에 느껴지는 부드러운 바람이 방을 빠져나가 천천히 안뜰 쪽으로 불어가는 듯했다. 뒤뜰의 단단한 꽃봉오리를 매단 동백나무 잎사귀가 햇빛에 반짝이고 있었다. 바람에 흔들릴 때마다 부드러운 햇살이 사방으로 튀었다.”(1, 229)[72] 요즘 제주에서는 11–12월에 피는 애기동백 같은 화사한 개량 동백이 관광객을 끌어모으지만, 2–3월에 피며 꽃봉오리 전체가 툭— 떨어지는 단아한 토종동백과 그 반들거리는 잎사귀는 늦겨울 햇살과 만나 독특한 풍경을 이루어낸다. 바람이 불지 않는 청명한 2월의 제주에서는 바로 이런 풍경을 만날 수 있다.

#장면 2. 이방근은 산천단에 사는 목탁 영감을 만나러 갔다가 계곡 너머의 오름 하나를 본다. 그리고 이 오름에 대한 묘사가 흥미롭게 이어진다(3, 363). 그것이 삼의양(三義讓) 오름, 요즘 명칭으로는 세미양 오름이다. 현재 제주대학교 아라캠퍼스 위쪽에 있는 이 말발굽형의 오름—이 오름 정상 근처에서 보이는 한라산은 절경이다—은, 지금은 능선까지 거의 모두 나무로 덮였지만 전체적으로 부드럽고 완만한 형세, 굼부리 주변을 덮은 풍성한 숲, 특히 굼부리 안쪽 샘에서 말발굽 뚫린 쪽으로 흐르는 물 때문에 야릇한 상상을 불러일으킨다. 나는 작년 말에 아무 정보 없이 여기에 올랐다가 우연히 이 풍경을 보았고, 서평을 쓰려고 『화산도』를 세 번째로 다시 읽으면서 이 오름에 대한 기술을 보고 이날의 기억을 떠올렸다.

#장면 3. 남로당원인 남승지와 강몽구는 봉기자금을 마련하려고 밀항선을 타고 일본 오사카에 갔다가 남승지의 어머니와 여동생을 만나러 간다. 이날은 1948년 3월 11일, 음력 2월 1일이다. 오랜만에 아들을 만난 어머니는 아들이 언제 배를 타고 왔는지 묻는다. 나흘 전이라는 답을 듣고 어머

72 김석범, 『화산도 1』, 김환기·김학동 옮김, 보고사, 2015, p. 229. 앞으로 이 소설의 인용은 괄호 안에 권수와 쪽수만 표시한다.

니는 이렇게 말한다. "나흘 전이라면, '영등'은 불지 않던가? 고향에서는 슬슬 심술궂은 '영등할망'이 사납게 불 때인데"(2, 432). 그리고 소설은 영등할망이 "겨우 겨울이 지나 봄다워지는 음력 2월 초에 갑자기 거칠게 불어대는 강한 북서풍"(2, 432)을 가리키는 말이라고 덧붙인다.

그런데 지나가듯 나오는 이 대화는 강력한 현실효과를 불러일으킨다. 사실 제주 사람들은 다 안다. 매년 이맘때 제주에는 엄청난 바람이 불기 때문이다. 분명 1948년에도 그랬을 것이다. 이 북서풍은 음력 2월 초에 한림의 귀덕리 쪽으로 들어와 제주의 땅과 바다를 완전히 뒤집어놓고 2월 15일 경에 우도 쪽으로 빠져나간다. 다시 소설로 돌아와 보자. 남승지와 강몽구는 일본에서 봉기자금과 운동화, 의약품 등 필요한 물자를 모아 10여일 후에 제주도로 돌아오는데, 이때 밀항선은 엄청난 바람에 휩싸여 난파 위기에 처한다. 따라서 상당히 많은 짐을 버리지 않을 수 없었고, 여기에는 일본에서 어렵게 구한 상당수의 물자도 포함된다. 소설에 어떠한 언급도 없지만, 이때 이 배는 제주를 빠져나가는 영등할망을 만난 것이다…. 어쨌거나 이런 묘사와 설정을 보면 『화산도』의 허구가 얼마나 현실에 깊이 뿌리내리고 있는지를 알 수 있다.

간략하게만 간추려 봐도, 이 소설에는 설문대 여신[설문대할망](3, 363-364), 영등할망(2, 432)과 같은 제주의 신화, 왕벚나무(1, 217-218), 팽나무(5, 13), 돌고래(6, 335)와 같은 제주의 동식물, 돌담(3, 354), 용천(4, 74), 붉은 화산흙[송이](8, 358), 돌하르방(3, 289), 무속과 굿(5, 9-28), 민요 「이어도하라」(4, 104), 물허벅[물항아리]과 구덕[바구니](1, 36), 삼다도(三多島) 및 삼무도(三無島)(5, 162-163)와 같은 제주의 자연환경 및 민속, 갈칫국(3, 314), 전복회(4, 506-507), 새끼회(9, 203), 자리회(7, 355), 물회(5, 426), 흑돼지고기(3, 273), 좁쌀 소주 및 고구마 소주(1, 186)와 같은 제주의 음식, 부지런하고 생활력 강한 제주 여인들에 대한 묘사(9, 145), 궨당 문화—"이 섬사람들은 서로 친척이거나 인척, 혹은 지인, 그 지인의 지인 등등의 관계로 어떻게든 연결되어 있었다"(1, 144)—

에 대한 서술이 풍부하게 들어 있다. 나는 나이가 들수록 현실의 무게를 든든하게 담은 말들에 끌린다. 내가 『화산도』를 좋아하는 이유는 이 소설에 지나가듯 다음 같은 표현이 나오기 때문이다. "이 바람 부는 것 좀 보세요. […] 정말이지 사람 잡는 바람이라니까요"(1, 110). 상상력이 아주 풍부한 사람이 아니라면, 제주 바람을 온전히 체험한 사람들에게만 이런 말들이 일정한 작용을 할 것이다.

이 소설이 단지 제주의 공간, 문화, 자연환경에만 뿌리내리고 있는 것은 아니다. 그것은 또한 제주의 역사에 뿌리내리고 있다. 1948년에 벌어진 제주 4·3 사건을 정면으로 다룬 이 소설은 1948년 2월에 시작해서 1949년 6월로 끝난다. 이것은 정확히 현실의 4·3 사건이 일어나서 대략 마무리된 시점이다. 이 사건의 "희생자는 사망이 약 3만 명으로 추정되며 이재민은 10만 명 이상, 피해지역은 130 부락으로 제주도 전체의 2/3에 이른다."[73] 이것이 주요하게는 350명 남짓한 '산부대'를 진압하기 위해 벌어진 일이다…. 제주 4·3 평화공원은 넓은 야외공간까지 의미 있게 조성되어 있는데, 여기에 가면 이 역사를 잘 느낄 수 있다.

실제로 4·3 사건의 전개에는 몇 가지 분기점이 있었고, 따라서 실제 역사를 기준으로 삼아 『화산도』의 총 26개의 장(章)과 종장을 네 개의 시기로 나눠볼 수 있다. 1)1948년 2월 말–4월 2일, 즉 무장봉기가 일어나는 4월 3일 이전까지의 시기(1권 1장–4권 9장). 2)1948년 4월 3일–5월 10일, 즉 무장봉기부터 5월 10일 남한 단독선거까지의 시기(4권 10장–5권 11장). 이 시기에는 사태를 평화롭게 해결하기 위한 노력—김익렬 제9연대장과 남로당 지도자 김달삼의 4·28 평화 협상—이 전개되었고, 반대로 이를 무산시키려는 경찰 측의 방해 공작이 집요하게 진행되었다. 그 와중에 서북청년회 등이 저지른 5·1 오라리 방화사건, 협상의 결과를 믿고 투항하는

73 김석범·김시종, 『왜 계속 써왔는가, 왜 침묵해 왔는가』, 문경수 편, 제주대학교출판부, 2007, p. 7.

게릴라 측에 경찰 측이 총질을 한 5·3 사건이 일어났다. 3)1948년 5월 11일-10월 19일, 즉 제주도 토벌대로 차출된 군대가 반란을 일으킨 여순 항쟁까지의 시기(5권 12장-10권 23장). 이 시기에 남한(8월 15일)과 북한(9월 9일)에 각기 단독정부가 수립되는 한편, 반민족행위자 처벌법이 국회에서 통과되었다. 4)1948년 10월 20일-1949년 6월, 즉 토벌 작전이 대략 완료된 시기(11권 24장-12권 종장). 이 시기에는 해안 5킬로 이상의 중산간지대에 소개령이 선포되고 제9연대가 벌인 초토화 작전이 전개되었으며, 1949년 6월에는 반민특위 활동이 결국 경찰에 의해 무력화되고 김구 암살 등이 일어났다.

이렇게 『화산도』의 틀은 기본적으로 역사적 상황으로 구조지어져 있다. 역사는 소설의 배경이자 허구의 한계지점으로 놓여 있고 허구의 세계를 수족관처럼 감싸고 있으며, 다른 한편 허구는 수족관의 물고기처럼 그 틀을 넘지 않는다. 이 네 개의 시기는 뒤로 갈수록 상황이 악화되면서 가장 참혹한 학살이 전개된다. 예컨대 소설 마지막 장인 26장에는 토벌대에 의해 "천여 명이 국민학교 운동장에 집결한 뒤, 근처의 밭에서 약 절반인 5, 6백명이 살해당한"(12, 201) 4·3의 가장 참혹한 사건, 조천 북촌리 사건이 놓인다. 현기영의 「순이삼촌」(1979)도 바로 이 사건을 배경으로 하고 있다.

그런데 『화산도』는 르포르타주나 역사기록물이 아닌 소설이다. 여기서는 4·3의 중요한 사건들이 때로 전경에 등장하지만, 역사의 시공간 위에 독자적인 허구의 세계가 단단하게 구축되어 있다. 광주 5·18 민주화운동의 총체적 형상화를 평생 과업으로 삼았던 임철우가 『봄날 1-5』(문학과지성사, 1997)에서 아마도 여기에 이르지 못한 것은, 역사의 무게에 짓눌려 허구의 세계가 힘 있게 구축되지 못하고 소설이 일종의 르포르타주처럼 되어버렸기 때문이다.

『화산도』는 이런 한계를 벗어난다. 먼저 이 소설에는 백여 명이 넘는 인물이 등장하는데, 실존 인물이 그대로 등장하기도 하지만 대다수는 허구의 인물들이다. 온갖 계층에 걸쳐 있는 이 개성적 인물들은 모두 남승지와 이방근이라는 두 인물을 중심으로 긴밀하게 얽혀 있다. 이 두 인물은 제주도뿐만 아니라 주요하게는 서울, 목포, 부산, 일본의 오사카, 고베, 도쿄 등을 종횡무진 오가면서 온갖 인물을 만난다. 이 소설에서 엄청난 스케일이 느껴지는 것은 공간의 폭과 치밀한 묘사 때문이기도 하지만 다양한 인물 간의 복잡한 상호작용 때문이기도 하다.

소설은 남승지와 이방근이라는 두 인물의 시점—남승지의 시점은 대략 전체의 1/3 정도, 나머지는 이방근의 시점—으로 전개되며 사건과 인물들은 모두 이 두 인물로 수렴된다. 소설에서 남로당원인 남승지의 기본 기능은 무장봉기를 일으킨 '산부대'의 동향을 제시하는 일이다. 그러나 이방근에 따르면 "일본에서 자란 것치고는 앞일을 미리 계산하는 교활함"이 없고 "흙냄새 나는 시골 사람의 교활함도 없"(2, 128)는 이 인물은, 일본에 두고 온 어머니와 여동생을 걱정하고 이방근의 여동생 이유원을 생각하며 얼굴을 붉히는 소박한 청년이기도 하다. 어쨌거나 『화산도』의 중심에 놓인 인물은 이방근이다. 나카무라 후쿠지(中村福治)는 이 소설의 수많은 인물을 연결할 수 있는 인물의 조건으로 이렇게 쓴다. "그러한 인물은 당원이어서는 안 된다. 그리고 무엇보다도 비판 정신에 투철한 자유인이어야만 한다. […] 한편으로 게릴라, 곧 남로당 당원과 관계를 맺고 있고, 다른 한편으로 자본가의 아들이라는 점에서 서북청년회 출신자를 포함한 지배 계층과도 연결된다."[74] 이방근은 항일운동을 전개하다 서대문형무소에서 긴 옥살이 중에 전향하고 감옥에서 풀려난 이후 술독에 빠져 살다가 4·3을 계기

74 나카무라 후쿠지, 『김석범 〈화산도〉 읽기』, 삼인, 2001, p. 58. 한편, 나카무라 후쿠지(1946-2004)는 김석범의 『화산도』를 읽고 인생이 바뀐 사람 중 하나다. 일본 경제사를 연구하던 그는 일본어판 『화산도』를 읽고 한국에 대한 깊은 관심이 생겨났고 마침내 자신의 연구 방향이 완전히 바뀌게 되었다고 고백한다(앞의 책, p. 249). 이후 그는 한국어를 익혀서 최장집의 『한국 민주주의의 조건과 전망』이나 조은의 『침묵으로 지은 집』과 같은 저서들을 일본어로 번역했다. 2001년에 출간된 나카무라의 『김석범 〈화산도〉 읽기』는 "광대한 스케일, 박진감 넘치는 전개, 마음 졸이는 장면"으로 자신의 "마음을 완전히 사로잡은" 책에 대한 독서 체험의 결실이라고 할 수 있다(앞의 책, p. 249).

로 "나의 바깥에 있는 사회가 내 안으로 어쩔 수 없이 들어오는"(5, 492) 것을 느낀다. 김석범은 이렇게 말한다. "만약 니힐리스트가 학살 현장에 섰을 경우, 어떻게 할 것인가. 인간으로서 그때 취할 수 있는 입장이란 어떤 것인가."[75]

이방근의 입장은 아마도 토벌대와 남로당 지도부에 대한 다음 두 가지 말로 집약된다. 그는 후배 양준오에게 이렇게 말한다. "4·3 사건은 일어날 만한 필연성이 있었네. 그렇잖나. 그렇지 않다면 모든 도민이 봉기를 지지하질 않았을 거야. [⋯] [1947년] 3·1 데모 사건 후에 '빨갱이' 사냥의 특공대로서 섬에 들어온 '서북'[서북청년단]과 본토 출신 경찰들의 횡포. 제주도민은 모두 '빨갱이'다, '정어리'도 물고기인가, 제주 새끼도 인간인가⋯. '서북'들에 의한 약탈, 강간, 살인⋯. 음, 일제 지배 하에서조차 이런 터무니없는 일은 없지 않았던가. 제주도민은 버러지인가. 이런 일들만으로도 '폭동'이나 봉기는 일어날 만해서 일어난 거라구"(10, 248). 다른 한편, 이방근은 남로당 지도부 일부의 어떤 태도, 즉 "'혁명'을 이야기하는 것만으로 다른 모든 것들을 방기해 버리고, '혁명' 앞에 '반(反)'을 붙이는 것만으로 상대를 단죄하면서 자신의 입장을 절대화하려는 의식 구조 자체"(1, 182)를 경멸하고, 진영논리의 사고는 자율적인 사고가 아니라고 역설한다.

소설이 막바지에 이를 무렵, 토벌대가 관덕정 앞에 의도적으로 전시한 시체들을 보면서 이방근은 자신이 느끼는 감정을 구토도, 혐오도, 공포도 아닌 슬픔이라고 규정한다. "발산할 방도가 없는, 안에 틀어박혀 얼어붙을 뿐인 슬픔. 안으로, 안으로 쏟아져 바닥으로, 깊은 바닥의 무의식 안으로 쌓여가는 슬픔"(12, 187). 그리고 남을 죽이는 것은 "죽이기 전에 스스로를 죽이는"(12, 144) 행위라고 생각하는 이방근은 결국 두 건의 살인에 직간접적으로 관여한다. 친구 유달현은 친일 경력을 숨기고 해방 이후 남로당 간부로 활동하다가 정세가 어려워지자 경찰에 조직원 명단을 팔고 도주하는 인

75 김석범·김시종, 앞의 책, p. 169.

물이다. 자신의 친척이자 경찰 간부인 정세용은 일제 때 친구를 밀고하여 승진했고 주도적으로 평화 협상을 파괴하여 제주를 극한의 상황으로 몰아넣는 인물이다. 허구의 상황에서 전개되는 이방근의 행위는 역사가 실현하지 못한 일종의 소설적, 시적 정의(正義)의 실현이란 문제를 제기한다. 한 개인의 힘으로 최악의 사태만은 막아보려 했던 이방근은 결국 토벌이 끝나자 자살로 생을 마감한다. "이방근은 토벌의 종식과 동시에, 자기 자신도 서서히 종식을 향하고 있다는 기묘한 감각의 일상 속에 있었다. 그리고 살육이 끝남에 따라, 살인자로서 학살의 공포에 맞서 견딜 수 있었던 평형감각이 흔들리고, 무너지는 것을 의식했다"(12, 365).

그러나 소설의 중심에 놓이는 것은 무엇보다 일상의 작은 사건들이다. 때로는 피아니스트 여동생의 일본 유학 문제(6권 14장)나 결혼 문제(10권 22장), 때로는 하녀 부엌이가 남로당원이 도피처로 이용할 수 있게 자기 집 뒷문을 열었다는 의심(8권 19장) 등이 숨 막히는 긴장의 중심에 놓인다. 18장에서는 이방근의 재혼을 둘러싼 친족회의 상황이 묘사되는데, 이는 그 어떤 전쟁의 묘사만큼이나 질식할 것 같은 분위기를 만들어낸다. 여기서는 말 한마디 한마디에 따라 방 안의 공기가 움직이고 감정과 논리의 대립이 극에 달하는 상황이 팽팽하게 묘사된다(8권, 191-248). 이방근 스스로가 "종마(種馬)나 다름없다"(8, 205)고 느끼는 상황이다. 이 소설에 박진감이 넘치는 것은 일상사를 둘러싼 개인의 고민, 주변 인물과 갈등 및 상호작용이 현실적이면서도 밀도감 있게 전개되기 때문이다.

역사가 지나간 사건을 다룬다면, 허구는 지나간 사건들을 다룰 때도 이를 현재형으로 다루며 무엇보다 생생한 삶의 문제로 다룬다. 여기에 이르기 위해 『화산도』에는 다양한 소설 기법이 동원된다. 때로는 환시(8, 336), 환영(4, 493), 환상(5, 194)이 동원되고, 주로 숙취 상황과 결부되어 의식의 흐름에 해당하는 기법이 등장하기도 하며(1, 276-283), 직접화법과 간접화법의 이행이 자유롭게 이루어진다. 김환기는 이렇게 지적한다. "작가 특유의 간접화법과 직접화법이 뒤섞인, 그래서 인물의 결곡한 의식과 섬세한 관찰이 혼연일체를 이루며 역사적 개인들의 단단한 세계가 만들어진다."[76] 사건 또한 균질하게 진행되지 않고, 때로는 생략과 비약을 통해 제시된다. 짧은 시간이 밀도 있게 묘사되어 많은 지면이 할애되다가, 장과 장 사이에서 몇 달을 한꺼번에 건너뛰기도 한다. 예컨대 지하조직원으로 성내를 방문하는 남승지의 시점으로 전개되는 1권 1장은 단행본 절반에 해당하는 분량이지만 1948년 2월 중순 한나절 정도의 시간에 벌어진 일이며, 5권 12장은 1948년 5월 9일에 제주에서 끝나는데 13장은 8월 13일에 서울에서 전개되는 식이다. 사건이 긴박감 있게 전개되다가 갑자기 단절되고 사후적으로 슬쩍 재구성되는 상황도 빈번하게 일어난다(9, 47–50). 한 편의 소설을 읽고 있을 뿐인데도 하나의 인생을 사는 것 같은 느낌은, 이런 촘촘한 구성과 치밀하고 대담한 기법에서 비롯된다.

『화산도』는 1948년과 1949년의 한국을 체험하는 생생한 시간여행이다. 그런데 이 시기의 제주가 왜 그렇게 중요할까? 김석범은 『文學界』 연재를 마치고 이 소설을 단행본으로 간행할 때 종장은 50년 뒤, 즉 1997년에 전개되는 것으로 수정할 생각이었다고 증언한다. 그러나 "50년 전이나 현재나 남북한 상황이 근본적으로 달라진 것이 없"기 때문에 종장을 그대로 두기로 한다.[77] 이 시기 제주는 현대 한국사의 기원과 결절점에 해당하는 것을 보여준다. 현재의 역사를 과거사로 환원할 수는 없지만, 과거사가 현재의 역사에 빛을 비춰줄 수는 있다. 『화산도』가 소설의 방식으로 제시하는 역사의식의 회복은 그래서 중요하다. 영원히 현재만을 사는 것 같은, 탈역사적 상태에서 벗어나려면.

2022년 4월

---

76 김환기, 「평화를 위한 진혼곡」(12, 372)

77 나카무라 후쿠지, 앞의 책, p. 117.에서 재인용.

『무소유』를 읽는다는 것

법정 —
『무소유』

법정(1932–2010)의 『무소유』는 1976년에 범우사에서 출간되었다. 이후 같은 출판사에서 1985년에 2판, 1999년에 3판이 나왔다. 이 책에 실린 총 35편의 글 중에서 24편의 글은 1973년에 동서문화원에서 출간된 법정의 첫 저서 『영혼의 모음(母音)』에 실린 글을 다시 수록한 것이다. 입적과 함께 '자신의 이름으로 출판한 모든 출판물을 더 이상 출간하지 말라'는 저자의 유언으로 2010년에 절판되었다.

법정은 독서에 대해 이렇게 쓴다. "읽는다는 것은 무엇일까? 다른 목소리를 통해서 나 자신의 근원적인 음성을 듣는 일이 아닐까"(「그 여름에 읽은 책」, 69).[78] 물론 모든 책이 아니고 어떤 책—그에게는 『화엄경』의 「십회향품」[79]—에 한정되는 말이지만, 사실 이 법정의 말을 그의 책 『무소유』에도 그대로 되돌릴 수 있다. 초판본의 경우 문고판 판형으로 총 115쪽밖에 되지 않은 이 작은 책이 한국 사회에 오래 지속되는 파장을 남겼다면, 여기에는 분명 수많은 "나 자신"의 어떤 "근원적인 음성"을 일깨우는 울림이 있었기 때문이다.

2010년 입적하면서 '자신의 이름으로 출판한 모든 출판물을 더 이상 출간하지 말라'는 저자의 유언으로 그해 말 『무소유』도 결국 절판되었다. 그렇게 총 34년 동안 대략 330만 권 이상이 팔렸던 책은 더 이상 소유할 수 없는 책이 되었다. 이제는 도서관에서 언제든지 빌려 읽을 수 있는, 이미 공공재가 된 책이다. 그런데 이런 책의 문제 한 가지는 그 저자가 다른 좋은 책을 읽는 것처럼 이 책을 읽은 사람이 많지 않다는 점이다. 법정은 "한두 구절이 우리에게 많은 생각을 주기 때문"에 "진짜 양서는 읽다가 자꾸 덮이는 책"이라고 규정한다(「비독서지절」, 19). 아마도 지금까지 『무소유』를 소유한 사람은 적지 않을 테지만, 이 책을 법정이 말한 무소유(無所有)의 의미대로 읽은 사람은 얼마나 될까. 책은 당연히 가진 사람의 것이 아니고 읽는 사람의 것이다. 그리고 제대로 읽는 사람은 때로는 거침없이, 때로는 느긋하게 한 문장 한 문장 되새김질하면서 말들을 자신의 내적 풍경으로 만든다. 독서에 대한, 무소유의 실천.

1976년에 범우사에서 출간된 법정의 『무소유』는 25편의 작은 글을 모은 책이다. 각 글에는 제목이 붙어 있고, 글의 분량은 짧은 글이 두세 쪽 정도, 긴 글이 열 쪽 정도다. 이 책에는 글의 분류도 없고, 글을 쓴 시기나 분량

---

78 법정, 「그 여름에 읽은 책」, 『무소유』, 범우사, 1999, p. 69. 앞으로 이 책의 인용은 1999년에 나온 3판을 기준으로 하고, 괄호 안에 소제목을 명시한 후 쪽수만 쓴다.

79 이 글은 이후 법정이 간추려서 옮긴 『화엄경』에 실린다. 『화엄경』, 법정, 동쪽나라, 2002..

과 무관하게 작은 글들이 자유롭게 나열되어 있다. 사실 초판에 실린 25편 중 14편은 법정의 첫 저서 『영혼의 모음(母音)』(동서문화원, 1973)에 이미 실렸던 글이다. 이후 1985년에 범우사에서 2판을 내면서 세로글씨 판형을 가로글씨로 바꾸고 첫 저서에 실린 글 10편을 다시 추가하여 『무소유』에는 결국 35편의 글이 실렸다.

1999년에 이 책의 판본이 세 번째로 바뀌면서 지워진 사실 하나는, 이 글들 모두가 이미 여러 지면에 게재된 글이라는 점이다. 초판과 2판에는 각 글 뒤에 출처가 제시되어 있었고, 이를 보면 『무소유』에 실린 글들은 모두 서울신문, 경향신문, 중앙일보, 동아일보 등의 일간지나 『현대문학』, 『샘터』, 『월간문학』, 『여성동아』, 『기독교사상』, 『사목』 같은 잡지에 실렸으며 글을 쓴 시기가 1968년부터 1974년에 이른다[80]는 사실을 알 수 있다. 이 발표 지면들은 최소한 한 가지 사실을 알려주는데, 그것은 법정이 매번 자신의 글을 읽을 사람이 누구인지 고려하면서 글을 썼다는 점이다. 예컨대 생텍쥐페리의 『어린 왕자』에 대한 글인 「영혼의 모음」은 1971년 11월에 『아동문학사상』에 쓴 것으로, 이 글의 내포 독자는 어린이와 청소년이다. 요컨대 법정은 '무소유'라는 제목으로 한 권의 책을 쓴 것이 아니고, 여러 지면에 이미 게재한 글을 단지 모으기만 했으며, 『영혼의 모음』이 그랬듯이 작은 글 하나의 제목이 책 전체의 제목이 되었다.

『무소유』에 대해 끈질기게 남아 있는 오해 하나는, 이 책에 실린 글들이 '붓 가는 대로 쓴' 수필(隨筆)이며 따라서 가볍고 편안한 글이라는 점이다. 그러나 이 책에 실린 글들은 가벼운 글도 편안한 글도 아니다. 물론 법정의 글은 소박하고 단순하며 명료하다. 그는 불필요한 현학과 내용 없는 소음과 수다를 싫어했다. 법정의 정의대로 "많이 배웠으면서도 배운 자취가 없는 것을 가리키는"(「인형과 인간」, 91) 용어가 '무학'(無學)이라면, 사실상 『무소

---

80 「순수한 모순」은 『무소유』의 초판부터 "1976년 6월 3일 경향신문"이라고 잘못 기재되었고 이 오류는 2판까지 수정되지 않았다. 이 글은 1970년 6월 3일 경향신문에 실린 글이다.

유』야말로 진정한 무학의 산물이라고 할 수 있다. 따라서 신변잡기를 무분별하게 노출하고 수다스럽게 감상을 남발하며 무책임한 말들이 난무하는 어떤 수필들이 가벼운 글이 될지언정 이 책의 글들은 전혀 그렇지 않다. 이 글들은 독자의 마음을 날카롭게 건드리고 때로는 부끄러움을 불러일으키며 짧지 않은 파장을 남기기 때문에 편안한 글도 아니다. 실제로 삶에 대한 통찰이 담겨 있으면서도 '배운 자취'가 남아 있지 않으며 명료하게 알아들을 수 있는 글이 있고, 이는 법정이 부처를 포함한 성인들의 말에서 누누이 강조한 특성이기도 하다. "지나간 성인들의 가르침은 하나같이 간단하고 명료했다. 들으면 누구나 다 알아들을 수 있는 내용이었다"(「인형과 인간」, 90).

『무소유』에서 가장 평범해 보이는 다음 두 문장을 골라보자. "할 일 좀 해놓고 나서는 세간적인 탈을 훨훨 벗어버리고 내식대로 살고 싶다. […] 아, 아무것도 가진 것 없이, 어디에도 거리낄 것 없이 산울림 영감처럼 살고 싶네"(「나의 애송시」, 152-153). 이 글은 1972년 11월에 『여성동아』에 실렸다. 이 문장은 전혀 어렵지 않고 실제로 누구나 할 수 있는 말로 보인다. 그런데 위의 문장을 다음의 사실들과 대비시켜보면, 말의 무게는 확연히 달라진다. 1960년대 초반부터 법정은 『불교사전』 편찬이나, 『숫타니파타』, 『우리말 팔만대장경』과 같은 불경 번역 사업에 매진하고 있었다. (그는 매번 자신의 이름을 남기려고 하지 않았으나 이런저런 계기로 알려지게 된 사실이다.) 따라서 위 문장에서 '할 일'은 주로 불경 번역 사업을 말한다. 그리고 이 글을 쓰고 3년 뒤 법정은 실제로 송광사 뒤편에 작은 집 한 채('佛日庵')를 짓고 17년 동안 여기서 혼자 지냈다. 이후 이 암자에 찾아오는 사람이 많아지자 그마저도 모두 버리고 1992년부터 2010년 입적할 때까지 화전민이 살다 떠난 강원도의 한 오두막으로 거처를 옮겨 혼자 살았다. 아무것도 가진 것 없이, 어디에도 거리낄 것 없이.

『무소유』에 실린 글들이 가볍지 않은 또 다른 이유는 그것이 침묵 속에서 숙성된 글들이기 때문이다. 법정은 말이 마땅히 침묵에서 나와야 하며 "침묵을 배경으로 하지 않는 말은 소음과 다를 바 없다"(「소음기행」, 101)

고 규정한다. 또한 "말이 많으면 쓸 말이 별로 없기"(「침묵의 의미」, 100) 때문에, 불필요한 말을 최대한 줄이고 "말의 의미가 안에서 여물도록 침묵의 여과기에서 걸러 받"[81]아야 한다고 줄기차게 강조한다. 물론 이러한 침묵은 그 자체가 목적이 아니다. 이는 "쓸데없는 말을 하지 않는 대신 당당하고 참된 말을 하기 위해서이지, 비겁한 침묵을 고수하기 위해서가 아니다. 어디에도 거리낄 게 없는 사람만이 당당한 말을 할 수 있다"(「침묵의 의미」, 103-104). 법정은 침묵을 강조하지만, 말해야 할 때 말하지 않는 것은 범죄와 가깝다고 말한다. "마땅히 입 벌려 말을 해야 할 경우에도 침묵만을 고수하려는 사람들이 있다. [⋯] 그와 같은 침묵은 때로 범죄의 성질을 띤다"(「침묵의 의미」, 103). 이 법정의 말은 말년의 미셸 푸코Michel Foucault가 '파레시아parrhesia'란 말로 불렀던 것과 크게 다르지 않다.[82]

『무소유』는 그때그때 느낀 것을 붓 가는 대로 쓴 수필이 아니라 세계에 대한 통찰이 가장 쉽고 명료한 언어로 기술된 에세이다. 이 점에서 나는 이 책이 "일반 문학적 수필집과는 근원적으로 다르다"고 평가한 박규리의 지적이 맞다고 생각한다. "법정은 자신의 선적 깨달음을 독자들에게 현학적으로 드러내지 않고 일상사의 사건을 통해 마치 그제서야 처음 안 양 짐짓 너스레를 떤다."[83] 박규리는 또한 이렇게 강조한다. "한 투철한 수행자가 자신의 전 존재를 모두 걸고 사무치게 수행하는 과정에서 깨친 그 엄혹한 실상과 진리를, 아주 쉬운 우리의 일상어로 그리고 모두가 감응할 만한 일상의 소재로 담담하게 들려주는, 이를테면 또 다른 개념의 수행일기라고 할 만하

---

81 법정, 「행복의 조건」, 『산에는 꽃이 피네』, 류시화 엮음, 동쪽나라, 1998, p. 94.

82 법정은 1971년에 장준하, 함석헌 등과 '민주수호 국민협의회' 결성에 참여하고 유신철폐 개헌 서명운동을 전개했으며, 1974년에는 '민주회복 국민회의' 중앙운영위원으로 활동하는 등 당시 불교계에서 거의 유일한 저항적 지식인이었다. 그런데 그에게는 유신정권에 대해 말하기보다 오히려 자신이 속한 조직인 불교계에 대해 말하기가 더 어려웠을 수 있다. 그러나 법정은 1960년대 말에 불교신문의 주필을 맡아 글을 쓰면서 불교계의 부끄러운 행태에 대해 침묵하지 않았다. 그는 1966년 불교신문에 '전국의 사원에서 베트남 파병 장병들의 무운장구를 기원하라'는 조계종 총무원의 지시를 비판하는 글 「역사여, 되풀이하지 말라」(『영혼의 모음』, 동서문화원, 1973)를 기고하여 승적을 박탈당할 위기에 처하기도 했다.

83 박규리, 「법정 『무소유』에서 드러나는 선적 사유」, 『불교학보』 제70집, 2015, p. 298.

다."[84] 사실상 '수필'로 통칭되던 장르가 출간되기도 어려웠던 시절에 『무소유』가 엄청난 대중적 호응을 끌어낸 이후 한국 출판계에서 온갖 종류의 '수필'이 쏟아져 나왔지만, 이런 책은 쉽사리 흉내 낼 수 없다.

『영혼의 모음』에 실린 글의 상당수가 『무소유』란 제목으로 다시 묶이면서, 유신헌법이 도입되고 긴급조치가 남발되는 당시 정치 상황이나 조계종 종단의 행태를 날카롭게 발언하는 글들이 빠지고 비교적 덜 '정치적인' 글들만 모였다. 그러나 법정의 글은 여전히 정치적이다. '잘 살아보세'라는 구호가 여기저기서 울려 퍼질 때 날카롭게 자본주의 메커니즘의 근본을 건드리는 소유의 문제를 제기했고, 아파트와 고층 건물이 늘어나면서 도시에 수직 공간이 눈에 띄게 늘어날 때 흙과 평면 공간과 걷기의 중요성을 환기했으며, 문화재에 눈 돌릴 '여유'가 없었던 시대에 오래된 것의 가치를 강조하고 있기 때문이다. 어쨌거나 『무소유』에서 가장 큰 파장을 낳은 글들은 내 생각에는 크게 '무소유'의 이념을 담은 글들(「무소유」, 「탁상시계 이야기」, 「본래무일물」)과 마음을 다스리는 길을 보여준 글들(「너무 일찍 나왔군」, 「동서의 시력」, 「회심기」, 「녹은 그 쇠를 먹는다」)이다.

먼저 '무소유'의 이념은 마하트마 간디가 마르세유 세관원에게 했던 말("내가 가진 거라고는 물레와 교도소에서 쓰던 밥그릇과 염소젖 한 깡통, 허름한 담요 여섯 장, 수건 그리고 대단치도 않은 평판, 이것뿐이요"(「무소유」, 23)에서 나온 것이지만, 그 기원은 당나라 육조 혜능의 게송에서 나온 말 '본래무일물'(本來無一物)이다. 이 이념이 크게 울리게 된 것은 어느 시기 한국 사회가 울림통 역할을 했기 때문이다. 실제로 1970년대 이후 대략 50년 동안 한국은 세계에서 가장 부유한 나라 중 하나가 되었다. 반면 한국이 2022년 현재까지 OECD 국가 중에서 자살률은 가장 높고 출산율은 가장 낮으며 행복 지수는 꼴찌에 가까운 나라라는 점은 이 사실의 이면이다. 단순하

---

84 앞의 글, p. 301.

게 이 앞의 두 문장만 대비해 봐도, 더 많은 소유가 더 많은 행복을 가져온다는 생각은 자본주의 사회가 조장하는 허위라는 점을 분명하게 알 수 있다. 많은 사람이 필요 이상의 것을 소유하려고 발버둥을 치면서 살고, 발버둥을 치면 칠수록 더욱더 불행해진다. 불행과 파멸이 예고된 길이지만, 한국 사회에서 부를 향한 욕망은 어느새 지배적인 흐름이 되었고 여기에는 제동기가 아예 사라진 것 같다. 한때는 이런 욕망에 그나마 부끄러움도 있었지만, 어느 순간 그것마저 사라진 느낌이다.

어쨌거나 더 많은 부(富)를 향한 욕망이 한국 사회 전체를 추동하던 시기에 법정은 무소유를 제창했다. '무소유(無所有)'라는 말이 종종 오해를 불러일으키지만, 법정이 말하는 무소유는 아무것도 갖지 않는다는 말이 아니라 "불필요한 것을 갖지 않는다는 뜻이다."[85] 법정은 소유와 소유자의 심리가 긴밀하게 얽히는 메커니즘을 이렇게 기술한다. "우리들이 필요에 의해서 물건을 갖게 되지만, 때로는 그 물건 때문에 적잖이 마음이 쓰이게 된다. 그러니까 무엇인가를 갖는다는 것은 다른 한편 무엇인가에 얽매인다는 뜻이다"(「무소유」, 24). 나아가, 더 많이 갖게 되면 가진 사람의 심리 또한 바뀌게 된다. 법정이 강조하는 것처럼, "두 개를 갖게 되면 하나만을 지녔을 때의 그 풋풋함과 살뜰함이 소멸되고"[86] 말기 때문이다. "그저 필요하다고 그때그때 잔뜩 사들여 보라. 그것은 추한 삶이다. 결국에는 물건 더미에 깔려 옴짝 못하게 된다. 구하지 않아도 좋았을 그런 물건들이 우리의 집안을 지배하고 있지 않은가."[87]

따라서 진짜 문제는 필요를 넘어선 소유욕과 탐욕이며 자신이 가진 것에 대한 편집(偏執)과 집착(執着)이다. 법정은 괴로움을 불러일으키는 이런 상태에서 벗어나라고 충고한다. 따라서 "행복의 비결은 필요한 것을 얼마나 갖고 있는가가 아니라 불필요한 것에서 얼마나 자유로워져 있는가"다.[88] 이

---

85 법정, 「지혜로운 삶의 선택」, 『산에는 꽃이 피네』, 앞의 책, 1998, p. 80.

86 법정, 「때깔 고운 도자기를 보면」, 『아름다운 마무리』, 문학의숲, 2008, p. 66. p. 75.

87 법정, 「행복의 조건」, 『산에는 꽃이 피네』, 앞의 책, p. 97.

88 법정, 「소유의 비좁은 골방」, 앞의 책, p. 37.

것은 사실 얼마나 소유했는가의 문제가 아닐 수도 있다. 물론 법정 자신은 평생 자발적으로 선택한 가난, 즉 청빈(淸貧)의 삶을 살았고, 필요를 최소화하고 스스로 엄격한 계율을 지키며, 언제라도 모든 것을 버리고 훌쩍 떠나는 수도자의 삶을 살았지만, 보통 사람들에게 현실적으로 제기되는 문제는 사실 얼마나 가졌느냐가 아니라 자신이 가진 것에 대한 태도다. 박규리의 지적대로 "아무리 많은 물질을 소유한다 하더라도 그 물질에 집착하지 않는다면 '무소유'이며, 아무리 적은 물질을 가졌다 하더라도 그것에 집착한다면 곧 '소유(의 병)'가 되기"[89] 때문이다. 작은 것에 감사하고, 자족(自足)의 의미를 알며, "마음에 따르지 말고 마음의 주인이 되"(「회심기」, 57)는 경우에야 비로소 이 불행과 파멸을 향한 운동을 멈출 수 있다.

법정이 『무소유』에서 제시한 또 하나의 이념은 마음을 다스리고 생각을 고쳐먹는 과정, 즉 '회심(回心)'이다. 이 이념의 출처는 『화엄경』에 나오는 사구게(四句偈)의 한 구절 '일체유심조'(一切唯心造)다. 회심의 과정을 설명하면서 법정은 마음의 움직임을 규명하는 날카로운 심리학자의 모습을 보여준다. "정말 우리 마음이란 미묘하기 짝이 없다. 너그러울 때는 온 세상을 다 받아들이다가 한번 옹졸해지면 바늘 하나 꽂을 여유조차 없다"(「회심기」, 56). 회심의 이념 역시 가장 단순한 예를 통해 제시된다. 한강에 다리가 별로 없어서 뚝섬에서 봉은사까지 나룻배를 타고 이동했던 시절(1969년)에, 손님이 다 차야 비로소 출발하는 배를 놓치고 난 후의 심경을 법정은 이렇게 쓴다. "얼마 전부터는 생각을 고쳐먹기로 했다. 조금 늦을 때마다 '너무 일찍 나왔군' 하고 스스로 달래는 것이다. 다음 배편이 내 차례인데 미리 나왔다고 생각하면 마음에 여유가 생긴다. 시간을 빼앗긴 데다 마음까지 빼앗긴다면 손해가 너무 많다"(「너무 일찍 나왔군」, 29-30). '너무 늦게 나왔군' 하고 자책하며 발을 동동 구르는 것보다 이편이 훨씬 낫다는 것이다. 느긋

89 박규리, 앞의 글, p. 292.

한 유머가 밴 이 글과 달리, 사실 법정이 회심을 경험하는 상황은 이보다 훨씬 더 심각하고 진지하며, 내가 이 저자의 근원적 체험으로 추정하는 상황들과 이어져 있다. 예컨대 「회심기」가 기록하는 상황은 강남개발로 봉은사 땅값이 오르자 그 대부분을 팔아넘긴 조계종 종단에 대한 비판으로서, 당시에 법정을 포함해서 이에 반대하는 승려들과 종단과의 갈등은 심각한 상황에 이르렀다. 이런 과정에서는 마음을 다스려야 하는 긴급한 필요가 생겨난다.

법정이 말하는 회심은 단순히 마음을 바꿔먹으라는 뜻이 아니다. 그것은 예컨대 사태에 양면이 있기 때문에 긍정적인 면을 보려고 애쓰고 '좋게좋게' 생각하라는 뜻이 아니라, 사태를 바로 보라는 뜻이다. 예를 들어 다음 법정의 글을 보자. "처음 미국에 내렸을 때 기가 죽으려고 했다. 겉으로 보기에 저들이 너무 잘살기 때문이었다. 그러나 이내 생각을 달리했다. 나라마다 생활환경과 문화적인 배경이 다르고 삶의 양식이 같지 않기 때문에 수평적인 비교로써 삶의 가치를 따질 수는 없다. 문제는, 우리에게 주어진 상황을 어떻게 활용하고 극복하면서 우리 틀에 맞는 삶의 가치를 창조하느냐에 달린 것이라고 생각을 돌이키니 움츠려졌던 어깨가 펴졌다."[90] 여기서 회심은 좋은 방향으로 생각하려고 애쓰는 것이 아니라 올바른 인식에 도달하는 과정이다. 따라서 회심의 과정은 지혜의 눈을 통해서 이루어진다. 탐욕, 허영심, 이기심, 질투심, 진영논리, 확증편향에 찌든 상태에서 올바른 인식에 이르기 힘들다는 점은 분명하다. 이 점에서 회심은 정견(正見)이나 정사(正思)와 분리할 수 없다.

나는 법정이 1975년에 송광사 근처에 불일암을 짓고 은거하게 된 이유가 궁금했다. 앞서 지적한 대로 그것은 "산울림 영감"처럼 살기 위해서였지만, 여기에는 또한 외부의 충격이 있다. 그것은 1975년 4월 9일 박정희 정권이 '인혁당 재건위' 관련자 8명에게 사형을 언도하고 다음날 바로 사형을 집

---

90 법정, 「우리는 너무 서두른다」, 『텅 빈 충만』, 샘터, 1989, p. 48.

행한 사건이다. 한국전쟁의 참사를 직접 눈으로 목격하고 1955년에 출가(첫 번째 출가)를 감행한 법정은 이 '사법 살인' 사건으로 두 번째 출가를 감행한다. 나중에 그는 이렇게 회고한다. "사법사상 일찍이 그 유래가 없었던 이런 만행 앞에 나는 큰 충격을 받았다. 죄 없는 그들을 우리가 죽인 거나 다름이 없다고 나는 자책했다. […] 명색이 출가 수행자로서 마음에 적개심과 증오심을 품는다는 일 또한 자책이 되었다. […] 1975년 10월 거듭 털고 일어서는 출가의 각오로 미련 없이 서울을 등지고 산으로 돌아왔다."[91] 법정은 불일암에 내려간 이후에도 지배 권력의 만행에 침묵하지 않았지만, 당시에는 무엇보다 백주에 최악의 사법 살인을 감행한 박정희 정권에 대한 "적개심"과 "증오심"을 다스려야겠다는 긴급한 필요를 느낀 것으로 보인다. 『무소유』에는 이런 구절이 나온다. "남을 미워하면 저쪽이 미워지는 게 아니라 내 마음이 미워진다. 아니꼬운 생각이나 미운 생각을 지니고 살아간다면 그 피해자는 누구도 아닌 바로 나 자신이다. […] 하루하루를 그렇게 살아간다면 내 인생 자체가 얼룩지고 만다. […] 회심, 즉 마음을 돌이키는 일로써 내 인생의 의미를 심화시켜야 한다"(「녹은 그 쇠를 먹는다」, 94).

법정의 글들은 50여 년 전에 쓴 글들이지만, 지금도 전혀 낡아 보이지 않고 오히려 더 생생하다. 서평을 쓰려고 며칠 전 오랜만에 길상사에 갔더니 그 공간 구석구석에서 단정함이 느껴졌다. 이 절이 법정의 바람대로 '가난한' 절이 되었는지는 의문이지만, 최근 몇 년간 방문한 그 어느 절보다 정갈하고 평온했다. 예전에 '대원각'이라고 불렸던 사치와 음탕과 환락의 공간이 맑고 향기롭고 정갈한 공간으로 바뀐 일은, 더러운 물과 진흙탕에서 연꽃이 피는 것에 비할 만한 일이다. 그래, 연꽃이 피는 철이다.

2022년 7월

91 법정, 「아직 끝나지 않은 출가」, 『버리고 떠나기』, 샘터, 1993, p. 279.

깨끗한 우리 말 표현을 찾아서

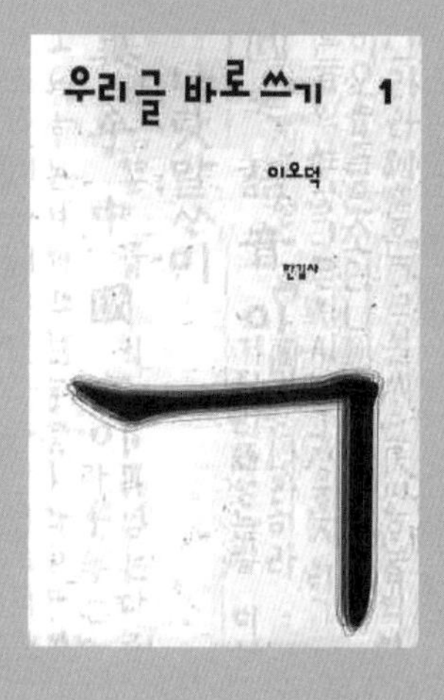

이오덕 —
『우리 글 바로 쓰기 1-5』

이오덕(1925-2003)의 『우리 글 바로 쓰기』의 첫 권은 1989년에, 2권은 1992년에, 3권은 1995년에서 한길사에서 출간되었다. 4권과 5권은 저자 사후인 2009년에 나왔고, 이때 5권 전체가 2판으로 출간되면서 1-5권까지 하나의 판본으로 맞춰졌다.

대학 다닐 때 이오덕의 책을 몇 권 읽었지만, 내가 정작 한국어를 다시 생각하게 된 것은 프랑스어를 진지하게 배우면서부터였다. 어떤 언어로 쓰든, 글을 쓸 때 아름답고 멋있게 쓰려 하지 말고 분명하고 정확하게 쓰려 해야 한다는 문제의식도 그때 생겼을 것이다. 프랑스어를 배우는 사람들이 아마도 맨 처음 만나게 되는 문장—"분명하지 않은 말은 프랑스어가 아니다Ce qui n'est pas clair n'est pas français"—을 보고 큰 충격을 받았던 것도 그때였다. (나중에 확인해 보니 앙투안 리바롤이 1784년에 쓴 문장이다.) '프랑스어로 썼지만 무슨 말인지 알기 힘든 흐리멍덩한 말은 아예 프랑스어도 아니라니, 이런 자부심은 도대체 어디서 나올까', '위 문장에서 프랑스어 자리에 한국어를 집어넣어도 과연 말이 될까' 따위의 생각이 내 머릿속에 오랫동안 머물렀다.

외국어를 습득하면서 한국어에 대한 문제의식이 생겼다는 점에는 분명 역설이 있다. 어떤 사람에게는, 자기 것을 제대로 아는 일이 자기를 바깥에서 다시 보는 과정을 거쳐야 한다는 말일 수도 있다. 어쨌거나 프랑스에 7년 동안 머물면서, 내가 한국인인 까닭은 무엇보다 말과 음식 때문이라는 생각이 내 안에 뚜렷하게 자리를 잡아갔다. 몸은 음식으로 바깥 세계와 '소통'하고, 생각은 말로 바깥 세계와 소통한다. 상한 음식이 몸을 망가뜨리는 것처럼, 오염된 말은 생각을 기형으로 만든다. 따라서 제대로 생각하고 판단하려면, 생각할 때 내가 쓰는 말이 어떤지를 찬찬히 들여다볼 필요가 있다. 말년의 이오덕이 온 힘을 다해 펼친 우리 말 살리기 운동을 내가 다시 생각하게 된 것은 대체로 이런 과정을 거치면서부터였다.

이오덕은 1944년부터 1986년까지 모두 43년에 걸쳐 초등학교에서 아이들을 가르친 교사였고, 이와 동시에 교육운동가, 동시 작가, 아동문학 평론가로 활발하게 활동했다. 그가 우리 말에 탁월한 감각을 가지게 된 데에는 이런 경력 모두가 기반이 되었다고 할 수 있다. 이오덕은 이렇게 쓴다. "43년 동안 학교에서 어린이들과 같이 살았다. 그래서 어린이와 같은 말을 하게 된 것이 우리 말의 세계에 찾아든 열쇠가 되었다"(5, 146).[92] 그는 줄곧 깨끗한 우리 말을 쓰는 사람이 아이들과 농민이며 입말이 글쓰기의 기준이 되어야 한다고 강조했기 때문에 이 문장에는 거짓이 없지만, 어쨌거나 자신의 이력에 대한 겸손이 들어 있다. 그는 느끼고 생각한 것을 깨끗한 우리 말로 쓰는 동시 작가면서, 『시 정신과 유희 정신』(창작과비평사, 1977) 같은 책으로 아동문학에 뚜렷한 비평의 기준을 제시한 비평가이기도 했기 때문이다. 아동문학가로서 이원수나 권태응 문학의 가치를 알아보고, 아직 이름이 없던 권정생을 찾아내서 평생 후원하고 교류한 것도 이오덕의 업적이라 할 수 있다. 그리고 그는 1987년부터 우리 말 살리기 운동을 전개한다(5, 491). 그 운동의 전개와 성과를 집약한 책이 『우리 글 바로 쓰기』(1-5, 한길사, 1989-2009)다.

나는 방금 '운동'이라고 썼다. 이오덕의 글이 때로는 거칠고 사람들 사이에 치열한 논쟁을 불러일으키며 때로는 '독단'으로 보이는 것은 그것이 무엇보다 운동을 펼치는 과정에서 나온 것이기 때문이다. 그는 사람들이 아무 생각 없이 잘못 쓰는 말들을 하나하나 지적하고, 논쟁이 일어나면 싸움을 두려워하지 않고 반박에 나서며, 자기 생각에 동조하는 사람들을 모아 여기저기서 글쓰기 모임을 만들고, 기회 있을 때마다 하던 말을 되풀이했다("또 하던 말인가 할 것 같은데, 나는 죽을 때까지 하던 말을 되풀이할 것이다"(3, 142)). 어쨌거나 ('민중'이 맞느냐 '백성'이 맞느냐 따위의) 손가락이 아니라 그 손가락이 가리키는 방향, 즉 달을 보면, 다른 많은 것이 보인다. 나는 이오덕이 제안한 모든 것을 일일이 받아들일 필요는 없지만, 한국어를 정교하게 다듬는 데 그가 가리킨 방향은 맞다고 생각한다.

이오덕의 『우리 글 바로 쓰기 1-5』는 적게는 6년, 많게는 20년에 걸쳐 발간된 책이다. 1권은 1989년에 처음 나왔고, 2권은 1992년에, 3권은

---

92 이오덕, 『우리 글 바로 쓰기 5』, 한길사, 2009, p. 146. 앞으로 이 다섯 권의 책을 인용할 때는 2009년에 나온 제2판을 기준으로 하고, 괄호 안에 권수와 쪽수만 표시한다.

1995년에 나왔다. 이 세 권의 책은 이오덕이 살아 있을 때 출간되었다. 그리고 4권과 5권은 2009년에 한꺼번에 나왔다. 이와 함께 1권에서 3권까지의 판본이 모두 '2판'으로 바뀌었고, 표지 디자인—1권에서 5권까지 표지에 각기 '기역'에서 '미음'까지 들어간 판본—이 하나로 맞춰졌다. 그런데 이오덕은 3권을 내면서 머리글에 이렇게 썼다. "『우리 글 바로 쓰기』란 이름으로 내는 세 번째 책이다. [⋯] 이제 같은 이름으로 내는 책은 이것으로 끝내기로 하고[⋯]"(3, 5). 그렇다면 4권과 5권은 도대체 어떻게 나온 것일까? 정작 4권과 5권 어디에도 이 책에 실린 글들을 어떻게 모았는지 언제, 어디에 실린 글들을 모았는지에 대해 아무 설명이 없다. 이렇게 지은이가 죽은 뒤에 출판사가 아무 설명이나 해명 없이 4권, 5권을 발간한 것은 작은 문제가 아니다. 무엇보다 지은이가 자기 말을 안 지키는 사람이라는 잘못된 인상을 만들어내기 때문이다.[93] 어쨌거나 4권에 1999년으로 표기된 글들이 실린 것으로 봐서 4권과 5권은 이오덕이 1995년부터 2003년까지 『글쓰기』 회보 같은 곳에 쓴 글들을 모은 것으로 보인다.

이 다섯 권의 책이 뚜렷한 체계를 갖춘 것은 아니다. 1권은 중국글자말, 일본말, 서양말에서 우리 말에 잘못 들어온 용법을 찾아내는 것으로 시작하지만, 언제나 사례를 가까이서 검토하면서 잘못된 용법을 하나하나 지적하는 글들이다. 사례는 대개 신문, 잡지, 방송, 강연, 광고, 책, 논문 따위에서 찾아낸 것으로서, 2권 끝부분에서는 옛소설부터 1930년대까지 한국 작가들 소설도 대상이 된다. 이런 글들은 많은 사람을 대상으로 하기 때문에 누구나 쉽게 볼 수 있으며 영향력도 크다는 특징이 있다. 4권에서는 한자병용정책에 맞서는 논리가 큰 부분을 차지하고, 5권에서는 글쓰기 교육을 비롯해 어린이들과 어른들의 글쓰기에 나타난 문제들을 다룬다.

93 4권 앞에는 버젓이 지은이의 머리글이 붙어 있고, 5권 머리글 자리에는 권정생의 글이 실렸다. 이오덕은 2003년에, 권정생은 2007년에 세상을 떠났다. 2009년에 처음 나온 책에 그전에 세상을 뜬 두 사람이 머리글을 쓸 수는 없는 일이다.

이제 오십 대 중반을 넘어가는 내 세대는 거의 모든 책에서 세로쓰기가 가로쓰기로, 영화관에서 자막을 넣을 때 화면 오른쪽 세로쓰기가 화면 아래쪽 가로쓰기로 바뀌는 과정을 지켜보았고, 1989년 한겨레신문이 한글전용으로 창간되면서 그 뒤로 다른 모든 신문이 한글전용을 받아들이는 과정, 국민학교가 초등학교로, 복도를 걷거나 계단을 오르내릴 때 좌측통행이 우측통행으로 바뀌는 과정 따위를 모두 지켜보았다. 이는 크게 봐서 일본의 영향에서 벗어나는 과정이다. 그러나 우리 말에 일본말의 영향이 여전히 뿌리 깊게 남아 있다는 사실은 이오덕 덕분에 비로소 의식하게 되었다. 그는 일본말에서 들어온 잘못된 표현을 모조리 바로 잡아야 한다고 주장한다. "–에 있어서, –에 의하여, –에 다름 아니다. 그럼에도 불구하고, 주목에 값한다, –도 불사(不辭)하고"(2, 277) 같은 말들이 그렇다. 조사(토) '의'를 지나치게 많이 사용하는 것도 마찬가지다. "본래 우리 말에는 토 **의**가 잘 안 쓰인다. '우리 집' '내 동생' '역사 책'이지 '우리의 집' '나의 동생' '역사의 책'이 아니다. 그런데 요즘 우리 글을 보면 일본글을 닮아 의를 함부로 쓰고 있다. 그리고 이 의를 다른 토에 같이 붙여서 **에의, 에서의, 에로의, 으로의, 으로부터의, 에 있어서의**… 이렇게 마구 쓰고 있다. 이것이 우리 말일 수 없다는 것은, 이것이 실제 입말로 쓰는가 생각해보면 대번에 알 수 있다"(1, 354). 또한 동사(움직씨)의 피동형을 함부로 쓰는 경우인 "불리는(→말하는)", "철폐되어야(→철폐해야)", "만들어져야 한다(→만들어야 한다)", "확장되어진다면(→확장된다면)"(2, 277) 따위도 일본말이 끼친 해악이다.

서양말이 끼친 해악도 적지 않지만, 이오덕은 무엇보다 동사의 시제(때매김)를 나타내기 위해 억지로 만든 말 '–었었다'를 꼽는다. 이는 최현배의 『우리말본』(1937)이 퍼트린 것으로서, "영어 문법에 따라 우리 말의 때매김을 억지로 맞춰"(1, 204) 놓은 것이다. 이오덕은 "윤희는 희망을 잃지 않았었습니다/서울에서 누가 온다고 전화가 왔었다" 같은 예에서 "지난 때를 나타낸 […] '었'(았)을 두 번이나 겹으로 쓴 것은 […] 우리 말의 자연스러움과 아름다움을 파괴한다"(1, 204)고 지적한다. 따라서 '잃지 않았습니다/전화가 왔다'로 고쳐 써야 한다. 이렇게 단어 몇 개만 바꿔도 문장이 눈에 띄게 깨끗해지는 것을 느낄 수 있다. 이오덕의 지적들을 보면서, 비유하자면 마치 많은 것이 뒤얽혀서 지저분했던 방이 깨끗하게 치워진 것 같은 느낌이 든 사람은 나 혼자만은 아닐 것이다.

이오덕의 책은 우리 말을 쓰면서도 우리가 미처 의식하지 못했던 점들을 분명히 의식하게 해준다. 그 하나가 우리 말이 생각보다 훨씬 더 풍부하다는 점이다. 예컨대 새로운 말을 만들어내는 능력, 즉 조어력(造語力)의 문제가 있다. 이오덕은 이렇게 쓴다. "한문글자를 쓰자고 우기는 사람들이 걸핏하면 꺼내는 소리가 한문글자는 '조어력이 뛰어나다'고 자랑하는데, 어째서 우리 말의 '조어력'은 모를까? 그리고 조어력이 놀랍다는 그 한문글자를 죽자 사자 배워서 '꽃병'을 '花甁'으로 쓰고 '꽃밭'을 '花壇'으로 '꽃소식'을 '花信'으로, '꽃무늬'를 '花紋'으로, '꽃'을 '花卉'로, '꽃받침'을 '花萼'으로, '꽃눈'을 '花芽'로 '꽃술'을 '花蕊'로, '꽃잎'을 '花葉'으로 쓰면 뭘 하나?"(4, 433) 여기서 이오덕이 제시한 우리 말은 분명하고 아름다우며, 복잡하고 어려운 한자말 조어 모두를 담아내는 넉넉한 품을 보여준다. 따라서 다음 주장은 설득력이 크다. "우리 말이 그렇게 빈약하고 불편한가? 내가 보기로 없는 것은 말이 아니고 정신이다. 우리 말은 얼마든지 있는데, 우리 것을 쓰려고 하는 정신이 없는 것이다"(4, 446).

이 말을 받아들이면, 그동안 우리가 글을 쓰면서 분명하고 정확한 표현을 찾지 못한 것은 예컨대 한자를 잘 몰라서가 아니라 우리 말을 잘 몰랐기 때문이라는 사실을 받아들이게 된다. 그리고 우리가 "누구나 다 잘 아는 쉬운 말로 써놓는 것보다 어려운 말로 써놓으면 뭔가 권위 있어 보이고 가치 있어 보이"(3, 41)기 때문에, 일부러 '있어 보이는' 한자, 일본말, 서양말을 찾으려는 값싼 사대주의에 빠져 있어서라는 사실도 받아들이게 된다. "사람들은 날마다 흔하게 쓰는 쉬운 우리 말[…]이 값지고 아름답다는 사실을 모르고 있다. […] 그래서 가령 '먹는다' '일한다' '잔다' '쉰다' 같은 말은 안 쓰고 음식을 **섭취한다, 작업한다, 수면을 취한다, 휴식한다** 따위 말을 쓰고 싶어한다. '하늘' '들판' '기쁘다' '슬프다' '웃는다' 하는 말도 버리고, **창공, 벽공, 초원, 광야, 환희, 비탄, 애수, 미소** 따위 남의 나라 글자말을 쓴다"(3, 165). 심지어 이런 말을 써야만 시가 되고 문학이 된다고 생각했던 사람들도 아마 적지 않을 것이다.

이오덕은 한자말이 섬세하고 정확한 표현을 가로막는다고 지적한다. "무엇을 '보았다' '들었다' '만났다' '읽었다'고 해야 할 것을 모조리 **접했다**"(2, 122)로 쓰는 경향이나, 구분해서 써야 할 것을 하나로 쓰는 경향도 마찬가지다. "우리 말이면 옷은 '입는다'고 하고, 신이면 '신는다' 하고, 모자라면 '쓴다'고 한다. 이름표나 모표라면 '단다'가 되고, 어깨띠라면 '두른다'로 되고, 넥타이는 '맨다'로 된다. 그런데 한자말이면 모조리 **착용**이다"(4, 142). 획일화된 말은 당연히 정신에 나쁜 영향을 끼친다. 더욱이 사태를 모호하게 표현하는 것에서 사태를 감추고 얼버무리는 것으로 바뀌는 데는 한 발짝이면 충분하다. 예컨대 정치권에서 지금도 버젓이 쓰이고 있는 "결과적으로 물의를 일으킨 데 대해 심심한 유감을 표시한다"는 말에 대한 이오덕의 지적은 날카롭다. "이 **유감, 유감스럽다**는 말은 상대편이 잘못한 일에 대해서 섭섭하다는 뜻으로 쓰는 말인데, 여기서는 반대로 자기가 잘못한 것을 미안하다는 말로 썼으니 틀리게 쓴 것이다. 정치를 하는 사람들은 이와 같이 이 유감이라는 말을 편리하게 쓰면서 서로 적당히 봐주고 일을 흐리멍덩하게 넘기는 것이 예사로 되어 있다. 한자말은 이래서 남을 속이고 자기를 감추는 데 잘도 쓰인다"(4, 145).

그러나 우리 말 살리기는 단지 단어를 뜻에 맞춰 쓰고 알아듣기 쉬운 말로 바꾸는 것만으로 끝나지 않는다. 이오덕은 '나의 매일 일과였다'를 '내가 날마다 하는 일이었다'로 고치면서 다음 깨달음을 얻는다. "매일을 '날마다'로 바로잡으려고 하면 그 앞뒤에 있는 일본말투나 중국글자말까지 고쳐야 한다"(2, 101)는 것이다. 이 문장에서 '나의'는 일본말 번역투가 우리 말에 들어온 것이고, 여기에는 분명 '내가'를 쓰는 것이 자연스럽다. 그런데 그 다음에 나오는 '매일(每日)'과 '일과(日課)'는 겉보기에 아무 관계도 없지만, 한자말 '매일'이 들어오면 자기도 모르게 뒤에 한자말이 따라오게 된다. 나는 이런 경향을 '한자말은 다른 한자말을 부른다'는 말로 요약한다.

이오덕이 지적한 뒤로 한국에서 꽤나 논란이 되었던 일본식 한자말 '-적(的)'도 이런 관점에서 볼 수 있다. 그는 이렇게 쓴다. "오랫동안 버릇이 들어서 지금 당장 -적을 모조리 버릴 수는 없을 것이다. 다만 조금씩 줄여서 쓰는 노력은 해야 한다"(2, 38). 사실 '-적'이란 말의 가장 큰 문제는 이 말을 쓰게 되면 그 다음 자기도 모르게 한자어가 따라오게 되고, 따라서 다른 자연스러운 우리 말 표현을 몰아내 버린다는 점이다. "-적이[-적 뒤에] 붙는 말을 살펴보면 모조리 한자말이고, 어쩌다가 서양말도 나온다. 그런데 순 우리 말은 결코 안 나온다. 그러니까 깨끗한 우리 말을 써야 할 자리에도 -적을 쓰면 그만 우리 말은 발을 붙일 수 없게 되는 것이다. '꾸준히 애써서' 할 것을 '지속적인 노력을 경주하여'라고 쓴다든지, '걱정되어'나 '마음에 짐이 되어'라 할 말을 '심적으로 부담이 되어'라고 하는 것과 같다"(4, 477). 우리 말 살리기가 어휘를 바꾸는 데 머물지 않고, 대개는 문장을 통째로 다시 쓰는 일로 이어지는 까닭이 이러하다.

이오덕의 글을 대충 읽고 오해하는 사람도 꽤 있지만, 이오덕은 순 우리말주의자가 아니다. 그는 우리 말이 한글로만 이루어지지 않았다는 사실을 넉넉하게 인정한다. "'정신'을 '얼'로, '역사'를 '이어옴'으로, '창조'를 '만들기'로, '모양'을 '꼴'로… 이렇게 너무 지나치게 우리 말을 쓰려고 하는 사람이 뜻밖에도 적지 않다. 내가 보기로 이런 사람들은 우리 말의 실상을 모르고 대중을 잡지 못하고 있는 듯하다. 그래서 살아 있는 말이 아니라 글과 책 속에, 삶과 현실이 아니라 관념 속에 갇혀 있다고 본다. 나는 이 「머리말」에서도 '외국' '실상' '자연스러운' '차별성' '강조' '질문' '의견'… 따위 한자말을 썼다. 이런 말은 읽으면 누구나 쉽게 알 수 있다. 그리고 이런 말을 순 우리 말로 바꿔놓으면 도리어 읽기가 거북하기도 하다. 그래서 아주 우리 말이 되어버린 한자말이라 보고 경우에 따라서 써야 옳다고 생각한다"(3, 8).

이오덕에게 깨끗한 우리 말의 기준은 살아 있는 말이다. 그가 수도 없이 강조했듯이 "우리 말을 살려야 한다는 것은 살아 있는 말을 써야 한다는 것이다"(3, 300). "글자는 눈으로 보고 그 뜻을 알 수 있어야 하겠지만 귀로 듣고도 알 수 있어야"(2, 20) 하기 때문에 입말이 뚜렷한 기준이 되고, "보통 사람들이 가지고 있는 우리 말에 대한 느낌이 가장 깨끗하고 올바른 느낌"(4, 436)이라 주장하며 아이들과 농민의 말을 강조하는 것도 같은 맥락이다. 사실 이오덕의 책 다섯 권을 차례로 보면, 그의 생각이 달라지는 몇 가지 지점들이 보인다. 예컨대 1권에서 그는 '마오쩌둥'과 '저우언라이'를 '모택동', '주은래'로 고치고, '도쿄'라는 말 대신 '동경'을 써야 한다(1, 225-226)고 주장한다. 그런데 4권에 가서는 '豐臣秀吉'을 '도요토미 히데요시'로, '東京' '大阪'을 '도쿄' '오사카'(4, 343)로 쓰는 것을 받아들인다. 살아 있는 입말이 깨끗한 우리 말의 기준이기 때문에 벌어진 일이다. 이는 고스란히 한자말이나 일본말, 또는 서양말을 대하는 태도가 된다. "밖에서 들어온 말이라도 그 말이 우리 말과 어느 정도 잘 어울리고 또한 그 말에 대신할 우리 말이 없으면 우리 말로 삼는다"(4, 24).

말이 중요한 까닭은 생각을 담아내기 때문이다. 예전에 내가 어디선가 읽고 마음에 새긴 쇼펜하우어의 문장은 '글이 명확하지 않다는 것은 생각이 명확하지 않다는 뜻이다'였다. 이 말은 학생들 석박사 논문 지도를 하면서 내가 가끔 인용하는 문장이다. 이번에 서평을 쓰려고 이 글의 출처를 찾다가 쇼펜하우어가 쓴 다음 문장을 찾았다. "표현이 모호하고 불명료한 문장은 언제 어디서나 정신적으로 매우 빈곤하다는 반증이다. 이처럼 표현이 모호하고 불명료한 것은 십중팔구 사상이 불명료한 때문"이며 "명료하게 생각한 것은 쉽게 적절한 표현을 발견한다. […] 난해하고 애매하고 엉클어지고 불명료한 말을 조합하는 자들은 […] 실제로는 아무것도 말할 게 없다는 사실을 가끔은 자기 자신과 타인에게 숨기려고 한다."[94] 말과 생각은 분리할 수 없다. 여러 차례 따져 봐도 도무지 알 수 없는 표현과 구조로 된 문장은 사실상 지은이의 생각이 그런 상태에 있다는 것을 보여주는 지표다. 이런 의미에서 생각은 분명한데 글이 분명하지 않다는 변명은 설 자리가 없다. 이는 정확히 이오덕의 생각이기도 하다. "어떤 사람의 어떤 말도 그 생각과 하나로 붙어 있는 것이고, 생각이 말로 나타난 것입니다. […] 말은 잘못되었는데 생각만을 바르게 가질 수 있는 것인가? 그럴 수 없다고 봅니다. 그것은 불가능합니다."(1, 306).

이오덕의 책을 읽고 나면 글쓰기가 두려워지고, 문장 하나를 완성할 때까지 다르게, 더 분명하게 더 아름답게 쓸 여지가 없는지를 자꾸 찾게 된다. 그러나 글을 쓰는 과정이 본래 이렇다는 사실을 받아들이기로 하자. 이유 없는 말장난, 겉멋 든 말, 내용 없이 단지 유식하게 보이려는 말, 부족한 생각을 감추려고 쓴 모호한 말 따위를 버리지 않고서 제대로 된 글을 쓸 수는 없기 때문이다. 더욱이 날마다 이런저런 글을 읽고 심지어 글쓰기가 직업인 사람이 이를 깨닫지 못하는 것은 굳이 이유와 핑계를 따지지 않아도 부끄러운 일이다. 이오덕의 지적대로, "지식인은 글쓰기를 두려워해야 한다"(2, 48). 이 문장은 뒤집어서도 쓸 수 있다. 글쓰기를 두려워하지 않으면, 지식인이 아니다.

2022년 9월

94 아르투어 쇼펜하우어, 프리드리히 니체, 『쇼펜하우어와 니체의 문장론』, 연암서가, 2013, pp. 83-84.

김윤식의 이광수

김윤식 —
『이광수와 그의 시대』

김윤식(1936-2018)의 『이광수와 그의 시대』는 1986년에 한길사에서 3권으로 출간되었다. 이 원고는 1981년 4월부터 1985년 10월까지 월간 『문학사상』에 연재되었으며, 이때는 "인물을 철저하게 뒤져 근대 한국인의 정신사를 밝히는 지적 모험"이라는 부제가 붙어 있었다. 개정증보판은 1999년에 솔에서 2권으로 출간되었다.

나이가 조금씩 더 들어가면서, 인간은 자신의 시대에서 벗어날 수 없다는 생각을 더 하게 되는 것 같다. 어릴 때는 사실 이런 의식 자체가 없었다. 한 나라의 역사나 세계사 전체를 뒤흔드는 사건도 아득한 곳에서 울리는 소문처럼 아주 멀리서 지나갔을 뿐 당장 내 하루, 내 생각을 바꾸지는 못했다. 무지가 행복인지 자유인지는 여전히 단정할 수 없지만, 어떤 순간부터 바깥 저 어딘가에서 내 삶의 테두리를 이루는 무정형의 시공간을 실감하게 되었던 것 같다. 그것은 내가 어쩔 수 없는 저 너머의 영역이다. 이런 점에서 지나간 시대를 산 한 인물의 성과와 한계는 그 시대의 전반적인 상황에 비춰 보는 일이 필요하다.

정작 한 시대가 지나가면, 대개는 특이한 것, 독특한 것만 기억에 남고 그 시대에 가장 당연한 것은 기억에서 사라지는 경우가 많다. 이것은 심지어 기록에도 등장하지 않을 수 있다. 보르헤스Jorge Luis Borges는 한 강연에서 기번의 『로마제국 쇠망사』를 언급하면서 이렇게 말한다. "기번은 아랍 서적, 특히 『쿠란』에 낙타가 등장하지 않는다는 사실에 주목했습니다. [...] 『쿠란』은 마호메트가 썼고, 아랍인으로서 마호메트는 낙타가 특별히 아랍적이라고 얘기할 이유가 없었습니다. 마호메트에게 낙타는 현실의 일부이므로, 특별히 강조할 이유가 없었던 것입니다."[95] 한 시대의 거대한 변화는 내가 숨 쉬는 공기 전체가 바뀌는 것처럼 눈에 보이지 않지만, 일단 바뀌고 난 후에는 제대로 복원하기 쉽지 않다. 따라서 지나간 시대를 대상으로 작업하는 사람은, 한때 너무도 당연했지만 이제는 가늠하기 힘든 것을 놓고 작업해야 한다는 문제가 생긴다.

김윤식이 쓴 『이광수와 그의 시대』는 이광수와 그가 살았던 시대를 독자 앞에 생생하게 옮겨온다. 이 책은, "인물을 철저하게 뒤져 근대 한국인의 정신사를 밝히는 지적 모험"이라는 부제를 달고 1981년 4월부터

---

95 호르헤 루이스 보르헤스, 「아르헨티나 작가와 전통」, 『영원성의 역사』, 이경민 옮김, 민음사, 2018, p. 211.

1985년 10월까지 『문학사상』에 5년간 연재되었다. 연재가 끝난 후 초판은 1986년에 한길사에서 3권으로, 개정증보판은 1999년에 솔 출판사에서 2권으로 출간되었다. 실제 원고 집필은 1981년 1월에 시작되어 『문학사상』 연재 넉 달 후인 1982년 8월에 완성되었고, 김윤식은 이 기간에 "아침 6시에 일어나 8시부터 12시까지 매일 20매 분량으로 써나갔"으며 글쓰기의 리듬과 속도를 유지하는 일이 "제일 어렵고 힘겨운 일이었다"[96]고 증언한다. 여기에 그가 이광수 관련 자료를 집요하게 수집하던 10년여의 기간까지 포함하게 되면, 그의 글쓰기는 노동이자 일종의 소명이라고 할 수 있다.

이광수는 20세기 초 한국 사회에서 지우기 힘든 인물이다. 그의 생애(1892-1950)는 구한말, 국권 상실기, 해방공간, 한국전쟁까지 걸쳐 있어서 이광수와 그의 시대를 검토하는 일은 분명 "한국 근대사 자체"(2, 498)[97]와 관련된다. 따라서 한 인물을 제대로 추적할 수 있다면, 이를 계기로 이제는 지나간 한 시대가 드러날 것이다. 물론 그것은 그 시대 자체라기보다는 오히려 그 시대의 정신사다. 이광수는 1917년에 한국 최초의 장편소설 『무정』을 썼고, 1919년에는 '2·8 독립선언서'를 기초했으며, 안창호가 만든 동우회(이후 흥사단)를 국내에서 이끌었고, 소설, 신문 사설, 시, 전기와 같은 많은 글을 통해 현대 한국어 문체의 기초를 닦았다. 이 인물은 "이 나라 근대문학의 한 선구자"(1, 19)이며, 항상 한 시대의 '중심'에 서고자 했으며 어떤 의미에서는 실제로 그랬던 인물이다. 그와 긴밀하게 교류한 사람들은 최남선, 홍명희, 주요한 같은 문인뿐만 아니라 박영효, 손병희, 신채호, 김규식, 이갑, 문일평, 조소앙, 이승훈, 김성수, 송진우, 이극로, 이병도, 정인보, 안창호처럼 한결같이 한국 사회에 지대한 영향을 미친 인물들이다.

---

96 김윤식, 『우리문학의 안과 바깥』, 성문각, 1986, p. 400.

97 김윤식, 『이광수와 그의 시대 2』, 솔, 1999, p. 498. 앞으로 이 두 권의 책을 인용할 때는 괄호 안에 권수와 쪽수만 표시한다.

이광수의 친일 행적 또한 비교적 상세하게 알려져 있다. 글이라는 명백한 증거자료들이 남아 있기 때문에, '이광수' 항목은 민족문제연구소가 2009년에 발간한 『친일인명사전』에서 아마도 가장 많은 분량을 차지했을 것이다. (이 사전에서 예컨대 노덕술에 대한 기술은 세 쪽도 안 되지만, 이광수에 대한 기술은 열두 쪽에 달한다.) 이광수는 『매일신보』(1940. 7. 6)에 조선인은 "자발적, 적극적으로 내지 창조적으로 저마다 신체의 어느 부분을 바늘 끝으로 찔러도 일본의 피가 흐르는 일본인이 되지 아니하여서는 아니 된다"고 썼다. 그가 쓴 글에는 사실 이보다 더 끔찍한 문장도 많다. 그러나 그는 끝까지 자신이 '민족을 위해 친일했다'고 주장하고, 미발표 시첩에서 "나는 '민족을 위하여 살고 민족을 위하다가 죽은 이광수'가 되기에 부끄럼이 없"(2, 384, 재인용)다고 쓴다. 친일 문제에서 그는 이른바 확신범이었다. 어쨌거나 이런 기형의 사고가 한순간에 만들어진 것도 아니고, 그렇다고 이광수가 한국 근대문학에 괄목할 만한 업적을 남기지 않은 것도 아니며, 또한 그의 문제를 단지 시대의 문제로 돌릴 수 있는 것도 아니다.

김윤식이 이광수에 대해 학문적 접근을 시도했다는 점에서 시작해 보자. 좌파든 우파든, 질이 나쁜 친일이나 최근의 '미투'처럼 범죄를 저질러 사회적으로 지탄을 받은 인물이든, 누구나 학문적 연구 대상이 될 수 있다. 대상에 대한 거리 취하기가 학문적 접근의 기본 요건이기 때문이다. 사실 김윤식은 문학사가와 비평가로서 한국 문학사의 주요 문인들에 대해 편견 없이 연구를 진행했다. 이 때문에 이광수뿐만 아니라 김동인, 안수길, 임화, 이상, 염상섭, 김동리, 백철처럼 서로 사상이나 문학적 지향이 완전히 다른 작가들도 연구 대상이 된다. 그는 1982년 KBS에서 12회에 걸쳐 이광수 강의를 진행할 때, 당시 일본의 교과서 왜곡 문제가 맞물리면서 자신이 친일 관련 논의에 휩쓸린 이야기를 전해준다. "마치 이광수를 논의하는 일 자체가 친일행위라도 되는 듯한 논법이었다. 나는 이광수를 옹호하지도 않았지만 증오하지도 좋아하지도 않았다. 다만 그의 글과 그가 살았던 시대의 관계를 그리고자 하였을 따름이다."[98] 물론 학문적 접근에서는 어떤 문제의식으로 대상에 접근하느냐가 중요하다. 김윤식은 『김동인 연구』의 머리말에서 한국 근대문학사를 "이식문학의 역사"로 보는 관점을 넘어서려고 문인들의 삶과 문학을 "더 깊이 살피지 않을 수 없었"고 그 해답을 찾기 위해 『이광수와 그의 시대』를 썼다고 밝히고 있다.[99]

김윤식은 한 인물의 생애를 추적하면서 루카치 식의 총체성을 지향하고 이를 통해 한 사람의 '내면 풍경'까지 파악하고자 한다. 내게는 이런 시도가 과도한 야심으로 보이지만, 어쨌거나 연구자가 자기 목표를 이렇게 설정하면 스스로 과다한 의무를 지게 된다. 그리고 이 의무에 필요한 전제조건들을 진지하고 성실하게 수행했을 때 부인할 수 없는 성과들이 나온다. 김윤식은 이광수와 관련된 자료를 찾기 위해 두 차례(1969-1970, 1980)에 걸쳐 일본을 방문하고, 그의 흔적을 치밀하게 추적한다. 예컨대 『이광수와 그의 시대』에는 와세다 대학에 재학할 때 이광수의 성적표가 나온다(1, 513). 또한 그는 방대한 양의 이광수 전집을 정독하는데, 그가 읽어야 할 대상에는 「만영감의 죽음」처럼 자신이 일본에서 직접 발굴하고 번역한 자료도 포함된다. 그는 이광수 전집 "제8권은 수십 번 읽고 밑줄을 쳤"으며, "봉선사와 사릉의 춘원 옛집을 답사"했고, 이광수가 1934년에 살았던 세검정의 홍지동 산장의 집터를 몇 달을 두고 관찰하면서 이광수의 글에 나온 묘사와 비교하는 작업을 했다.[100] 천정환은, 비평의 영역에서 한국문학사를 개척한 선구적인 인물로 김현, 백낙청, 김윤식을 꼽고 이렇게 쓴다. "『한국 근대문예비평사 연구』 그리고 『이광수와 그의 시대』나 『염상섭 연구』 등은 김윤식 아니면 누구도 가능하지 않았을 결정적 '개척'이었음이 분명하다."[101] 사실상 김윤식의 한자, 일본어, 옛 한

98 김윤식, 『우리문학의 안과 바깥』, 앞의 책, p. 404.

99 김윤식, 『김동인 연구』, 민음사, 2000(1987), p. 7.

100 김윤식, 『우리문학의 안과 바깥』, 앞의 책, pp. 397-398.

글 해독 능력과 집요하게 자료를 수집하고 검토하는 성실성은 각기 외국 문학을 전공한 다른 두 비평가가 갖기 쉽지 않았을 것이다. 『이광수와 그의 시대』에서 다른 사람이 흉내내기 힘든 것은, 김현이 다른 방식으로 인정한 "깊이와 정열"102이다.

한 인물에 대한 자료 조사를 정교하게 수행하게 되면 그가 남긴 기록을 비판적으로 읽을 수 있게 된다. 이 때문에 김윤식은 이광수가 「그의 자서전」에서 첫 번째 결혼에 대해 쓴 것을 보고 "이 회고록이 사실과 다르다는 것은 거의 틀림없다"(1, 79)고 지적하거나, "갑진년 8월 29일 동학당의 삭발 사건이 있었고 이때를 전후하여 러일전쟁이 터졌다는 것은 착각"(1, 99)이라고 쓸 수 있었다. 『이광수와 그의 시대』의 작가는 이광수의 생애를 기술하면서 곳곳에서 비판적인 거리를 보여주는데, 그것은 글의 저쪽(현실)에 대한 지식과 안목을 갖고 글의 이쪽을 치밀하게 검토했기 때문에 나올 수 있는 것이다. 그리고 이런 작업은 한 작가의 가장 내밀한 지점, 즉 문학 작품의 창작 방법을 규명하는 동력이 된다. "그의 생애가 그대로 소설 속에 녹아들어 어디까지가 허구이고 어디까지가 사실 자체인지를 밝힐"(1, 403) 수 있기 때문이다. 김윤식은 이렇게 쓴다. "춘원의 창작 방법의 첫 단계는 자전적인 주인공을 내세우는 것이었다. 단편 「어린 벗에게」, 장편 「무정」이 그 대표적인 예이다. 둘째 단계는 […] 자기의 이데올로기를 역사물이나 현대물을 통해 드러내는 이른바 인형 조종술 같은 창작 방법이며, 「흙」, 「단종애사」가 그 대표적인 것이다. 세 번째 단계가 「만영감의 죽음」, 「무명」 등으로서, 자기가 관찰하고 체험한 사실을 토대로 창작하는 방법이다."(2, 279). 그는 이광수의 문학에서 이 세 번째 단계의 작품이 가장 탁월하다고 평가한다.

김윤식은 "작가가 의식했든 안 했든 의도적이든 아니든 간에 그가 생

---

101 천정환, 「백낙청, 김현, 김윤식 '기적의 시대' 이후, 우리의 글쓰기는..」, https://www.pressian.com/pages/articles/111684

102 김현, 『행복한 책읽기: 김현일기 1986-1989』, 문학과지성사, 2015(1992), p. 94.

산한 문학 작품은 그것을 둘러싸고 있는 전체적 삶의 조건을 기본적인 이해 배경으로 깔고 있다"(1, 567)라고 쓴다. 한 작가 연구를 통해 한 시대의 '총체적 재현'을 지향하는 김윤식의 방법이 가장 빛나는 지점은, 이광수의 생애를 따라가면서 이를 둘러싼 맥락과 상황을 조명할 때다. 그는 이광수가 어린 시절 동학 접주의 심부름꾼을 하면서 외부 세계를 인식하게 되는 상황을 쓰면서 한국 근대사에서 동학운동의 진정한 의미와 맥락을 기술(1, 114-120)하고, 이광수의 1차 일본 유학을 적으면서 '도쿄 유학생의 계보'를 일목요연하게 정리(1, 145-152)한다. 또한 도쿄에서 그가 최남선을 만나는 사건을 계기로 최남선이란 인물과 그가 낸 잡지 『소년』의 세계를 상세히 기술(1, 486-491)하고, 와세다 대학에 입학한 이광수의 2차 일본 유학을 언급하면서 이 대학이 만들어진 맥락과 그 학풍, 그리고 당시 한국인 재학생의 상황을 기술(1, 509-522)한다. 『동아일보』에 연재된 이광수의 「흙」(1932-1933)의 세계를 규명하기 위해 이 신문이 주도한 브나로드 운동 전반의 상황을 기술하는 것(2, 183-189)도 마찬가지다. 나아가 한 작품 내부의 요소가 그 시대의 상황에 대한 풍부한 이해와 맞물릴 때 주목할 만한 분석이 나온다. 이 점에서 나는 예컨대 『무정』의 폭발적인 수용에 대한 김윤식의 맥락 분석(1, 599-600)이 탁월하다고 생각한다.

김윤식이 이광수를 멀리서만 접근하는 것은 아니다. 그는 군데군데 이광수의 처지에서 기술을 시도하고, 이는 때로 픽션의 양태를 띤다. 예컨대 소련의 치타에서 하얼빈으로 가는 이광수는 이렇게 묘사된다. "하얼빈행 열차에 몸을 실은 춘원의 가슴은 벅찼다. 그는 고아였던 지난날을 차창에 떠올렸다. 이역만리 도쿄 시로가네 동산에서 순결하게 동경하던 톨스토이의 글을 생각하고, 오산학교에서의 헌신적 생활을 되살렸다. 블라디보스토크의 처녀, 무링의 안정근의 순진한 아이들을 생각했다. 그러자 졸음이 조용히 그를 에워쌌다"(1, 445-446). 사실 우리가 김윤식의 책에서 목격하는 것은 이광수 자체라기보다는 항상 김윤식의 이광수며, 우리가 그의 책에서 기대하는 것도 사실 이것이다.

그러나 총체성을 지향하는 한 문학사가의 욕구가 부정적으로 작용하는 것은 그가 때로는 신(神)의 자리에 서고자 할 때다. 김윤식은 "문학적인 자리란 […] 한 인간의 개인적인 내면 풍경을 특히 가리킨다"(2, 432)고 주장하며 이광수의 '내면 풍경'을 파악하려고 한다. 따라서 그의 책에 "이 기간[1915-1917] 동안 그의 내면 풍경을 엿보기란 쉽지 않다"(1, 621)와 같은 표현이 나오고, 때로 "이 선언서[2·8 독립선언서]를 쓸 당시 춘원의 내면 풍경은 어떠했을까"(1, 684)와 같은 질문을 던진다. 그러나 글 쓰는 사람이 신이 아닌 이상 이 '내면 풍경'은 많은 경우 추정의 영역을 넘지 못하며, 때로는 단순한 문학적 수사에 머무른다. 예컨대 이광수가 상하이에서 허영숙과 편지를 주고받는 장면은 이렇게 기술된다. "이를 고비로 하여, 춘원의 내면 풍경은 매우 초조하고 거칠고 허전해지기 시작한다. 마치 양양히 흐르던 홍수의 물줄기가 서서히 줄어, 강 기슭에 많은 쓰레기를 남기고 강바닥에 겨우 실개천을 이루어 흐르는 그런 풍경과 흡사했다"(1, 721). 여기서는 단순하게 문장의 주어로 '춘원'이라는 말 대신 '춘원의 내면 풍경'이라고 쓴 경우에 불과하다.

김윤식은 이광수의 내면 풍경에서 불변항을 이루는 것으로 '고아 의식'을 제시한다. 즉 그는 이광수가 쓴 글 전체와 그의 생애를 치밀하게 검토한 후, 그가 평생 고아 의식을 지니고 살았으며 이를 넘어서고자 하는 움직임이 그의 생애와 문학을 결정했다고 주장한다. 이 때문에 '아비 찾기'의 논리가 나온다. "고아였던 그에게 아비의 자리를 한때 조부가 대행했다. 그 다음엔 동학의 박찬명 대령, 손병희, 예술, 톨스토이의 순서를 밟았다. 귀국 후에는 오산학교 교주 남강 이승훈, 무링에서의 추정 이갑, 그 다음 차례에 안도산[안창호]이 온다"(2, 215). 그리고 이 고아 의식은 은유를 통해 의미를 크게 확장하여 국권 상실의 시대를 사는 사람들 전체를 규정하는 명제로 제시되기도 한다.

김윤식은 '고아 의식'을 이광수의 심리적 불변항으로 설정하고, 이를 통해 많은 것을 설명하려 한다. 그러나 한 사람의 행위와 문학의 동인으로 고아 의식을 최상위에 놓고자 하는 태도는 때로 치밀한 고증의 성과를 무화해 버리기도 한다. 예컨대 이광수의 자발적인 창씨 개명을 고아 의식과 연동시켜 설명하는 대목은 김윤식의 책에서 가장 설득력이 떨어지는 부분이다. "창씨 개명이 고아 의식과 등가이며 그 초극이라는 사실을 승인할 때 이는 단순한 친일 문제를 초월하는 것이다. 민족을 위해 친일했다든가 또는 무슨 무슨 변명이란 이 생리적 수준에서 보면 전혀 무의미한 셈. 아비 찾기라는 이 절체절명의 위기 앞에 한 고아가 서 있을 따름이 아니겠는가"(2, 482). 이것은 어떤 의식(意識)을 존재와 행위의 최상위에 설정하는 일종의 변형된 헤겔주의라고 할 수 있다. 설명이든 변명이든 비판이든, 현상을 하나의 초월적 의식으로 무리하게 몰아가고자 할 때, 총체성을 지향하는 연구의 나쁜 측면이 나타나는 것 같다.

나는 『이광수와 그의 시대』를 읽으면서 한국 사회에 여전히 강력한 영향력을 행사하고 있는 어떤 독특한 '사유 방식'의 기원이 궁금했다. 그 대상이 중국이든, 일본이든, 미국이든 외세에 의존하고자 하는 강력한 사대주의가 한국에서 민족주의로 통용되는 기이한 현실이 있다. 나는 이 사유 방식에 '민족 없는 민족주의'라는 이름을 붙인다. 먼저 김윤식은 이렇게 지적한다. "이광수가 그의 사상 및 문학을 배운 것은 [...] 메이지적인 분위기와 시대 정신에 의거한 것이라고 나는 믿는다. [...] 그것은 진화론(천연론)과 제국주의로 요약될 수 없을까. 위대한 것, 큰 것을 숭상하기, 그러한 힘에 대한 물신적 경배"(2, 478). 또한 이광수의 신문 사설은 이렇게 분석된다. "춘원은 문사이지만, 그의 직업은 신문 기자였다. [...] 십수 년을 그는 신문사에 몸담아 이른바 '사설'을 썼거니와 그 문장은 많건 적건 신문 사설적 훈계조를 띤 것이었다. 항시 일본의 좋은 점과 조선의 현실을 대비함으로써 사람들로 하여금 바보스럽도록 유도하는 것이었다"(1, 552).

그런데 이와 동시에 이광수는 1920년대 중반에는 자신이 주재한 『조선문단』을 중심으로, 계급문학에 대항하는 "민족주의 문학의 우두머리로 군림"(2, 124)했다. 유명한 「민족개조론」(1921)뿐만 아니라 1939년 전향 선언 이후 그는 지원병이나 학도병 모집 같은 상당히 악질적인 친일의 길로 나아갔지만 그때까지도 민족이라는 말을 입에 달고 살았다. 이광수에게 민족이란 무엇일까. 이에 대한 김윤식의 분석은 날카롭다. "그에게 민족이 있었던가. 물론 있었다. 민족이라는 말이 있었고, 한국 민족이라는 단어가 있었다. […] 춘원만큼 그 단어에 홀려, 현실과의 연관을 잊은 사람은 거의 없다. 실체를 떠난 관념만의 세계에 매달리면 매달릴수록 거기에는 기괴한 환상의 세계가 펼쳐지게 마련이다"(1, 34). 실제로 이광수의 사상적 궤적은 동학, 기독교, 톨스토이주의, 도산 사상을 거쳐 불교의 『법화경』까지 이어진다. 김윤식은 이렇게 규정한다. "그는 먼 것, 막연한 것, 인류적인 것, 최소한 민족적인 것에 멈추고자 했고 그 이하로 내려오기를 원치 않았고 또 알고자 하지도 않았다"(1, 310).

요컨대 『이광수와 그의 시대』에서 내가 얻은 대답은 이광수가 부르짖은 '민족'이 관념적인 말일 뿐 실체 없는 단어였다는 것이다. 그런데 이 시대의 역설은, 그 추상적 단어가 이광수 문학 특유의 통속성—"춘원의 모든 문학은 순수하지 못하고 늘 대중적이요 통속적이었다"(2, 240)—과 버무려져 상당한 영향력을 행사했다는 점이다. 그리고 김윤식은 이렇게 관념이 현실에서 벗어나 폭주하는 현상을 한 시대의 후진성과 연관시킨다. "그는 여러 가지 일을 했지만 다만 '문자 행위'를 통해서였다. 그것은 일종의 관념적 행위여서 사람들에게 상당한 영향력을 행사하는 것이었다. 문자 보급이 덜 된 사회일수록 문자 행위의 관념성과 그 영향력은 증대된다"(1, 561). 그런데 사태는 사실 계급문학 쪽도 마찬가지다. "가령 민족주의 문학인들이 믿음의 거점으로 삼은 민족 개념의 대부분이 일종의 관념에 대한 환상이듯, 계급주의 문사들의 믿음의 거점인 이데올로기도 많건 적건 일종의 관념에 대한 환상이었음이 오늘날의 시점에서 보면 거의 부정되기 어려운 터이어서, 이렇게 보면 우리 근대화에서 관념에 대한 환상이 빚은 폐해의 넓이와 깊이를 새삼 반성케 한다"(1, 35).

내게 김윤식의 업적은 무엇보다 문학의 바깥을 보게 해주었다는 점에 있다. 문학 작품을 특권화하지 않고 그것을 작가의 삶과 연관시키고, 작가의 삶을 그 저쪽 어딘가에서 넓은 테두리를 이루는 시대 속에서 보려고 하면, 정작 문학 작품을 볼 때도 어떤 팽팽한 긴장감을 느끼게 된다. 어쨌거나 앞서 인용한 김윤식의 문장에서 '관념에 대한 환상'이란 구절이 오랫동안 내 머릿속에 맴돌고 있는 것은, 그것이 아마도 이광수 개인의 문제도, '문자 행위'를 하는 문인들만의 문제도 아니기 때문이다. 이는 결국 시대의 문제로 되돌아간다. 어떤 의미로는 지나가 버리지 않고 여전히 지속되고 있는 시대.

2022년 11월

2부

이상길이 다시 읽다

이상길

문화연구자. 연세대학교 커뮤니케이션대학원 미디어문화연구 전공 교수. 『아틀라스의 발-포스트식민 상황에서 부르디외 읽기』(2018), 『상징권력과 문화-부르디외의 이론과 비평』(2020), 『라디오, 연극, 키네마-식민지 지식인 최승일의 삶과 생각』(2022) 같은 책들을 썼고, 피에르 부르디외, 미셸 푸코, 폴 벤느, 디디에 에리봉, 찰스 테일러 같은 외국 저자들의 책을 우리말로 옮겼다. 예술책에 관한 잡지 연재 글들을 모아 『책장을 번지다, 예술을 읽다』(공저, 2021)를 펴내기도 했다. 서평을 쓰기 위해 책상 앞에 앉을 때마다, "구태여 자기 얘기를 늘어놓지 않더라도, 다루는 대상에 대해 정확히 말할 수만 있다면 충분히 성공한 비평"이라는 한 미술평론가의 말을 떠올리곤 했다. 하지만 당신이 누구인지 내 식으로 정확히 말하는 일은 얼마나 어려운지! 번번이 나를 얼마나 좌절하게 만들었는지!

* 이상길의 글에서 책의 번역 인용문은 때에 따라 필자가 원문을 대조해 수정하였다.

‘문화연구적’ 시선의 발명

리처드 호가트 —
『교양의 효용』

리처드 호가트(Richard Hoggart, 1918–2014)의 『교양의 효용-노동자계급의 삶과 문화에 관한 연구』는 대중음악 연구자 이규탁의 번역으로 2016년 오월의봄에서 출간되었다. 원서는 *The Uses of Literacy: aspects of working-class life with special references to publications and entertainments* (London: Chatto and Windus, 1957)이다.

자신이 무엇을 하는지 잘 아는 사람이라도, 그가 한 것이 무엇을 하게 될지에 대해서는 잘 모른다. 영국의 문학 연구자 리처드 호가트가 39세의 나이에 『교양의 효용The Uses of Literacy』을 출간했을 때, 그는 이 책이 장차 새로운 학문 분과의 시발점으로 여겨지리라고는 아마 짐작조차 하지 못했을 것이다. 1957년에 나온 『교양의 효용』은 레이먼드 윌리엄즈Raymond Williams의 『기나긴 혁명The Long Revolution』(1961), 에드워드 파머 톰슨Edward Palmer Thompson의 『영국 노동계급의 형성The Making of the English Working Class』(1963)과 더불어 '문화연구Cultural studies'의 창설 텍스트로 꼽히는 저작이다.[103] 문화연구는 다양한 문화적 실천을 권력 체계와의 연관성 속에서 비판적으로 연구하는 학문영역으로, 철학·미학·문학·역사학·인류학·사회학·언론학 등 여러 분야를 가로지르는 학제적 접근을 취한다. 이 분과는 20세기 후반 새롭게 형성된 탓에, 대부분의 학문과 달리 그 시초가 뚜렷하다. 『교양의 효용』이 바로 그 태동을 알린 저작으로 꼽힌다.[104]

그렇다고 거기서 저자가 새로운 학문의 구상을 밝히고 있거나 그 가능성을 스케치하고 있는 것은 아니다. 뭔가 '문화연구'에 관한 지식을 얻으려는 기대로 이 책을 펼치는 독자라면 금세 실망할 것이다. 『교양의 효용』은 교과서나 개론서와 거리가 멀고, 전문 연구서라고 말하기에도 그 성격이 애매하다. 물론 이 책의 근간에는 20세기 전반 영국 노동계급의 생활상에 대한 일종의 인류학적 분석이 자리하지만, 본격적인 역사 연구나 민족지 연구로 분류하기는 어려울 만큼, 에세이 풍의 자전적인 회고와 대중문화 비평이 뒤섞여 있다. 그렇다면 『교양의 효용』은 어떤 책일까? 호가트

---

103 이 책의 번역은 대체로 무난하지만, 서문 말미의 집필 시기는 수정이 필요한 오역이다. 이 책의 초판은 1957년에 나왔고, 호가트는 서문에 1952년부터 1956년에 걸쳐(1952-6) 책을 집필했다고 적어 놓았는데, 역자는 이를 '1952년 6월'로 옮겼다. 나는 펭귄출판사(Penguin Books)의 1966년 판본(제8판)을 참조했다.

104 이러한 언급이 문화연구의 기원을 특정한 텍스트로 환원하거나 특정한 저자를 신화화하는 시도로 비쳐서는 곤란하다. 어떤 것의 '기원'은 그에 연루된 행위자들의 여러 동기와 이해관계 속에서 사후적으로 (재)구성되는 가상의 원점일 따름이다.

자신의 설명에 따르면, "이 책은 지난 30-40여 년 동안의 노동자계급 문화의 변화, 특히 대중출판물에 의해 촉진된 변화에 대한 내용을 담고 있다."[105] 원제를 '읽고 쓰는 능력literacy의 활용'이라고 다소 직역하면, 이 문장의 의미가 한층 명확해진다. 호가트는 19세기 후반 보통교육의 확대와 더불어 급속히 성장한 영국 노동자층의 문해력이 1950년대인 현재 어떻게 쓰이고 있는지, 과연 어떤 쓸모를 갖는지 질문한다.

이러한 문제의식이 갖는 의의, 그리고 '문화연구'로서의 원형적 성격에 관해서는 영국의 대표적인 신좌파 지식인이자 문화연구자인 스튜어트 홀Stuart Hall이 남긴 평가가 있다. 그는 호가트의 책을 당대 영국의 역사적 맥락 속에 자리 매기면서, '문화연구'라는 문제설정이 갖는 특징을 지적한다. 즉 그것은 어떤 거창한 이론적 질문에 대한 대답이 아니라, '경제적 풍요 아래 노동계급에게 무슨 일이 일어났는가' 하는, 구체적이고도 정치적인 질문에 대한 대답으로 제시되었다는 것이다. 1950-60년대는 영국 사회가 지속적인 경제발전 속에서 전후 호황을 누린 시기다. 노동계급의 소비 수준은 전례 없이 높아졌고 생활은 풍요로워졌으며, 미국식 대중문화와 오락이 광범위하게 확산되었다. 그 결과, 계급 중심의 전통적인 정치 이데올로기가 퇴조하고, 심지어 '계급소멸론'까지 등장하기에 이르렀다. 홀에 따르면, 문화연구는 바로 이때 "정치적 기획"으로서, 또 "전후의 선진 자본주의 문화에 대한 하나의 분석방식"으로서 탄생했다. 달리 말하면, 변화한 자본주의에서의 계급 상황을 생생한 현실에 밀착해 탐구하려는 의지가 문화연구로 나타났다는 것이다. 그것은 마르크스주의를 비롯한 기존의 이론적 자원이 그러한 시도에 충분하지 못하다고 보았고, 같은 문제의식을 공유한 신좌파New Left의 출현을 동반했다.[106] 홀이 보기에, 『교양의 효용』은 이와 같은 지적-정치적 혁신의 흐름에 결정적인 물꼬를 튼 저작이

---

105 리처드 호가트, 『교양의 효용』, 이규탁 옮김, 오월의 봄, 2016, p. 6.

106 스튜어트 홀, 『문화연구 1983』, 김용규 옮김, 현실문화연구, 2021, p. 31.

었다.

이 책은 크게 두 부분으로 구성된다. 1부 "'전통적인' 질서"에서 호가트는 어린 시절의 경험에 대한 기억을 바탕으로, 1930년대 이후 노동계급의 일상생활이 어떤 문화적 속성들을 계발해 왔는지 기술한다. 2부 "새로운 것에 밀려나다"는 이러한 노동계급 고유의 전통 위에서 1950년대에 새로운 대중문화(특히 대중소설, 주간지, 대중음악)가 어떻게 소비되고 있으며 또 어떤 결과를 낳고 있는지 논의한다. 홀에 의하면, 이 책은 몇 가지 점에서 특징적이다. 호가트는 노동계급이 어떻게 삶 속에서 자신들만의 특유한 문화를 창조하고 구성했는지 이해하고자 한다. 이 과정에서 그는 문학예술 중심의 전통적인 문화 개념을 노동계급의 생활양식 전반에까지 확장하는 한편, 문학비평의 감수성에 기반을 둔 인류학적 분석을 제공한다. 노동계급의 언어, 신체적 태도, 가족과 주거, 이웃과의 관계, 술집pub과 동호회, 결혼관과 종교관, 음주, 도박, 내기의 습성 등 이전까지 무시되고 간과된 문화적 요소들을 상세히 분석하고, 이를 통해 '그들과 우리'의 이분법, 숙명론, 쾌락주의, 냉소주의와 같은 숨겨진 가치구조를 도출하는 식으로 말이다. 하지만 홀의 호평은 1부에서 멈춰 선다. 그가 보기에, 이 책의 2부는 20세기 중반에 유행한 '대중문화 비판론'의 단조로운 반복에 지나지 않기 때문이다. 호가트는 노동계급의 문해력이 상업적 황색신문, 싸구려 대중잡지와 통속소설 등을 소비하는 데 오용됨으로써 예전의 노동계급 문화가 가지고 있던 활력과 진정성이 쇠퇴하고 있다고 비판한다. 하지만 홀은 이러한 논리가 구시대적인 엘리트주의의 산물로, 예나 지금이나 적실하지 않다고 본다.[107]

『교양의 효용』에 대한 홀의 평가는 대체로 온당하지만, 전형적이기도 하다. '전형적'이라는 말은 그동안 이 책을 둘러싸고 나온 대부분의 비평이

107 앞의 책, pp. 27-36.

비슷한 이야기를 되풀이해왔다는 뜻이다. 그런데 그 책에서 20세기 초중반 영국 노동계급의 문화에 대한 풍부한 민족지적 접근과 이제는 한물간 '비관적·비판적 대중문화론' 이상의 무언가를 읽어낼 수는 없을까? 전형적인 독법은 그 자체로 틀렸다고는 할 수 없지만, 『교양의 효용』을 구체적인 내용과 시대적인 제약 안에 가두어버림으로써 '역사적 기념비' 수준을 넘어서는 의미를 새기지 못하게 만든다. 그러한 읽기는 이 책을 문화연구의 역사 안에 고색창연한 '학문적 원점'으로 박제해버리고 만다. 하지만 나는 우리가 『교양의 효용』에 '창건 텍스트'라는 이름에 걸맞은 대우를 하고자 한다면, 단순한 의례적 경배를 되풀이하는 데 그치지 말고, 그 실질적·현재적 가치를 되살릴 수 있어야 한다고 생각한다. 이러한 관점에서 이 책은 그 연구대상이나 주제의 차원에서뿐만 아니라, 무엇보다도 시선의 차원에서 다시 읽힐 필요가 있다. 내가 보기엔, '문화연구적'이라고 이름 붙일 만한 시선을 발명해냈다는 데 『교양의 효용』의 결정적인 기여가 있기 때문이다.

문화연구가 "정치적 기획"이라는 홀의 지적은 그것이 '지금 여기'에서 무슨 일이 일어나고 있는지 이해하고, 그 인식을 바탕으로 주체의 자유를 위한 공간을 만들어내려는 의지의 소산이라는 의미일 테다. 한데 '정치적' 문화연구가 결국 '인식'의 지적 계기를 경유할 수밖에 없다면, 그러한 계기가 어떻게 '적절히' 구성될 수 있는지 하는 문제가 관건이 된다. 이와 관련해 호가트는 『교양의 효용』에서 (아마도 스스로 크게 의식하지는 않은 채로) 나름의 인식론적 절차를 작동시킨다. 그는 노동계급을 바라보는 기존의 관점들과 자기 관점에 대한 사회학적 성찰로부터 출발해, 문화를 이루는 요소들과 그 변화를 '관계' 속에서 사유하고자 애쓰며, 그러기 위해 여러 자료와 접근법을 넘나든다. '자기성찰적'이고 '관계 중심적'이며 '학제적'인 이 시선은 연구대상으로서의 '노동계급'이 표상하는 사회적 약자와 소수자를 향해 있다. 나는 이 모든 것이 1960년대 영국에서 등장해 1980년대에 세계적인 확산을 이룬 '문화연구'라는 학문 분과의 고유한 시선을 구성한다고 생각한다. 『교양의 효용』이 여전한 현재성을 지닌다면, 그러한 시선이 갖는 특징과 의의를 구체적인 분석 속에서 뚜렷이 드러내고 있기 때문일 것이다.

책에서 호가트는 노동계급을 대하는 중산층 지식인들의 관점을 크게 두 가지로 유형화한다. 하나는 낭만화하는 관점으로, 다수의 작가나 대중소설가들에게서 나타난다. 이들은 노동자들이 거칠고 촌스럽지만 건강하고 진솔하다고 찬양하는 한편, 그들의 정치성을 과대평가하는 경향이 있다. 다른 하나는 노동계급을 동정하면서도 존경하는 관점으로, 마르크스주의자들에게 일반적이다. 이들은 노동자들이 모독당하는 현실을 개탄하고, 그들의 참상은 착취와 학대 체제의 결과라고 여긴다. 하지만 호가트에 따르면, 노동계급을 예찬하거나 동정하는 이 두 관점은 모두 노동계급의 실상을 있는 그대로 직시하지 못한다는 한계를 지닌다. 이는 중산층 지식인들이 노동계급의 삶으로부터 한참 동떨어져 있기에 생겨나는 편향이기도 하다. 그렇다면 노동계급 출신의 지식인은 그러한 문제로부터 자유로울 수 있을까? 호가트는 자신과 같은 부류도 특유의 한계를 가진다고 지적하며, 그 이유를 "가깝고도 먼 관계"가 자아내는 "이중적인 감정"에서 찾는다. 즉 그의 성장 배경이 노동계급이라는 사실은 외부자적 해석의 오류를 피하고 이 계급의 현실에 더 가까이 갈 수 있게 해주지만, 개인적 체험에서 비롯한 혐오와 거부감, 또는 감상적인 미화와 이상화에 사로잡힐 가능성이 있다. 따라서 그는 이러한 위험을 의식하고 끊임없이 억제하면서 "자신이 진정 말하고자 하는 바가 무엇인지를 찾기 위해 노력"했다는 것이다.[108]

『교양의 효용』의 주 내용을 이루는, 노동계급 문화의 고유한 성격에 대한 탐구는 이처럼 지식인 주체가 연구대상으로서 노동계급과의 관계에서 생겨날 수 있는 편향을 성찰적으로 통제하려는 시도 아래 이루어진다. 호가트는 특정한 사회적 환경을 공유하는 사람들의 관습적이고 반복적

108 리처드 호가트, 『교양의 효용』, p. 2

인 실천들로부터 어떻게 유사한 기풍, 정서적 태도ethos가 생겨나는지, 또 그것이 어떻게 실용적이고 암묵적인 윤리ethics의 원천을 제공하는지 서술한다. 젊은 노동계급 여성들의 문화에 대한 분석은 그의 접근 방식을 잘 보여주는 하나의 인상적인 예다. 이 여성들은 학교 졸업과 결혼 사이의 기간, 책임질 일 없고 약간의 돈을 벌 수 있는 이 짧은 시기를 대개 화려하게 놀면서 보낸다. 이 유쾌한 삶의 태도는 그들에게 진정한 인생이 결혼과 가정생활 이후로 여겨진다는 데서 기인한다. 그들은 이 일시적인 자유가 끝나고 누군가의 아내이자 엄마로서 생고생이 시작되기 전까지 약간의 호사를 자신에게 허락하는 것이다. 미래의 삶이 얼마나 힘들고 단조로울지 잘 아는 부모 역시 자식이 즐길 수 있을 때 즐기도록 내버려 둔다.[109] 이런 식의 기술과 해석은 노동계급이 드러내는 이런저런 문화적 특성이 유별난 부도덕이나 무책임의 결과가 아니라, 특유의 계급 조건 아래 형성된 독자적인 생활양식의 일부일 따름이라는 사실을 일깨워주는 것이다.

한편 『교양의 효용』 2부에 집중적으로 나타나는 호가트의 대중문화 비판론에 대해서는 그동안 홀을 비롯한 여러 논자가 과도한 단순화와 가치판단의 문제점을 지적한 바 있다. 하지만 그러한 언명에 어느 정도 동의한다 해도, 2부의 초점이 대중문화의 부정적 영향력 그 자체에만 놓여 있지는 않다는 점 또한 확인해두어야 한다. 내가 보기에, 호가트 논의의 핵심은 오히려 "노동계급 일상생활의 특질을 기술함으로써 출판물들에 대한 더 면밀한 분석은 단단한 땅과 바위, 물로 이루어진 [삶의] 풍경 안에 놓여야 한다"는 결론부의 주장에 있다. 그는 대중문화가 초래하는 획일화, 파편화, 저속화 등의 문화적 위험성을 우려하면서도, "'과거' 노동자계급의 생활방식과 태도 속에 존재했던 소중한 힘들을 강조하는 것은 여전히 중요하다"고 역설한다.[110] 그리하여 2부 곳곳에서 그는 노동계급의 현실 분

109 앞의 책, pp. 68-72.

110 앞의 책, pp. 485-486.

별 능력, 잔존하는 전통적 태도, 개인적인 회복력 등이 대중문화의 해악을 중화하거나 상대화할 수 있음을 암시한다.[111] 호가트는 또 이 과정에서 노동계급을 단일한 실체로 간주하기보다는, 성별, 세대별 간극을 고려하고[112] 교육 수준이 높은 '지적 소수', 노동운동과 정치 활동에 적극적인 '진지한 소수' 등을 구분해 논의함으로써, 이질적 분파들이 드러내는 차이에 주의해야 할 필요성을 환기한다. 이와 같은 분석은 대중문화의 내용과 질에 대한 신랄한 비평과는 별개로, 그 영향력을 노동계급 내 과거의 전통과 습속이라든지 여러 분파의 다양한 태도와의 관련 속에서 이해해야 한다는 관계 중심적 시선 위에 서 있다. 이를 통해 『교양의 효용』은 대중의 수동성을 과장하고 매스미디어의 강력한 획일적·직접적 효과를 가정했던 프랑크푸르트학파 식의 '문화산업' 담론과 미국 사회학계의 '대중문화' 담론을 넘어설 발판을 마련했다.

이 책에서 호가트는 특정한 분과학문의 틀에 구애받지 않고, 개인적 체험과 기억은 물론, 관찰, 통계, 문학작품, 대중문화 텍스트 등 각양각색의 자료를 활용하면서 인류학적 분석, 문학비평, 자기기술지가 불균질하게 뒤섞인 담론을 서슴없이 구축해나간다. 이러한 학제적 시선은 그의 글쓰기의 목적이 어떤 학문영역의 규준이나 형식을 충족시키는 데 있는 것이 아니라, 자신이 태어나고 자라난 노동계급의 변화 양상을 잘 이해하는 데 있었기에 가능했을 것이다. 그 관심이 무엇보다도 우선했기에, 호가트는 자신이 들여다보고 싶은 것에 집중하며 빽빽한 현실의 덤불숲을 가로질러 새로운 앎의 길을 낼 수 있었다. 지배와 억압을 꿋꿋이 버텨내며 활기차게 살아가는 사람들에 대한 그 관심 뒤에 '민중과 지식인'이라는 오랜 테마가 어른거리는 것은 당연히 우연이 아니다. 호가트뿐만 아니라, 문화연구의 또 다른 창시자로 꼽히는 윌리엄즈 역시 노동계급 출신이었고, 톰슨

111 앞의 책, p. 246, 352, 485.

112 물론 그러한 원칙에도 불구하고 실제 분석이 충분히 섬세하거나 탁월하지 못하다는 비판은 얼마든지 가능할 것이다.

은 세계를 떠돌아다닌 감리교 선교사의 자식이었으며 홀은 자메이카 태생의 디아스포라였다. 이들이 성장 과정에서 공유한 소수성, 주변성은 지식인으로서 자신이 민중과 맺는 관계를 언제나 의식하고 또 고민할 수밖에 없도록 만들었다.

『교양의 효용』 10장에서 호가트는 장학제도 덕분에 출신 환경으로부터 점점 '뿌리 뽑히는' 똑똑한 노동계급 청년들의 사회화 과정과 심리적 불안을 서술한다. 사실 그 묘사는 너무도 세밀하고 명료해서 그것을 그 자신의 개인적 경험에 대한 성찰적 기록으로 읽지 않기가 어려울 정도다. "이 장은 쓰기가 참 어려웠지만, 그럼에도 써야만 했다"는 맨 첫 문장은 저자의 복잡한 심경이 지닌 무게를 실어 나른다. 호가트는 '지적인 소수' 집단이 경험하는 긴장감, 냉소주의, 문화적 결핍감, 자기연민과 자기불신을 분석하며, 대중문화가 제공하는 이른바 '교양'이 노동계급의 고전적 활력과 이상주의를 증발시키는 현상을 비판한다. 하지만 교육의 마법은 어떤 '범생이들'에게 이처럼 냉철한 자기성찰의 시선 역시 배양한다는 데 있다. 게다가 그것은 그들이 '계급탈주자'로서 느끼는 '민중에 대한 채무감', 그리고 '민중의 대변자라는 자의식'과 결합해 지적 혁신의 원천으로 작용할 수 있다. 그렇게 호가트는 노동계급 문화를 연구하는 지식인이 되었고, 새로운 분과학문의 창시자가 되었다. 버밍엄대학 영문학과에 부임한 그가 1964년 현대문화연구소Center for Contemporary Cultural Studies를 창립하면서 문화연구는 드디어 제도화의 첫발을 내딛는다. 이 정치적 학문, 혹은 학문적 정치는 1980년대 이후 한국을 포함한 여러 국가에서 비판적 지식인들의 호응을 얻으며 전성기를 누렸다. 나 역시 그러한 시기에 대학원생으로 문화연구에 입문한 사람들 가운데 한 명이다. 하지만 전 세계적인 신자유주의화의 흐름과 더불어 2002년 버밍엄대학의 현대문화연구소는 급작스레 폐쇄되었고, 이 상징적 종말과 더불어 대학 내에서 문화연구의 인기도 점차 사그라들고 있는 것처럼 보인다. 『교양의 효용』이 이러한 전반적인 위기의 국면에 우리말로 옮겨졌다는 사실은 못내 의미심장하다. 그것은 변화한 상황에서 우리 사회의 노동자, 청년, 이주민, 소수자, 지식인 문제들을 새롭게 바라보라는 주문으로 읽혀야 한다. 언제까지나 초심을 잃지 말고, 다시 한번 '문화연구적' 시선으로 말이다.

2021년 8월

지식인을 묻다

장 폴 사르트르 —
『지식인을 위한 변명』

장 폴 사르트르(Jean-Paul Sartre, 1905-1980)의 『지식인을 위한 변명』은 철학 연구자 박정태의 번역으로 2007년 이학사에서 출간되었다. 원서는 *Plaidoyer pour les intellectuels* (Paris: Gallimard, 1972)이다. 국내에서 이 책은 1970년대 말 이후 프랑스 문학 전공자들에 의한 번역본이 몇 차례 나온 바 있다. 1979년의 조영훈 역본(한마당 출판사)은 1994년에 개정판이 나왔고, 1985년의 방곤 역본(보성출판사)은 언론인 고종석의 후기를 달고 1995년에 개정판이 나왔다.

내가 장 폴 사르트르의 『지식인을 위한 변명』을 접했던 것은 대학 1학년 여름방학 때의 일이었다. 사르트르야 20세기의 대표적인 지식인이자 워낙 유명한 철학자이니만큼 길게 소개할 필요도 없을 것이다. 『지식인을 위한 변명』은 그가 1966년 가을 일본을 방문해 도쿄와 교토에서 했던 세 차례의 강연을 담은 책이다.[113] 그런 책이 대학생들의 의식화 교육을 위한 세미나 '커리(큘럼)'에 들어 있었다. 당시엔 그 사실에 대한 자의식이 크게 없었지만, 돌이켜보면 『지식인을 위한 변명』이 나로서는 처음 맞닥뜨린 본격 철학서이기도 했다. '접했다'거나 '맞닥뜨렸다'고 자연스레 쓰게 되는 이유는 내가 그 책을 성실히 읽었는지, 나아가 충분히 이해했는지 잘 기억이 나지 않기 때문이다. 어쨌든 난 막연히 『지식인을 위한 변명』을 '이미 읽은 책'의 범주 안에 넣어놓고 있었는데, 서평을 준비하기 위해 새 번역본으로 '다시' 들여다보면서 깜짝 놀라지 않을 수 없었다. 너무 어려웠기 때문이다.[114] 사르트르 철학에 대한 기본 지식이 없는 사람이라면 이 책을 이해하기가 결코 쉽지 않다. 그러니 장담하건대, 열여덟 살의 내가 그 책을 읽었을 수는 있겠지만 그 내용은 제대로 파악했을 리 없다. 사실 이런 속사정은 그것을 떡하니 신입생 '커리'에 올렸던 학과 선배들 역시 별반 다르지 않았을 것이다.

다시 읽게 된 『지식인을 위한 변명』은 서로 연결된 세 가지 질문을 중점적으로 다루고 있는 것처럼 보였다. '지식인은 어떤 사람인가?', '어떻게

---

113 세 번의 특강 제목은 각각 "지식인은 무엇인가?", "지식인의 기능", "작가는 지식인인가?"였다. 하나 특기해둘 것은 사르트르의 일본 방문 시기가 오랫동안 1965년으로 알려져 왔다는 것이다. 이는 프랑스 원본 텍스트의 마지막 부분에 잘못 적힌 내용이 제대로 수정되지 않은 데 기인한 것으로 보인다. Jean-Paul Sartre, *Playdoyer pour les intellectuels*, Paris: Gallimard, 1972, p. 117. 이 오류는 이런저런 논문들을 비롯해 이 책에서 참고한 최근의 번역본에서까지 발견된다. 하지만 사르트르의 방일은 1965년 논의가 시작돼 1966년 9-10월 사이에 실제로 이루어졌다. 이에 관한 상세한 보고로는 다음의 글을 참고할 수 있다. 양아람, 「1966년 장 폴 사르트르(Jean-Paul Sartre)의 일본 방문과 일본의 사르트르 수용」, 『대동문화연구』, 108권, 2019, 451-487쪽.

114 국내에서 『지식인을 위한 변명』은 1970년대 말부터 프랑스 문학 전공자들에 의한 번역본이 몇 차례 나온 바 있다. 프랑스 철학 연구자에 의한 번역서는 2007년에야 처음 나왔으며, 다수의 친절한 역주를 달고 있다.

지식인이 되는가?', 그리고 '지식인은 무엇을 해야 하는가?'. 각각의 질문에 대한 사르트르의 답변을 차례대로 살펴보자. 그에 따르면, 먼저 지식인은 "지적 능력과 관계되는 일(정밀과학, 응용과학, 의학, 문학 등)을 통해서 어느 정도의 명성을 획득한 후에, 자신들의 영역을 벗어나 인간이라는 보편적이고 독단적인 개념(그 개념이 애매하건 명확하건, 또는 도덕주의적이건 마르크스주의적이건 상관없이)을 명분으로 내세우면서, 사회와 기존의 권력을 비판하기 위해 자신들의 명성을 남용하는abusent 다양한 부류의 사람들"을 가리킨다.[115] 이때 '남용한다'는 것은 바꿔 말하면, "자신과 무관한 일에 쓸데없이 참견"한다는 뜻이다.[116] 사르트르는 이를 구체적으로 설명하기 위해 핵물리학자의 사례를 든다. 핵분열을 연구하는 사람은 지식인이 아니라 한 명의 학자일 따름이다. 그런데 그가 자신의 연구에 힘입어 제조된 핵무기의 가공할만한 위력에 놀라 그 이용을 반대하려 나선다면, 즉 반핵 여론을 조성하기 위해 모임에 참여하고 탄원서에 서명한다면 그는 이제 지식인이 된다.

이러한 예는 지식인 범주의 정의에 핵심적인 몇 가지 요소를 잘 드러낸다. 즉 지식인은 어떤 문제에 자기 권한compétence을 넘어서서 관여하고, 자신의 사회적 명성을 '남용해' 여론에 압력을 가하며, 이 과정에서 논쟁의 여지가 있는 특정한 가치체계—이는 과학의 영역이 아니다—를 명분으로 삼는다는 것이다.[117] 사르트르가 말하는 지식인 상을 정확히 구현하고 있는 인물로 우리는 언어학자 놈 촘스키Noam Chomsky를 떠올려볼 수 있다. 1950년대 변형생성문법론으로 학계에서 확고한 입지를 구축한 그는 자기의 명성을 활용해 미국의 외교정책, 국제정치, 미디어 보도 같은 전공 이외의 분야에 보편적 정의와 진실의 이름 아래 꾸준히 비판적인 개입을 해왔다. 이처럼 한 개인이 겪는 '(학자-전문가를 넘어) 지식인 되기'는 사

115 장 폴 사르트르, 『지식인을 위한 변명』, 박정태 옮김, 이학사, 2007, p. 14.

116 그는 세평을 인용하는 형식으로 이러한 정의를 두 번 되풀이한다. 앞의 책, p. 12와 51.

117 앞의 책, pp. 14-15.

실 사르트르가 보기에, 19세기 말 프랑스에서 드레퓌스 사건을 매개로 출현한 지식인 집단이 거쳐온 역사적·집합적 과정이기도 하다. 말하자면, 지식인은 '완료형'이 아닌 '진행형'의 존재이자, 미리 정해져 있는 집단이 아닌 지속적인 변전의 결과물인 셈이다.

그렇다면 누가 어떻게 지식인이 되는가? 사르트르는 그 존재론적 이행의 열쇠를 학자와 실무 전문가 집단이 직면하는 객관적·주관적 계기에서 찾는다. 역사적으로 자본주의가 발전하고 부르주아 계급이 성장하면서 사회 각 분야에서는 실천적인 지식과 기술을 지닌 전문가들이 부상하기에 이른다. 철학자, 과학자, 교사, 의사, 법률가 등이 그들이다. 그런데 사르트르의 시각에서 이들은 불가피하게 객관적인 모순과 분열에 처한다. 이는 무슨 말인가? 전문가들이 탐구하는 실천적 지식은 모든 사람의 이익을 위해 쓰일 수 있으며, 또 그래야 마땅한 일종의 '보편성'을 갖는다. 예컨대 법률 지식은 모두를 위한 정의를 구현해야 하고, 의학 지식은 어떤 환자에게나 도움을 줄 수 있어야 한다. 전문가 집단은 보편적 지식을 추구할 뿐만 아니라, 모든 사람이 일반적으로 그 혜택을 누릴 수 있길 지향한다. 그런데 이 집단은 자기들의 지식과 기술이 실제로는 지배계급의 이해관계에 봉사한다는 것, 자신들이 교육받고 내면화한 휴머니즘이 억압받는 하층계급의 현실과 계급투쟁을 은폐하는 '부르주아' 휴머니즘이자 '특수주의'에 불과하다는 것을 차츰 깨닫게 된다. 이렇게 돌출하는 보편성과 특수성의 모순, 그리고 이에 대한 주관적 성찰은, 사르트르에 의하면, 전문가 집단이 지식인으로 변모하는 전기를 마련한다.

성찰은 각성을 동반한다. 그리하여 "지식인이란 자기 자신 속에서, 그리고 사회 속에서 실천적인 진리(자기의 모든 규범까지 포함한 실천적인 진리)에 대한 탐구와 지배 이데올로기(자기의 전통적인 가치체계까지 포함한 지배 이데올로기) 사이에 벌어지는 대립을 깨달은 사람"이 된다.[118]

---

118 앞의 책, p. 53.

지식인 개인의 직업적인 활동 차원에서 일어나는 이 깨달음은 자본주의 사회의 근본적인 갈등으로서 치열한 계급투쟁에 대한 인식으로 발전하고 다시 자유와 평등, 인간 해방의 보편적 가치를 지향하는 운동으로 이어진다. 이는 지식인이 민중과 함께 가도록 이끄는데, 보편화의 추구란 결국 억압과 착취, 소외와 불평등 같은 부조리한 특수화에 맞선 싸움이며, 자본주의 사회에서 그것은 무엇보다도 프롤레타리아 계급의 투쟁과 합치하기 때문이다. 이 계급은 실존 그 자체로 부르주아 이데올로기에 대한 반증이자 공격을 표상한다. 이렇게 지식인은 "자신의 주된 모순(그의 직업에서 비롯된 보편주의와 그의 계급에서 비롯된 특수주의가 일으키는 모순)으로 인해서 보편화를 지향하는 빈곤층의 운동에 가담"하게 된다.[119] 진정한 지식인이라면 "바로 가장 혜택받지 못한 사람들의 관점에서" 사회를 바라보아야 하고, 그렇게 해서 보편화를 향한 역사의 전진에 동참할 수 있다.[120] 한마디로 지식인은 계급투쟁에 나서고 변혁 운동에 이바지해야만 하는 것이다. 전문가가 지식인으로서 의식을 갖는다는 것은 자신의 계급적 특수성을 드러내는 일이자, 보편성의 임무를 떠맡는 일이기도 하다. 자기를 구성하는 모순을 자각한 지식인은 프롤레타리아의 의식적 각성을 도와주는 역할을 수행한다.

이렇게 보면 사르트르의 지식인론에는 무엇보다도 마르크스주의의 인장이 선명히 찍혀있다 해도 과언이 아닐 것이다. 하지만 그렇다고 그것이 종래의 '혁명적 지식인론'(레닌)이나 '유기적 지식인론'(그람시)을 반복하는 데 머무르는 것은 아니다. 『지식인을 위한 변명』의 독창성은 특히 지식인이 마주하는 실존적 상황에 대한 논의에서 빛을 발한다. 사르트르는 지식인을 어떤 계급과도 조화로울 수 없는 존재, 아무런 토대 없이 타자를 대변한다고 자처하는 집단, 부단한 자기비판과 반성 속에서 자신을 변화시켜나가야 하는 주체라고 주장하는 것이다. 우선 자본주의 사회에서 실

119 앞의 책, p. 99.

120 앞의 책, p. 79.

천적 지식의 전문가는 부르주아지나 중간계급에서 나올 수밖에 없고, 다시 그 계급에 속하게 되므로 노동계급에 유기적인 지식인은 거의 존재할 수 없다. 지식인은 지배계급에게 배신자로 취급받고, 노동계급에게는 불신의 대상이 된다. 그는 피착취계급을 지지하고 '그럼으로써' 모든 사람을 위하는 보편성에 투신하지만, 실은 어떤 계급으로부터도 대표성을 위임받은 적이 없다. 따라서 지식인은 외로울 수밖에 없는, "그 어디를 가나 동화가 불가능한 존재"로 남는다.[121] 그는 모든 책임을 홀로 떠맡으면서 모든 사람에게 봉사한다. 지식인의 고독은 그 자체가 그의 모순으로부터 비롯된 운명인 셈이다.

이러한 지식인에게 가장 중요하고 또 필요한 덕목은 바로 자기 성찰se retourner sur soi-meme이다. 그것은, 사르트르의 어려운 용어를 그대로 끌어오자면, "내면화된 외부성"—지식인은 특수한 계급 조건의 산물이다—과 "내면성의 재외부화"—그러한 지식인이 자신을 형성한 계급 조건과 사회 전체를 조사한다—라는 두 계기가 변증법적으로 맞물리는 사태이다.[122] 지적 탐구를 수행하면서 지식인은 이데올로기가 지식에 가하는 한계를 그 자신의 안팎에서 파악해내고, 그것을 넘어서기 위해 노력해야 한다. 이는 자기에 대한 지속적인 비판과 반성을 요구한다. 사유는 그 일차적인 대상이 된다. 예를 들어 지식인은 자신이 어린 시절부터 주입받은 휴머니즘을 성찰함으로써 그것이 표방하는 '인간 일반'이 '부르주아 남성', 혹은 '백인 성인 이성애자'의 테두리에 갇혀 있다는 점을 인식하고 마침내 그것에서 벗어날 수 있다. 사르트르에 따르면, 지식인의 사유는 이처럼 스스로를 끊임없이 되돌아보아야 하는데, "이 되돌아봄을 통해서 언제나 사유 그 자체를 특이한 보편성으로 파악할 수 있기 때문"이다.[123] 그리하여 지식인은 보편성이 결코 완결된 상태로 존재하지 않으며, 계속해서 만들어가야

121 앞의 책, p. 100.

122 앞의 책, p. 60.

123 앞의 책, p. 63.

하는 과업으로 주어져 있다는 사실을 알아차린다. 영원히 도달할 수 없을 객관적인 보편성은 "특이성에서 태어나 특이성을 부인하면서 특이성을 보존하는 그런 보편화 노력의 지평" 위에 있는 것이다.[124]

같은 맥락에서 사르트르는 작가écrivain가 그의 직업 자체로 특수성과 보편적인 것의 모순에 직면해 있다고 지적한다. 사실 창작의 목적은 보편화와 실천적 지식이 아닌 것처럼 보인다. 하지만 창작 활동은 작가 자신의 개별적이고 구체적인 체험에 깃들면서도, 그 체험이 배태된 사회 세계를 암시하고 그 세계 전체와 긴장을 유지하지 않을 수 없다. 따라서 사르트르의 관점에서, 작가는 우연히 지식인이 되는 전문가들과 달리, '직업의 성격상 본래' 지식인이다. 공통의 언어를 기반으로 이루어지는 작가의 글쓰기는 "독자로 하여금 어떤 하나의 특이한 보편이 보여주는 세계-내-존재를 발견하도록" 하고, 부분 속에서 전체성을 제시한다. 이런 식으로 그것은 "우리를 억압하는 세계 안에서 존재를 비-지식의 차원에서 복원"하고 절대적인 가치로서의 삶과 자유를 확인함으로써 보편화를 지향하는 것이다.[125]

사르트르가 일본에서 이러한 지식인론을 개진했던 당시는 많은 제3세계 국가에서 혁명이 일어나고 베트남전 반대 운동이 한참 치열하게 벌어지던 때였다. 사르트르 그 자신은 20세기 중반 지식인의 공적 개입과 정치적 행동주의를 상징하는 대표적인 인물이기도 했다. 하지만 방일 강연 몇 년 뒤 프랑스에서 68혁명을 경험하면서 그는 특히 마오주의자들의 영향 아래 자신의 지식인관이 가진 엘리트주의적 편향을 교정하기에 이른다. 지식인은 더 이상 민중과 '함께' 하면서도 그들을 이끌고 의식화해야 할 대상으로 여기는 자가 아니라, 민중 '속에' 들어가 그들과 '하나'가 되어 생활하고 활동하는 자로서 새로운 역할을 부여받았던 것이다.[126] 한편 1976년에는 미셸 푸코가 '특수한 지식인'론을 주창하면서 사르트르의 '보

---

124 앞의 책, p. 154와 156.

125 앞의 책, p. 147.

편적 지식인'론에 맞선다. '특수한 지식인'은 진리나 정의 같은 보편적 가치의 담지자가 아니다. 오히려 그는 미시적인 권력 투쟁의 질서 안에서 자신의 지식이 지니는 정치적 효과를 이용할 줄 아는 인물이다. 흥미롭게도 푸코는 '보편적 지식인'에서 '특수한 지식인'으로의 전환점을 핵물리학자(!) 오펜하이머J. Robert Oppenheimer가 마련했다고 지적한다. 그가 보기에, 오펜하이머가 반핵 운동에 효과적으로 개입할 수 있었던 데는 원자폭탄의 개발자로서 과학 지식과 제도 내에서 차지하는 구체적인 위상과 국지적인 관계가 중요하게 작용했다. 또 핵폭탄의 위협이 인류 전체의 존망과 관련되어 있었기에 오펜하이머의 담론은 보편성을 획득할 수 있었다는 것이다. 이처럼 푸코는 '특수한 지식인'의 모델로 더 이상 작가가 아닌(!), 다양한 과학자 집단을 지목한다.[127]

'특수한 지식인론'조차 어느덧 반세기 전의 일이다. 장 프랑수아 료타르Jean-François Lyotard나 레지스 드브레Regis Debray, 장 보드리야르Jean Baudrillard 같은 철학자들이 '지식인의 종언'을 선고한 지도 이미 오래되었다. 이제 우리는 지식인의 형상이 아예 사라져버렸다고 너도나도 떠들어대는 시대에 들어섰다. 지식인의 전문성과 대표성은 쉽사리 의심과 조소에 부쳐지고, 각종 미디어 플랫폼에서는 '당사자 대중'의 목소리가 소란스럽게 넘쳐나는 세상이 온 것이다. 지식인의 정체와 기능과 존재 이유에 대해 진지하게 질문했던 사르트르의 강연은 어쩌면 지식인의 형상이 매장당하기 직전에 나온 '백조의 노래'였을지도 모른다. 이 가능성과 무관하게 나는, 아마도 개인적 기억 탓이겠지만, 그 책이 수십 년 이상 한국 사회에서 발휘했을 수행적 효과를 생각한다.[128] 1970-80년대 『지식인을 위한 변명』은 정확히 그 내용이 지시하는 그대로, '대학생'을 '지식인'으로 만들기 위해 쓰였다. 그것은 한완상의 『민중과 지식인』이나 리영희의 『전환시대의 논

---

126 변광배, 「사르트르와 68혁명」, 한국프랑스철학회 엮음, 『철학, 혁명을 말하다』, 이학사, 2018, pp. 122-126.

127 Michel Foucault, "Entretien avec Michel Foucault(1976)", *Dits et Ecrits III*, Paris: Gallimard, 1994, pp. 155-156.

리』, 잉게 숄Inge Scholl의 『아무도 미워하지 않는 자의 죽음』 같은 책들과 나란히 대학생들의 책장에 꽂혔고, '전도양양한 미래의 전문가'를 '민중을 대변해야 할 지식인'으로 호명했다. 그 책에서 실존주의 철학의 복잡한 내용이야 아무래도 좋았고, 우리는 '지식인이 되어야 한다'는 당위론적 명제만 알아듣는다면 족했다. 어떤 면에서 『지식인을 위한 변명』은 우리가 철학책을 읽는 이유가 현실의 문제에 써먹기 위해서여야 한다는 사실을 내게 암묵적으로 가르쳐준 철학책이었다. 지금의 나라면 그 교훈이 과연 옳은 것인지 따져 물을 수도 있겠지만, 어쨌거나 과거의 내가 속했던 어떤 세대는 그런 식으로 철학을 처음 배웠던 것이다.

2022년 8월

128 사르트르의 지적 영향력이 문학, 예술, 철학, 정치 등 다양한 분야에서 여전히 끈질기게 살아있다는 점을 지적해두자. 그것은 프랑스에서뿐만 아니라, 우리 사회에서도 엄연한 사실이다. 정명교, 「사르트르 실존주의와 앙가주망론의 한국적 반향」, 『비교한국학』 23권 3호, 2015, pp. 195-223.

기술, 문화, 역사

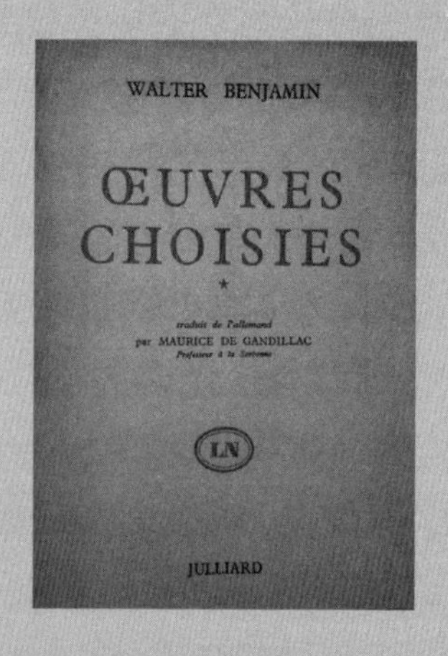

발터 벤야민 —
『발터 벤야민의 문예이론』

발터 벤야민(Walter Benjamin, 1892–1940)의 『발터 벤야민의 문예이론』은 독문학자 반성완이 엮고 옮긴 책으로 1983년 민음사에서 출간되었다. 역자는 이 책의 기획을 위해 독일에서 나온 벤야민 전집 외에도 영문판 선집들과 기존의 국내 번역 논문들을 참조했다고 적었다. 프랑스에서는 최초의 벤야민 선집이 철학자 모리스 드 강디악(Maurice de Gandillac)의 편역 작업을 통해 1959년 쥘리아르 출판사에서 나왔다.

2000년대 이후 발터 벤야민이 우리 지식사회에 미친 영향과 파급력에 대해서는 새삼 논할 필요조차 없을 것이다. 그는 특히 미학과 정치철학을 급진적으로 재구성하는 기획에서 피해갈 수 없는 저자로 자리 잡았다. 그에 따라, 벤야민의 주저들과 선집이 꾸준히 나오고 있으며, 국내외 연구자들의 탁월한 해설서도 적지 않게 쌓여가고 있다. 하지만 그의 저작이 워낙 방대하고 문체 또한 '비의적인' 탓에, 읽기가 그리 쉽지만은 않다. 벤야민의 텍스트는 문장과 문장 사이의 거리가 너무 멀어서, 때로는 상상력의 긴 다리를 가진 사람만이 뛰어 건널 수 있는 징검다리같이 느껴진다. 게다가 그것은 문예비평, 철학, 정치, 역사, 마르크스주의 등 여기저기에 닿아있어, 읽는 이를 어디에 이르게 만들지 종잡을 수 없다. 그 아래에서 면면히 흐르는 사유는, 그 깊이는 고사하고 방향조차 가늠하기 어려울 때도 많다.

그럼에도 벤야민에 관심을 가지는 독자가 있어서 단 한 권의 책을 추천해야 한다면, 나로서는 『발터 벤야민의 문예이론』을 꼽을 것이다. 이는 단지 내가 그 책을 통해 벤야민을 처음 접했기 때문만은 아니다(사실 1983년에 나온 이 편역서는 벤야민 사상의 국내 수용에서 초창기 저작의 한 권 이상의 의미를 지니는, 일종의 중요한 전기를 마련한 저작으로 여겨진다). 독문학자 반성완은 이 선집을 크게 '자전적 프로필', '문예비평', '문예이론', '언어철학과 역사철학'의 4부로 구성하고, 모두 17편의 글을 실었다. 그 결과, 우리는 이 책에서 「기술복제시대의 예술작품」, 「역사철학 테제」, 「생산자로서의 작가」, 「얘기꾼과 소설가」, 「사진의 작은 역사」처럼 유명한 텍스트들은 물론, 카프카, 프루스트, 보들레르 같은 작가에 대한 흥미로운 비평, 그리고 「운명과 성격」, 「글을 잘 쓴다는 것」, 「파괴적 성격」 같은, 반짝거리는 소품들을 발견할 수 있다. 이처럼 중요하면서도 다채로운 에세이들이 한데 묶여 있다는 점은 반성완의 편역서가 지닌 가장 큰 매력이다.

물론 벤야민의 철학을 매개로 이론의 공중전을 펼치고자 하는 이들에게라면 이 책이 결코 만족스러울 수 없을 것이다. 내 모자란 지식이나 언어 능력으로는 '판단 불가'의 영역이지만, 출간 당시의 판본 그대로 지금까지 나오고 있는 이 책에 번역상의 결함 또한 없지 않을 것이다. 하지만 벤야민의 사유에 입문하려는 사람이거나, 그것에 힘입어 동시대 현실의 어떤 문제 지형에 밀착해 접근하고자 하는 이들이라면, 그러한 지적인 포복 활동에 『발터 벤야민의 문예이론』이 나름대로 쓸모 있는 책이라는 사실을 알게 될 것이다. 개인적으로 나는 이 책에 실린 글들을 읽으면서 특히나 기술, 문화, 역사라는 세 가지 문제에 대한 의미 있는 각성을 얻을 수 있었다.

벤야민은 1892년에 태어나 1940년에 생을 마쳤다. 이는 어린 시절을 제외한다면 그가 한 차례의 세계대전을 겪고 두 번째 전쟁의 발발로 치달아 간 혼란한 세상을 살았다는 뜻이다. 이 시기에 등장한 전신, 전화, 사진, 영화, 자동차, 라디오 등 다양한 신기술이 일상의 풍경과 소통방식을 크게 뒤바꿔놓았다면, 비행기, 탱크, 잠수함, 화학무기 등의 살상 기술은 인류를 이전과는 다른 규모의 전화(戰禍)에 휩싸이게 했다. 그러니 그가 근대 기술의 긍정적 측면만이 아니라, 부정적 측면에도 예민한 주의를 기울였다는 점은 놀라운 일은 아니다. '새로운 문명의 이기(利器)'이자 '가공할 전쟁의 수단'으로서 근대 기술이 갖는 양면성에 관한 담론은 심지어 1920-30년대 식민지 조선에서도 흔히 나타나기 때문이다.

벤야민의 특출한 면모는 기술의 이중적 차원에 대한 관찰을 인식론적 시야로까지 확장한다는 데 있다. 그에 따르면, 속류 마르크스주의자(즉 사회민주주의자)는 "실증주의의 환상"에 사로잡힌 채 기술을 본다. 기술을 단순히 생산력의 일부로 간주하면서 그것의 발전을 자연법칙인 양 당연시하고 역사적 진보의 동인으로만 파악하는 것이다. 그런데 벤야민이 보기에, 기술은 자연과학적인 동시에 역사적인 성격을 지닌다. "역사적 사실로서의 기술"은 자본주의가 결정적으로 촉진하는 그 발전 속에서 자연에 대한 통제 능력의 향상만이 아닌, 사회의 퇴보를 인식하게 만든다. 게다가 근대 기술의 역량은 수요를 앞지르기에 이른다. 이를테면 제국주의 전쟁은 "기술의 반란"이다. 기술은 대중의 욕구와 필요에 부응할 뿐만 아니라, 때로 그것을 훨씬 넘어서는 에너지를 어느 방향으로든 분출하는 것이다.[129] 이는 그것이 '경험'으로서의 문화에 심대한 영향을 미치는 데서 단적으로 드러난다.

사실 일반인들은 물론 마르크스주의자들조차 문화를 일종의 소유 대상인 '유산'으로 여기는 관점에서 별로 자유롭지 않다. 한데 벤야민이 보기에, 그러한 관점은 두 가지 이유에서 문제적이다. 하나는 과거의 작품을 생산과정으로부터 떼어내 사물로 취급함으로써, 문화를 물신화한다는 것이다. 다른 하나는 지배자 혹은 승리자 중심의 입장을 은연중에 부과한다는 것이다. 그런데 "문화유산의 현 존재는 그것을 창조한 위대한 천재들의 노고뿐만 아니라 어느 정도는 이름도 없는 동시대 부역자들의 노고에도 힘입은 것이다. 야만의 흔적이 없는 문화의 기록이란 결코 없다."[130] 브레히트가 「어떤 책 읽는 노동자의 의문」이라는 시에서 노래했듯, "성문이 일곱 개인 테베를 누가 건설했던가?/책에는 왕들의 이름만 적혀 있다"는 문제 제기인 셈이다.[131] 이러한 벤야민의 시각은 문화를 '유산'보다는 '경험'의 차원에서 바라보는 대안적 관점으로 이어진다.

근대 기술은 경험으로서의 문화에 어떤 결과를 가져오는가? 전쟁 기술이 "경험의 가치 하락", "경험을 주고받을 수 있는 능력의 박탈"을 낳는다면, 사진이나 영화 같은 미디어 기술은 "유일무이한 현존성"의 지각 경험인 아우라의 쇠퇴를 불러온다.[132] 그렇다면 기술은 경험에 대해 '제거'나 '쇠락' 등 부정적인 효과만을 발생시킬 따름일까? 사실 벤야민의 분석은

---

129 발터 벤야민, 「수집가와 역사가로서의 푹스」, 『발터 벤야민의 문예이론』, 반성완 엮고 옮김, 민음사, 1983, pp. 281-282과 「기술복제시대의 예술작품」, 앞의 책, p. 231.

130 벤야민, 「수집가와 역사가로서의 푹스」, 앞의 책, p. 283.

131 베르톨트 브레히트, 「어떤 책 읽는 노동자의 의문」, 『살아남은 자의 슬픔』, 김광규 옮김, 한마당, 1985, p. 104.

132 벤야민, 「얘기꾼과 소설가」, 앞의 책, p. 166과 「기술복제시대의 예술작품」, 앞의 책, p. 202.

훨씬 더 섬세한데, 이는 아마도 그의 가장 널리 알려진 에세이 「기술복제 시대의 예술작품」에 잘 나타나 있다. 그에 따르면, 예술에 대한 미디어 기술의 역량은 '복제 가능성'을 통해 드러난다. 그것은 예컨대 사진 기술이 보여주듯, 회화, 조각 등 기존의 예술작품을 수많은 사람이 접근하고 소유할 수 있게 만든다. 이렇게 해서 기술은 다수의 사람을 대중으로 결집하고, 대중은 예술에 대한 새로운 태도와 욕구를 갖게 된다. 기술의 복제 능력은 또 영화처럼 아예 새로운 예술 형식을 출현시키고, (클로즈업과 고속촬영이 예시하듯) 사람들이 실재를 이전과는 다른 방식으로 지각하도록 만든다. 미디어 기술은 이런 식으로 대중의 경험을, 그럼으로써 문화를 새롭게 주조하며 변화시킨다.

근대의 기술 발전과 문화 변동에 대한 벤야민의 역사적 이해는 전통적인 문화사 쓰기에 대한 비판을 통해 역사 개념 그 자체에 대한 재고로까지 나아간다. 그가 보기에, 기존의 문화사는 "아무런 진정한 경험, 즉 정치적 경험 없이 인간 의식을 뒤져 찾아낸 기념비적 사건들이 만들어낸 침적물"이나 다를 바 없다. 이와 같은 역사 쓰기의 결점에 대한 벤야민의 문제의식은 다음과 같은 비유 속에서 선명해진다. "분명 문화사는 인류의 등에 쌓이는 보화의 무게를 증가시키고 있기는 하다. 하지만 문화사는 인류에게 그 보화를 뒤흔들어 그것을 수중에 얻을 수 있게 할 힘을 부여하지 않고 있다." 인류가 스스로 짊어지고 있는 보물을 손안에 넣을 수 있도록 온전히 일으켜 세우는 힘, 그것을 벤야민은 "변증법적 사유를 신빙성 있는 진실한 경험으로 보증해주는 파괴적인 요인"이라고 부른다.[133]

벤야민이 보기에, '변증법적 역사 쓰기', 혹은 역사에 대한 실천적 개입으로서의 역사 쓰기라는 전망을 확보하기 위해서는 '역사주의'와 '속류 역사유물론'에 대한 이중의 단절이 필요하다. 그 단절은 무엇보다도 시간성에 대한 새로운 인식을 통해서만 이루어질 수 있다. 역사주의와 속류 역

133 벤야민, 「수집가와 역사가로서의 푹스」, 앞의 책, p. 284.

사유물론은 모두 '동질적이고 공허한 시간관'을 바탕으로 한다는 공통점을 지닌다. 교과서나 역사책의 부록으로 종종 실려 있는 세계사 연대기를 떠올려보자. 이러한 역사 쓰기는 기계적으로 주어진 연월일 같은 "동질적이고 공허한 시간을 채우기 위해서 사실의 더미를 모으는 데 급급"할 따름이다.[134] 그리하여 과거는 우리가 관조할 수 있는 영원한 이미지로 나타나고(역사주의), 선형적이고 비가역적인 진보를 향해가는 통과지점처럼 여겨진다(속류 역사유물론).

벤야민은 진정한 역사유물론자라면 "역사의 서사적 요소를 포기하지 않으면 안 된다"고 주장한다. "역사는 그에게 어떤 구성의 대상이 되는데, 그 구성의 장소를 형성하는 것은 공허한 시간이 아니라, 특정한 시대, 특정한 삶 그리고 특정한 작품이다. 그는 그 시대를 사물화된 '역사적 연속성'으로부터 폭파시켜 그 시대로부터 무엇을 이끌어낸다. 그래서 그는 그 시대로부터 삶을, 그리고 그 생애로부터 한 작품을 끄집어내는 것이다. 그렇지만 이러한 구성을 통하여 얻어지는 성과는 바로 작품 속에 생애가, 생애 속에 그 시대가, 그리고 시대 속에 역사의 진행 과정이 보존되어 있고 또 지양되고 있다는 점이다." 벤야민이 구상한 유물론적 역사는 이처럼 "역사의 연속성을 폭파하는 현재의 어떤 의식"을 향한다는 데 그 핵심이 있는 것처럼 보인다.[135]

이제 벤야민의 사유와 개념에 대한 좀 더 엄밀하고 정교한 해석은 전문가들의 몫으로 남겨놓아도 좋을 것이다. 다만 나는 기술을 '역사적 사실'로서, 문화를 '경험'으로서, 그리고 역사 쓰기를 '충만한 현재시간 위에서의 구성 작업'으로서 재개념화한 벤야민의 에토스가 모종의 정치학을 함축한다는 점을 간단히 지적해두고 싶다. 「기술복제시대의 예술작품」 머리말에서 벤야민은 자신이 새롭게 논의할 개념들이 "파시즘의 목적을 위

134 벤야민, 「수집가와 역사가로서의 푹스」, 앞의 책, p. 284.

135 벤야민, 「수집가와 역사가로서의 푹스」, 앞의 책, pp. 275-276.

해서는 전혀 사용될 수 없다는 점에서 우리가 흔히 사용해온 전통적 개념들과 구분된다"고 단언한다. 그에 따르면, 예컨대 '창조성', '천재성', '영원한 가치' 등의 개념들은 "아무런 통제 없이 주어지는 실증적 자료의 검토를 위해서만 이용된다면", 파시즘에 봉사할 위험성이 크다는 것이다. '민족정신', '국민작가' 등에 대한 파시즘적 애호가 어떤 관념들을 바탕에 깔고 있었는지 상기해본다면 벤야민의 말을 이해하기 어렵지 않을 테다. 그는 이처럼 전통적 개념들과 (혁명적 요구의 정립을 위한) 새로운 개념들을 명확히 대비시키면서, 자신의 철학 속에서 '지식의 정치학'을 작동시킨다.[136] 그러한 자의식적 태도는 무엇보다도 글로써 암울한 시대 상황에 필사적으로 대응하기 위해 안간힘을 썼던 그의 면모를 뚜렷이 보여준다. 그것은 동시에 지금의 우리에게도 진정으로 '철학하기' 위해서는 어떤 식으로 '정치적'이어야 하는지를 분명하게 알려준다.

1992년 파리의 학계와 서점가는 '벤야민 붐'이었다. 때마침 프랑스 유학 생활의 첫발을 내디뎠던 나는 벤야민 탄생 100주년을 핑계 삼아 일어난 그러한 소란을 조금은 신기하면서도 낯설게 지켜볼 수 있었다. 독일 주어캄프 출판사가 벤야민 전집을 14권의 문고본stw으로 완간한 것도 바로 그해의 일이다. 1994년에는 퐁피두센터에서 〈발터 벤야민: 통행자, 흔적 Walter Benjamin: le passant, la trace〉이라는 전시회가 열렸다. 아마도 그즈음이었을 것이다. 타계하기 직전 병상의 푸코 머리맡에 (「계몽이란 무엇인가」가 실려 있는) 칸트의 소품집 『역사철학La philosophie de l'histoire』과 벤야민의 『저작선OEuvres choisies』 두 권이 놓여 있었다는 기사를 내가 풍문처럼 읽은 것은.[137] 아직도 가끔 나는 역사가이자 철학자였던 푸코가 벤야민의 어떤 부분에 그토록 끌렸을지 상상해보곤 한다. 『발터 벤야민의 문예이

136 벤야민, 「기술복제시대의 예술작품」, 앞의 책, p. 198.

137 1959년에 나온 이 프랑스 최초의 벤야민 선집은 철학자 모리스 드 강디약이 편역했으며, 『발터 벤야민의 문예이론』과도 수록 텍스트가 여럿 겹친다. Walter Benjamin, *Oeuvres choisies* (traduit et établie par Maurice de Gandillac), Paris: Julliard, 1959.

론』은 내게 두 저자의 보이지 않는 우정, 혹은 친연성에 대한 상상의 자극제이자 참조점이기도 하다.

2021년 2월

자본주의 사회의 일상 비판

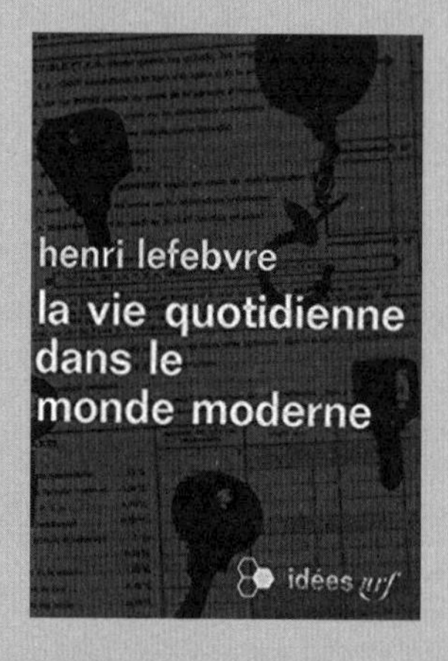

앙리 르페브르 —
『현대세계의 일상성』

앙리 르페브르(Henri Lefebvre, 1901–1991)의 『현대세계의 일상성』은 불문학자 박정자의 번역으로 1990년 세계일보사에서 출간되었고, 2005년과 2022년 기파랑에서 개정판과 개정2판이 나왔다. 원서는 *La vie quotidienne dans le monde moderne* (Paris: Gallimard, 1968)이다.

1991년 난 대학원을 졸업하고 유학 준비를 겸한 몇 달짜리 아르바이트를 하고 있었다. 직장까지 왔다 갔다 하는 통근 시간의 읽을거리로 잡아든 책이 바로 앙리 르페브르의 『현대세계의 일상성』이었다. 돌이켜 보자면, 프랑스식 표현으로 '지하철-일-잠métro-boulot-dodo'의 단조롭고 반복되는 생활에 잘 어울리는 읽을거리였지만, 그때 왜 하필 이 책을 골랐는지, 이유는 정확히 기억나지 않는다. 다만 프랑스로 유학 갈 계획이 있던 상황에서, 한국을 떠나기 전에 프랑스 인문서들의 우리말 번역본을 열심히 읽어두면 도움이 되지 않을까 하는 정도의 생각이 작용하지 않았나 싶다. 비슷한 무렵 서가에 나온 크리스티앙 데캉Christian Descamps의 『오늘의 프랑스 철학사상』, 장 보드리야르의 『소비의 사회』 등이 그 무렵 내 통근 지하철용 도서목록에 끼어 있었던 사실로 미루어보자면 말이다. 르페브르는 1901년 태어나 1991년 세상을 떠난 프랑스의 유명한 마르크스주의 철학자이자 사회학자다. 생전에 그는 『국가론 I, II, III, IV』, 『자본주의의 존속』 등 다양한 분야에 걸쳐 수십 권의 묵직한 저작을 남겼으며, 특히 『공간의 생산』, 『도시에 대한 권리』 같은 책들로 비판 지리학과 공간연구 분야에 지금껏 막강한 영향력을 떨치고 있다. 특히 그가 1947년, 1958년, 1981년에 차례로 1, 2, 3권을 발표한 『일상생활 비판』 연작은 마르크스주의 소외론에 입각해 일상생활에 대한 비판적 연구에 초석을 놓은 것으로 평가받는다. 그런데 솔직히 『현대세계의 일상성』은 20대 초반의 내게 데캉의 책처럼 '교육적'이지도, 보드리야르의 책처럼 참신하지도 않았다. 그것은 전체적으로는 난삽하면서도 어쩐지 익숙한 동시에 생소하단 느낌을 주었다. 마치 그 책이 다루고 있는 주제인 일상처럼.

2005년 나온 개정 신판을 읽고 난 감상도 그때의 인상과 크게 다르지 않았다.[138] 지난 세월 동안 더 화려해지고 풍요로워진 우리 사회의 변화를 방증이라도 하듯, 개정판은 예전 번역본에 비해 커진 활자체, 시원한 편집, 그리고 원본에도 없는 이미지 자료들이 돋보인다. 몇몇 어색한 역어의 수정(예컨대, 소유→전유, 순간→계기, 공업사회→산업사회 등)과 보완된 용어 해설 또한 가독성을 높여준다. 하지만 그 내용은 내게 여전히 난삽하면서 익숙하고 또 어떤 면에서는 생소하게 다가오는 것이 사실이다. 난삽하다는 느낌은 일단 르페브르의 글쓰기 방식과 밀접히 관련되어 있다. 철학, 언어학의 추상적 개념들과 다양한 예화 사이를 종횡무진 오가는 사유를, 그의 서술은 체계나 종합의 테두리 안에 가두려 하지 않는다. 그 흐름을 그저 자유롭게 펼쳐놓을 따름이다. 이는 『현대세계의 일상성』을 반드시 읽기 쉽지만은 않게 만드는 주요인이다. 그래서인지 특히 언어 현상과 테러리즘에 관해 분석하고 있는 책의 3, 4장은, 예나 지금이나, 내겐 명확한 이해가 불가능했다. 고백하건대, 거기엔 물론 독자로서 나의 지적인 무능력 또한 크게 한몫했을 터이다.

책의 1장에서 르페브르는 일상을 철학의 대상으로 선포한다. 그에 따르면, 일상생활은 물질적 재화와 정신적 작품, 인간존재와 사회적 관계의 생산 및 재생산이 이루어지는 장이며, 실천praxis의 중심이 자리 잡은 곳이다. 이러한 일상은 우선 역사적인 관점에서 접근되어야 한다. 르페브르에 의하면, 일상성은 역사적인 것이다. 19세기 경쟁자본주의가 발전하고 상품세계가 전개되기 이전까지는 일상성의 지배가 없었기 때문이다. 일상이 사회적 조직화의 대상이 된 것은 현대 자본주의에 들어서이다. 일상은 또한 총체적인 관점에서 접근되어야 한다. 일상에 대한 연구는 일상성을 생산하는 사회의 성격을 규정하고, 그 변화와 전망을 탐색하는 것이다. 이때,

---

138 참고로 이 책은 2022년 7월 개정2판이 나왔다. 역자가 쓴 새로운 서문에 따르면, "본문은 다소 난해한 원서의 글쓰기를 최대한 살리면서 좀 더 가독성을 높이는 문장들로 변환시켰고, 기호언어학의 용어 해설을 파격적으로 쉽게 바꾸었다."(p. 7) 하지만 2005년 개정본 책날개의 잘못된 저자 사망 연도 표기(1983년)는 2022년 판에도 여전히 남아있다. 『현대세계의 일상성』을 펴낸 기파랑은 전직 조선일보 대표이사가 "보수적 가치의 이론화와 확산"을 모토로 삼아 설립한 출판사다. 한편 르페브르 이외에도 사르트르, 푸코 등 프랑스 좌파 지식인들의 책을 여러 권 우리말로 옮긴 역자인 박정자는 언론 칼럼과 SNS 글쓰기를 통해 '보수우파'로서의 정체성을 명확히 드러내는 인물이기도 하다. 역자 서문은 『현대세계의 일상성』을 "결국 도시의 메마른 일상성 속에서 상실한 우리의 인간성을 회복하자는 이야기"(1990년)이며, "축제의 복원, 품격의 복원, 결국 따뜻한 인간성으로의 복귀를 주장"(2005년)하는 "현대성 이론의 오리지널이고 고전"(2022년)으로서 제시한다. 이처럼 마르크스주의자로서의 면모를 최대한 탈각시킨 르페브르의 '우파적 전유'는 우리 사회에서 '인문 교양을 위한 프랑스 사상 소비'의 한 단면을 흥미롭게 보여준다.

국가, 문화, 기술, 제도, 현대성[139] 등과 같은 다양한 요소들은 총체적인 상호연관 속에서 파악되어야 한다. 실증주의 사회과학이 일생상활을 적절히 다룰 수 없는 이유도 바로 여기에 있다. 마지막으로 일상은 비판적인 관점에서 접근되어야 한다. 역사적인 실체로서 일상생활은 자본주의적 착취와 억압과 소외, 그로 인한 사회 문제들이 구체적이고도 전면적으로 드러나는 장소이다. 일상에 대한 연구가 사회전체에 대한 개념화와 평가를 함축한다면, 이는 일상성에 순응하지 않고 거리 두는 태도를 전제로 한다. 그러한 연구에서 이론과 비판은 분리될 수 없다. 일상성의 이론은 결국 그것을 계획하고 배치하고 통제하는 자본주의 체제에 대한 비판인 셈이다.

이러한 논의를 바탕으로 르페브르는 현재 우리가 살아가는 "소비조작의 관료사회"[140]가 일상의 차원에서 드러내는 여러 모순을 분석한다. 2장에서는 특히 소비이데올로기와 광고의 역할이 주된 탐구 대상이 된다. 르페브르에 따르면, 현대사회에서는 물건의 소비와 기호, 이미지의 소비 사이에 더 이상 간격이나 단절이 없다. 대부분의 소비는 단지 재화의 기호만을 목표로 삼는다. 원래 재화의 소비를 자극하기 위해 만들어졌던 광고가 이제는 제1의 소비재가 되었다. 상품 물신화와 교환가치가 지배하는 현실에서 광고는 자연적이고 생리적인 욕구를 은폐하고 사회적인 욕망을 조작한다. 3장은 다양한 언어소비 현상을 다룬다. 언제부턴가 언어의 외적 지시대상은 사라지고, 언어 자체가 자신의 고유한 지시대상이 되어버렸다. 그 결과, 문화적 소비는 표상, 이미지, 기호의 소비이자, 메타언어의 소비에 지나지 않게 되었다. 예를 들면, 베네치아의 관광객은 베네치아 자체가 아닌, 베네치아에 대한 담론 즉 여행 안내자의 말이나 관광 안내서의 글, 성 마르코 광장과 화가 틴토레토에 관한 해설을 소비한다. 이러한 메타언어는 일상을 견딜만한 것으로 만들어주고, 일상을 은유적 담론으로 감

---

139 이 책의 역자는 'moderne'를 '현대'로, 'modernité'를 '현대성'으로 옮겼다. 1968년에 나온 이 책이 무엇보다도 동시대 사회 비판을 겨냥하고 있다는 점에서 역자의 이러한 용어 선택은 존중받을 만하다.

140 앙리 르페브르, 『현대세계의 일상성』, 박정자 옮김, 기파랑, 2005, p. 99.

싸 안으면서 그것의 진정한 모습을 가린다.

4장에서 논의되는 것은 자본주의적 사회질서가 일상에 부과한 강제와 제약들이 제대로 감지되지도 체험되지도 않는 상황이다. 르페브르에 따르면, 소비조작의 관료사회는 개인 생활을 합리화하고 일상을 효율성 있게 조직함으로써, 구성원들이 자율적으로 자기억압을 수행하도록 만든다. 사람들은 각자 자기 자신을 고발하고 벌주는, 자신에 대한 테러리스트가 된다. 르페브르는 이와 같은 상태를 "테러리스트 사회"라고 이름 붙인다.[141] 이 사회에서 구성원들은 무의미와 불안, 공포에 휩싸여서 수동적으로 살아간다. 그렇다면 이제 '무엇을 할 것인가?' 결론격인 5장에서 르페브르는 경제적, 정치적 의미를 함축한 문화혁명의 구호를 내세운다. 그에 의하면, 일상성은 정치, 경제, 문화를 아우르는 지배계급의 전면적 전략의 소산이다. 따라서 이 전략에 대한 공격인 혁명 또한 총체적인 수준에서 이루어져야 한다. 혁명은 정치적, 경제적, 이데올로기적 변화일 뿐 아니라, 구체적으로는 일상의 종식이다. 그것은, 폭력적이건 비폭력적이건, 일상과의 단절이며 축제의 부활이다.

르페브르의 책은 세 개의 핵심어 위에 서 있다. '일상', '소외', '비판'이 바로 그것이다. 내가 1990년대 초 이 책을 읽으며 받았던 익숙한 느낌이 소외현상의 분석과 비판의 기획에서 비롯되었다면, 생소한 느낌은 일상에 대한 본격적인 문제설정의 시도에서 비롯되었을 것이다. 사실 르페브르가 이 책에서 통렬히 그려낸 소외의 풍경은 1980년대에 대학을 다닌 내게는 그다지 새로운 것이 아니었다. 당시 적잖이 쏟아져 나왔던 번역서들을 통해 1960년대 서유럽 좌파의 비슷한 논의, 예컨대 한스 엔첸스베르거Hans Magnus Enzensberge의 '의식산업론Bewußtseins-Industrie'이라든지 허버트 마르쿠제Herbert Marcuse의 '억압적 역승화론Repressive Entsublimierung' 등을 접해 본 경험이 있었기 때문이다.[142] 그러한 분석을 자본주의 체제 비판의 틀 안

141 앞의 책, p. 272.

에 통합시키려는 논리 또한 낯설지 않았다. 모든 연구는 당연히 '비판의 무기'여야 하며, 궁극적으로는 사회변혁에 도움이 되어야 한다고 여기던 때였으니까. 하지만 일상을 철학적 대상으로서 구축하고자 하는 르페브르의 노력은 이해하기에 쉽지 않았고 모호하게만 느껴졌다. '일상'은, 제아무리 철학의 이름에 기댄다 해도, 그 실체나 경계가 너무도 막연한 대상이었다. 그것이 그냥 '자본주의 사회'를 구체성 있게 연구하자는 말과 어떻게 다른지, 또 2, 3, 4장의 분석을 위해서 1장의 주장이 반드시 필요한 것인지 난 잘 알 수 없었다.

흥미롭게도, 다시 읽게 된 『현대세계의 일상성』에서 가장 친숙하게 다가오는 부분은 바로 일상의 문제설정이다. 구체적인 경위야 어떻든, 1990년대 이래 일상성이 다양한 인문사회과학 분과의 의미 있는 화두로 자리 잡았기 때문일 것이다. 나 역시 고유한 '영역'으로서 일상의 존재는 인정하지 않지만, 하나의 '관점'으로서 일상의 중요성에 대해서는 충분히 공감하게 되었다. 반면 소외 분석 그리고 비판 기획의 부분은 그 용어나 문제의식이 초역본과 개정본의 15년 시차만큼이나 멀고 낡게만 느껴진다. 아예 생경하단 인상마저 줄 정도니, 그야말로 격세지감이 아닐 수 없다. 이는 단지 마르크스주의의 지적 유통기한이 지나버렸다는 오인에만 기인한 것은 아니다. 오히려 결정적인 이유는 르페브르 식의 분석과 비판이 딛고 있는 정신적 지반을 우리가 더 이상 믿지 않게 되었다는 데 있다. 그 지반이란 바로 '진정성의 가치'를 말한다. 르페브르는 수많은 용어를 계속 대비해 가며, 자신의 주장을 전개한다. 문화/양식style, 욕망/욕구, 교환가치/사용가치, 일상/축제(혁명), 소외된 인간/총체적 인간 등등. 르페브르에 따르면, 이 대립쌍들의 앞의 항이 '허위의 것'이자 현대세계에서 '지배적인 것'이라면, 뒤의 항은 '진정한 것'이자 장차 '복원되어야만 하는 것'이다. 한데 문제는 이 진정성의 잣대가 과거를 잴 때면 책의 논리가 근거 없는 복고주

---

142 한스 엔첸스베르거, 『대중매체와 의식조작』, 문희영 옮김, 일월서각, 1985; 허버트 마르쿠제, 『일차원적 인간-선진산업사회의 이데올로기 연구』, 박병진 옮김, 한마음사, 1986 참조.

의로 기울어지고, 미래를 가늠할 때면 순진한 이상론에 가까워진다는 것이다.

예컨대 르페브르는 파편화되고 해체된 '문화' 이전에 의미와 통일성으로 충만한 '양식'이 있었다고 주장한다. 정말 그랬을까? 그는 또 허위의식과 불안에 시달리는 일상을 '혁명-축제'로써 해체하고 변형시켜 '총체적 인간'을 되살려내야 한다고 역설한다. 과연 그럴 수 있을까? 이러한 의심을 지난 10여 년 새 빠르게 성장한 정치적 냉소주의 탓으로만 돌린다면, 그것은 문제를 지나치게 단순화해버리는 것이다. 내 의구심의 본질은 개념 구조의 논리적 적절성을 둘러싼 질문이기 때문이다. 우리가 '진정한' 욕구, '진정한' 사용가치, '총체적 인간'이 무엇인지 말할 수 없다는 점을 인정한다면, 그것의 존재를 전제로 한 분석은 무의미해지고, 그것의 회복을 목표로 한 비판은 무기력해져 버린다. 그런데 1990년대의 이른바 '포스트모더니즘' 담론이 우리에게 가르쳐준 것은 바로 진정성의 가치가 결코 견고하지 않다는 점이었다. 이는 아마도 장 보드리야르가 그의 스승이자 박사학위 논문 지도교수인 르페브르와 결정적으로 갈라지는 지점일 것이다.

이러한 상황에서 『현대세계의 일상성』을 다시 읽는 경험은 자연스럽게 르페브르 이후의 프랑스 일상론을 떠올리게 만든다. 그 전개의 노선은 크게 두 가지로 나타난 것 같다. 일상성 비판 자체를 과감히 포기하거나, 아니면 새로운 비판의 준거를 탐색하거나. 주목해야 할 점은 양쪽에 모두 르페브르의 논의가 다시 접합한다는 사실이다. 예를 들어, 일상을 대중의 잠재력이 무한히 펼쳐지는 장으로 인식하면서 그 사회적 의미를 긍정하고 예찬하는 미셸 마페졸리Michel Maffesoli는 비판의 기획을 적극적으로 거부한다. '일상성 비판'이라는 관점 자체가 엘리트주의적이라는 것이다. 일상성은 도리어 지배 권력pouvoir에 맞서는 민중적 역능puissance의 원천으로 이해된다. 그는 이처럼 겉보기에는 르페브르와 정반대의 시각을 취하는 듯하지만, 긍정적으로 재인식된 일상성의 중심에 '도시적 사회성socialité urbaine'을 놓음으로써 르페브르와 다시 만난다.[143] 『현대세계의 일상성』의

4장에서 르페브르는 도시를 다양한 개인, 집단, 계급, 그리고 상이한 생활양식 들을 한데 결집하는 시간과 장소로 정의한다. 그에 의하면, 그곳에 일상생활은 있지만, 부정적인 의미의 일상성은 극복된다. 도시 생활은 차이를 전제로 하며, 만남으로 이루어진다. 그것은 사회적 상호작용과 교환의 특출한 장소로서, 놀이와 축제의 중요성을 되살려주며 사용가치를 교환가치의 우위에 놓는다. 나아가 그것은 개인이 사회성과 연대의 능력을 드러내고 자율성과 자기 결정권을 누릴 기회를 제공한다. 마페졸리의 논의 역시 1970년대 이후 본격적인 도시 공간론으로 발전할 이러한 르페브르의 시각을 충실히 따르는 것이다.

일상론을 변주하는 또 다른 예로, 미셸 드 세르토Michel de Certeau는 비판의 기획을 보전하려 애쓰는 동시에, 그 준거를 가치중립적인 세력관계의 차원으로 옮겨놓는다. 그럼으로써 그는 르페브르식 '소외 대 혁명'의 구도, 그리고 그것이 함축하는 진정성의 정치학을 넘어서고자 한다. 이때 그가 이용하는 발판은 르페브르의 전유appropriation 개념이다. 『현대세계의 일상성』에서 르페브르는 이 개념의 중요성을 내내 강조한다. 그에 의하면, "일상에서부터 잠재성을 끌어내는 것은 창조적 행위의 특징인 전유의 권리를 재정립하는 것"이다.[144] 전유란 개인이 주어진 대상을 '제 것으로 만드는' 주체적 활동이다. 이를 통해 개인은 소외 상태에서 벗어날 수 있다. 세르토는 이 개념을 통해 지배와 합리성의 '전략'에 맞서는 '전술', '미시권력'에 맞서는 '미시저항'이 끝없이 펼쳐지는 공간으로서 일상을 그려낸다.[145] 일상성은 자기 안에 지배와 극복의 계기를 동시에 포함하며, 두 계기 사이의 긴장과 상호작용 속에서 실현된다. 거기서 핵심적인 것은 특정한 가치의 실현이라기보다는, 세력관계의 유동적인 역학 그 자체이다. '진

143 미셸 마페졸리, 『부족의 시대』, 박정호·신지은 옮김, 문학동네, 2017 참조. 이 점에서는 미셸 드 세르토 역시 마찬가지다.

144 르페브르, 앞의 책, p. 77

145 미셸 드 세르토, 『일상의 발명』, 신지은 옮김, 문학동네, 2023 참조.

정한 인간'의 회복이란 없다. 그렇다고 해서 일상이 무조건 긍정되어야 하는 것도, 일상 내의 소외나 억압이 없는 것도 아니다. 다만 언제나 치열하게 '교전 중인' 현실 속에서 엎치락뒤치락 이기고 지는 숱한 전투의 패치워크로 일상이 짜인다는 인식이 중요한 것이다. '의지의 비관주의와 지성의 낙관주의'로 물구나무선 그람시, 혹은 행복한 니체주의.

마페졸리나 세르토의 관점은 나름대로 흥미로우며, 어떤 면에선 르페브르 논의의 연장선 위에 놓인다. 하지만 그것들이 충분한 대안의 수준에까지 이른 것일까? 르페브르의 입장을 두 파생적 입장과 선명하게 가르는 분할선을 단 하나 꼽으라면, 난 일상성의 배경이며 역사적 토대이자 결정요인으로서 자본주의에 대한 문제의식을 들겠다. 사실 '경제결정론의 지양'과 '경제에 대한 무시 내지 무관심'은 전혀 다른 것이다. 자본주의에 대한 비판적 시선의 부재는 일상의 분석에서 가장 중요한 상수를 누락시키는 일이다. 그런 점에서 마페졸리도, 세르토도 르페브르의 온전한 대안이라고 보기는 어렵다. 마르크스의 말처럼, "비판의 본질적 파토스는 분노이며, 비판의 본질적 노동은 고발"이라면,[146] 경제체제로서 신자유주의적 자본주의가 여전히 분노와 고발의 충동을 불러일으키는 사회에서, 자본주의 비판은 일상성 연구의 변함없는 과제일 것이기 때문이다.

『현대세계의 일상성』은 우리에게 진정성의 가치에 기대지 않는, 새로운 형식의 자본주의 비판의 모색이 시급하다는 점을 일깨워준다. 그것은, 르페르브가 이미 오래전에 제안한 대로, '인간 존재의 사회적 실존을 규정하는 자본주의 사회의 강제와 부분적인 결정요인들에 대한 연구'가 될 것이다. 또 이 연구의 목적은 "그러한 강제와 결정요인들이 합리적인 것인 양 통용되는 거꾸로 된 세상을 바로잡는" 데 놓일 것이다.[147] 그런데 그 같은 작업이 정말 가능할 것인가? 어떻게? 아마도 르페브르가 살아 있었다면, 우리에게 68혁명의 구호를 빌려 이렇게 대답해주었을 것이다. "불가능한

146 칼 마르크스, 「헤겔 법철학 비판 서문」, 『헤겔 법철학 비판』, 홍영두 옮김, 아침, 1988, p. 190.

147 르페브르, 앞의 책, p. 77.

것을 요구하라." 하기야 원래 이 책은 한국의 1980년과는 또 다른 '5월의 해'인 1968년에 나왔다. 당시 르페브르는 소요의 진원지, 낭테르대학 사회학과에 있었다.*

---

* 이 글은 필자가 2006년에 발표한 글을 다시 다듬어 옮긴 것이다.
이상길, 「자본주의 사회의 일상 비판 - 앙리 르페브르 지음, 박정자 옮김, 『현대세계의 일상성』, 기파랑, 2005」, 『역사와 문화』 12호, 2006, pp.309-317.

연기로서의 삶

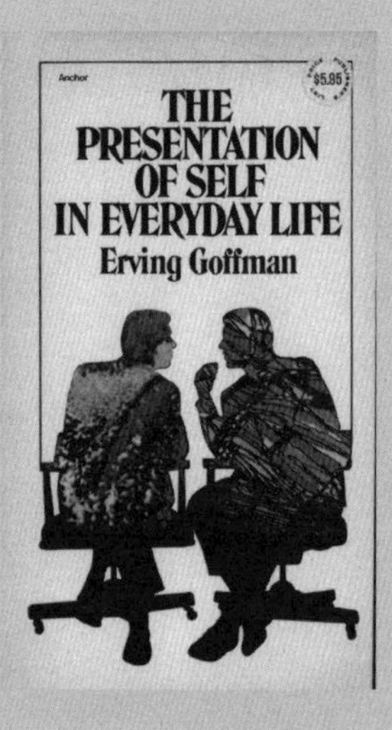

어빙 고프먼 —
『자아연출의 사회학』

어빙 고프먼(Erving Goffman, 1922–1982)의 『자아연출의 사회학』은 사회학자 진수미의 번역으로 2016년 현암사에서 출간되었다. 이 책은 1987년 사회학자 김병서의 번역으로 『자아표현과 인상관리』라는 제목 아래 경문사에서 나온 적이 있다. 원서는 *The Presentation of Self in Everyday Life* (New York: Anchor, 1959)이다.

살아가면서 우리는, '정상적인 것처럼' 보이기 위해 엄청난 노력을 기울여야만 한다. 어빙 고프먼의 저작을 다양한 방식으로 읽을 수 있겠지만, 나는 그 이면에 놓인 가장 근본적인 문제의식을 이 한 문장으로 요약할 수 있다고 생각한다. 캐나다의 유대인 이민자 가정 출신인 고프먼은 시카고대에서 박사학위를 받았으며, 구조기능주의 이론이 확고한 대세였던 1960-1970년대 미국 사회학계에서 이른바 상징적 상호작용론symbolic interactionism의 계보를 이은 대표적인 연구자로 꼽힌다. 하지만 그의 학문세계는 이런저런 패러다임의 꼬리표 안에 가두어두기 어렵게, 그 자체로 개성적이고 독창적이다. 연구자로서 그의 삶 또한 그러한 특이성의 흔적을 담고 있다. 사실 타인에 대한 예리한 관찰과 분석을 통해 인간관계와 사회적 행동의 가장 미세한 부분까지 탐색한 고프먼이지만, 자신의 사생활을 드러내는 일은 극도로 꺼렸던 나머지 전기적인 정보가 풍부하게 남아 있지는 않다. 그럼에도 그가 정신질환을 앓던 부인 때문에 1년간 정신병원에서 참여관찰을 했다든지, 도박 취미를 살려 라스베이거스 카지노에서 현장 연구를 겸한 딜러 일을 했다는 등의 몇몇 일화는 그의 학문적 문제의식이 개인적 경험과의 긴밀한 연관 속에서 발전했을 가능성을 암시한다.[148] 고프먼은 학자로서는 다소 이른 나이에 세상을 떠난 탓에, 생전에 열 권 남짓의 저서만을 출간했을 따름이다. 하지만 『자아 연출의 사회학The Presentation of Self in Everday Life』(1959), 『수용소Asylums』(1961), 『스티그마Stigma』(1963), 『상호작용 의례Interaction Ritual』(1967), 『공중 속 관계Relations in Public』(1971), 『프레임 분석Frame Analysis』(1974), 『말하기의 형태Forms of Talk』(1981) 등으로 이어진 저작 활동은 그가 사회적 삶과 상호작용에 대한 탐구를, 새로운 대상과 주제 속에서 꾸준히 확장하고 또 심화해 나갔음을 보여준다.

---

148 고프먼의 저작을 '자서전'의 또 다른 형식이라는 관점에서 살펴보려는 흥미로운 시도가 오래전 인류학자 이브 뱅캥(Yves Winkin)에 의해 이루어진 바 있다. Erving Goffman, *Les moments et leurs hommes* (Textes recueillis et présentés par Yves Winkin), Seuil/Minuit, 1988, p.11-92.

『자아 연출의 사회학』은 출간 당시 미국에서 사회과학 저서로는 이례적으로—어쩌면 자기계발서로 오인된 덕분에?—베스트셀러 목록에 오르기도 했던 고프먼 학문의 출발점이다. 이 책은 1987년 『자아표현과 인상관리』라는 제목으로 국역본이 나왔다가, 별달리 주목받지 못한 채 일찍 절판되어버리는 불운을 겪었다. 2010년대 전후 국내에서 고프먼 사회학이 재조명받고 몇몇 주저가 번역되면서, 이 책도 다행히 새로운 판본이 빛을 볼 수 있었다.[149] 그간 국내 학계에 고프먼이 제대로 소개되지 않은 데에는 여러 이유가 있을 테지만, 그 가운데 결정적인 한 가지는 필시 그가 미국 주류 사회학의 지적 궤도에서 멀찍이 이탈해 있던 학자라는 점일 것이다. 단순화해 말하자면, 고프먼의 사유는 '구조'보다는 '행위자', '거시'보다는 '미시', '양적 접근'보다는 '질적 접근'을 중심으로 운동했고, 그리하여 인류학, 언어학, 심리학, 정신의학의 경로 쪽으로 근접하곤 했다. 이처럼 학문적 '정통'에서 벗어난 지적 이방인이 미국 주류 사회학의 강력한 영향권 안에 들어 있는 한국 사회학계에서 큰 호응을 얻기는 힘들었을 터이다.

21세기 들어 고프먼 사회학은 여러 분야에서 그 가치를 다시 평가받고 있는 것으로 보인다. 국내의 경우에 한정한다면, 그러한 상황 변화에는 크게 두 가지 요인이 이바지하고 있는 듯싶다. 우선 전 지구화 추세와 디지털 기술의 발전 속에서 사람들 간 접촉과 상호작용 양상이 엄청나게 다양해지고 복잡해졌다는 것이다. 온라인 공간에서의 비대면 대화, 휴대전화를 이용한 메시지 교환, SNS를 통한 언어적·비언어적 소통 등 새로운 유형의 사회적 만남과 관계 맺기 방식의 등장은 이에 대한 학문적 관심을 촉발했다. 이 과정에서 대면 상황의 상호작용에 대한 고프먼적 접근이 중요한 준거틀로 부상한 점은 그리 이상한 일이 아닐 것이다. 한편 '사회적 소수자'

---

149 어빙 고프먼, 『자아표현과 인상관리-연극적 사회분석론』, 김병서 옮김, 경문사, 1987. 2009년 출간된 고프먼의 『스티그마』 역시 원래 1995년에 『오점』이라는 제목의 국역본으로 한번 나왔다가 절판된 전력이 있다. 어빙 고프먼, 『오점-장애의 사회심리학』, 김용환 옮김, 강원대학교 출판부, 1995와 『스티그마-장애의 세계와 사회적응』, 윤선길, 정기현 옮김, 한신대학교 출판부, 2009 참조.

가 학계 내 진지한 연구 주제로 자리 잡았다는 사실도 간과할 수 없다. 푸코-들뢰즈 철학의 성공과도 맞물려 있는 이러한 경향에, 고프먼 사회학은 '정상성'의 사회적 구성에 대한 문제 제기 아래 또 하나의 유용한 지적 자원을 제공한다.

『자아 연출의 사회학』은 고프먼의 학문 세계에 가장 빠르게 입장할 수 있는 통로로서 추천할 만한 책이다. 그것은 이론적 절정에 이른 대가의 완숙미를 드러내는 대표작은 아닐지라도, 그의 날카로운 문제의식과 접근법을 원형 그대로 품고 있다는 점에서 매력적인 데뷔작이기도 하다. 머리말에서 고프먼은 이 책이 "건물이나 공장처럼 물리적으로 한정된 공간 안에서 조직되는 사회생활을 사회학적 관점으로 연구할 수 있게 해주는 상세한 안내서"가 되길 바란다고 썼다. 이 책에서 그는 사회적 행위자가 정상적인 사회생활을 위해 어떤 작업을 수행하는지 보여주는데, 특히 공동의 상황 정의definition of situation를 가능하게 하는 인상관리impression management와 정보통제information control 기술들에 초점을 맞춘다. 고프먼에게 사회적 행위자는 다른 사람들과의 협력 속에서 그러한 기술들을 끊임없이 구사하는, 또 그럴 수밖에 없는 연기자actor로 나타난다. 이는 그가 팀, 공연, 무대, 장면, 장치, 배역 등의 은유로 이루어진 "연극 공연의 관점"을 취하는 이유이기도 하다.[150]

서문과 일곱 개의 장으로 이루어진 『자아 연출의 사회학』은 사실 그 스타일상의 특징 때문에 요약하기 매우 어렵다. 고프먼은 일상생활에서의 사회적 만남과 상호작용 상황을 보여주는 많은 예화를 자유롭게 인용한다. 그러한 예화는 자신이 직접 수집한 관찰 자료는 물론, 철학서, 사회과학 논문, 신문잡지 기사, 심지어는 소설에까지 이르는 다양하고 이질적인 정보원에서 끌어온 것이다. 그는 어떤 전형적 상황을 기술하기에 적합

150 어빙 고프먼, 『자아연출의 사회학』, 진수미 옮김, 현암사, 2016, p. 7. 이하 고프먼의 개념 혹은 용어는 별도의 쪽수 표시 없이 모두 겹따옴표 속에 넣어 인용했고, 필요에 따라 원어를 병기했다. 원문 확인을 위해서는 앵커 출판사(Anchor Books)의 1959년 판본을 활용했다.

하다면, 그리하여 인간관계의 비가시적인 작동 방식을 규명하는 데 효과적이라면 자료의 출처나 성격이 무슨 대수겠느냐는 실용주의적 입장에 선다. 그는 또 소소한 사례들에 대한 정확하고 구체적인 분석을 바탕으로 자기 개념과 논지를 구축해나간다. 어떤 면에서 이 책은 우리가 거창한 이론적 수사학이나 전문적인 조사 기법에 의존하지 않고도, 얼마든지 우리의 삶과 관계에 대해 '사회학적으로' 탐구할 수 있다는 작지만 소중한 진실을 일깨워준다. 그러니 고프먼의 통찰과 미시개념들micro-concepts을 하나의 실제 사례에 적용하는 식으로 이 책의 내용을 정리해보아도 나쁘지 않을 것이다.

당신이 부친상을 당한 친구에게 문상을 갔다고 치자. 고인의 빈소가 차려진 공간에 들어선 당신은 영정사진 앞에서 헌화하고 절한 뒤, 유족들에게 인사하며 위로의 말을 전한다. 유족의 대표로 나선 친구는 문상에 대한 감사의 말을 하고, 유족들을 한 명씩 소개한 뒤, 당신을 빈소 옆쪽에 꾸며진 접객공간으로 이끌 것이다. 그곳에서는 당신처럼 문상 온 손님들이 삼삼오오 모여 앉아 술과 음식을 앞에 두고 이야기를 나누고 있다. 당신이 알 만한 사람들이 그 자리에 이미 와있다면, 친구는 당신을 그리로 데려갈 수도 있다. 당신은 친구와 마주 앉아 잠시 고인이나 근황에 관한 이야기를 주고받는다. 새로운 문상객이 도착하면 친구는 그를 맞으러 다시 빈소로 옮겨가고, 당신은 아는 문상객들과 대화를 이어간다. 친구는 틈틈이 접객공간에 나와 손님들과 이야기를 나누는 한편, 대개 그 한구석에 꾸려지는 간이주방에서 일하는 장례 도우미들에게 어떤 요청을 하거나 지시를 내리기도 한다. 상실감과 슬픔, 조문객 맞이 등에 지친 친구는 빈소 안쪽에 별도로 갖춰져 있는 유족용 휴게실에서 피곤한 몸을 쉬일 수도 있을 것이다. 『자아연출의 사회학』에 나오는 개념들을 가지고 이러한 장면들을 분석한다면 어떻게 될까?

고프먼을 따라 우리가 출발점으로 주목해야 할 대상은 "일상생활"의 "상황"이다. 여기서 상황은 무엇보다도 사람들 간의 "만남", 즉 서로 얼굴을 맞댄 상호작용으로 특징지어진다. 장례식장의 상황에는 크게 두 "팀"이 참여한다. '유족(및 장례도우미) 팀'과 '조문객 팀'이다. "팀"은 "하나의 배역 연기를 무대에 올리는 데 협조하는 개인들의 집합"을 가리킨다.[151] 팀 성원들은 "공연자"인데, 서로에 대해서는 "관객" 노릇을 한다(당연히 공연자는 스스로의 관객이 되기도 한다). 공연은 "개인이 특정 관찰자 집단 앞에서 계속하는 모든 활동, 그리고 관찰자에게 영향을 미치는 모든 행동"을 뜻한다.[152] 두 팀은 느슨한 "상황 정의"를 공유한다. 그것은 이 경우 '고인에 대한 추모와 애도의 마음을 주고받기 위한 만남'이라는 "잠정적 합의"라고 말할 수 있을 것이다.

팀 성원들은 이러한 합의를 깨뜨리지 않기 위해 서로 조율해가며 자신이 맡은 배역에 충실하고자 노력한다. 이는 상황 정의에 대한 공연자의 주장을 긴밀한 협조 관계 아래서 표현하는 일이다. 그리하여 유족의 일원으로서 친구는 고인을 잃은 슬픔의 표현을 최대한 유지하고, 그럼으로써 자기와 팀의 인상을 보호하기 위해 애쓴다. 설령 생전에 몹쓸 가부장이었던 아버지의 죽음이 그에게 은밀한 기쁨과 해방감을 가져다주었더라도 말이다. 조문객의 일원으로서 당신 또한 작고한 친구 부친에 대한 애도의 감정이 실제로 얼마나 되는지와는 무관하게, 위로의 행동으로써 주어진 역할을 수행한다. 의례화된 언어들—"얼마나 상심이 크십니까?", "삼가 고인의 명복을 빕니다" 등—은 이러한 연기를 효과적으로 보조한다. 이처럼 공연자들은 "여러 방식으로 이상화된 인상을 보여주려는 경향"이 있으며, 공연은 "상황을 이상화해 연출하는" 행위이기도 하다.[153]

"공연에서 개인이 의도하거나 자기도 모르게 택하는 전형적 표현 장치"를 고프먼은 "전면front"이라고 부른다.[154] 이를테면, 빈소의 다양한 "무대장치"—영정사진, 제단, 향, 조화, 가구, 장식품 등—라든지, 상복, 상주

151 앞의 책, p. 107.

152 앞의 책, p. 36.

153 앞의 책, p. 51.

완장과 머리핀 등의 "겉모습", 그리고 다소곳하고 진중한 "몸가짐" 등이 전면을 구성하는 요소들이다. 제단에 붉은 장미가 놓여있다든지, 상복을 입은 유족이 밝은색 넥타이에 활짝 웃는 표정을 보인다면 조문객은 당황할 수밖에 없을 것이다. 공연은 표현의 일관성을 요구한다. 조문객은 아주 사소한 단서만으로도 유족이 조성하는 인상이 진짜인지 가짜인지 의심할 수 있고, 그것은 자칫 작은 실수나 불운 탓으로 박살나거나 무너져버릴 수 있는 취약한 것이다. 고프먼이 보기에, 사회적 삶의 핵심요건들은 "단일한 상황 정의가 유지되어야 한다는 것, 상황 정의는 표현되어야 한다는 것, 그리고 표현은 수많은 혼란 요소가 잠재한 상황에서도 지켜져야 한다는 것" 뿐이다.[155]

유족이나 조문객 모두 남들 앞에서 행동할 때 자신의 어떤 면모는 강조하고 인상을 해칠 법한 다른 면모는 억제한다. 이는 특히 공연의 물리적 영역에 따라 달라지는데, "무대 위"에서는 강조된 면모가 나타나고, "무대 뒤"에서는 억제된 면모가 떠오른다. 고프먼은 무대 뒤를 "사람들이 공연에서 조성된 인상과 어긋난 면모를 알면서도 버젓이 드러내는 장소"라고 정의한다.[156] 관객이 침범할 수 없는 이곳에서 공연자는 공연을 준비하고 팀 구성원들의 도움을 받거나, 때로는 잠시 배역의 가면을 벗고서 긴장을 풀기도 한다. 예컨대 유족에게 빈소가 무대 위라면, 휴게실은 무대 뒤이다. 그리하여 빈소에서는 한없이 슬픈 표정으로 과묵하게 있던 친구가, 휴게실에서는 흐트러진 몸가짐으로 소리 내어 웃거나 장례비용에 대한 불평을 떠들어댈 수도 있다. 장례 도우미들에게는 접객공간이 무대 위라면, 간이주방은 무대 뒤이다. 그들은 무대 위에서는 손님의 요청에 맞춰 묵묵히

154 앞의 책, p. 36.『자아 연출의 사회학』에서는 이를 "앞무대"라고 옮겼다. 그런데 그 용어는 무대장치(setting), 겉모습(appearance), 몸가짐(manner)을 포괄하는 의미 내용에 어울리지 않고, 영역에 관련되는 "무대 위(front region)", "무대 뒤(back region, back-stage)" 개념과도 혼선을 일으킨다는 점에서 "전면"으로 옮기는 편이 더 나은 것으로 보인다.

155 앞의 책, p. 318.

156 앞의 책, p. 146.

음식을 나르다가도, 조문객이 뜸해지면 무대 뒤에 모여 앉아 '진상들'에 대한 험담을 나눈다. 무대 뒤는 대체로 관객이 침범할 수 없는 곳이다. 공연자가 아니면서도 무대 뒤 영역과 비밀에 접근할 수 있는 사람은 아주 친한 친구라든지 (장례지도사 같은) 서비스 전문가 정도이다.

정보를 적절히 통제함으로써 공연이 조성하는 상황 정의를 유지하는 작업은 팀 차원에서도 이루어진다. 유족 팀과 조문객 팀 모두 '추모와 애도의 수행'이라는 인상을 흐리거나 믿을 수 없게 만드는 정보는 조절해야 한다. 예컨대 고인의 죽음을 별로 슬퍼하지 않는다는 사실을 서로에게 감출 수 있어야 한다는 것이다. 이처럼 어떤 점은 과장하고 어떤 점은 축소, 은폐하면서 "표현적 일관성"이 생겨난다. 팀 구성원들은 효과적인 연출과 관련된 소통을 위해 눈짓이나 몸짓, 특이한 소리 등 다양하고 은밀한 신호 체계를 활용한다. "팀은 팀의 비밀을 지키고, 비밀을 지킨다는 그 사실조차 감출 수 있어야 한다."[157] 이는 팀을 일종의 비밀결사처럼 만들고, 성원들간 유대와 공모감을 강화해준다. 한편 공연을 교란하는 실수, 결례, 소동, 불의의 사건이 벌어지면, 공연자들이 지탱하던 현실은 위태로워질 수 있다. 당신이 추도의 마음을 과하게 드러내며 계속 술을 마신다든지 밤새워 빈소에 머무르고자 한다면, 친구나 유족들은 이를 반기고 고마워하기보다 난감해할 공산이 크다. 공연자와 관객은 서로 역량과 요령을 발휘해 적절한 상황 정의를 계속 이끌어나가야 한다. 그래야만 장례식은 잘 마무리될 수 있을 것이다.

『자아 연출의 사회학』은 사회적 삶의 작동 메커니즘에 대한 고프먼의 깊고도 날카로운 통찰을 보여준다. 유의할 것은 이 책의 원제에 들어 있는 개념인 '일상생활everyday life'이 (다양한 자원의 불평등한 배분에 따른 객관적인 위치 체계로서의) '사회구조'와 암묵적으로 대비된다는 점이다. 고프먼에게 일상생활은 무엇보다도 일련의 상황들로 나타나며, "상호

157 앞의 책, p. 181.

작용의 질서"를 구성한다. 그것이 사회구조와는 별개의 실재이자, 고유한 논리를 지닌 층위로 추상화될 수 있다는 데 고프만 논의의 핵심이 있다. 숱한 비판과 반박에도 불구하고, 그는 상호작용의 질서가 사회구조에 종속되거나 환원되지 않으며, 단지 "느슨한 결합loose coupling"을 이룰 뿐이라고 주장했다.[158] 그에 따르면, "지위, 직위, 사회적 위치는 소유하고 과시할 수 있는 물질이 아니라 일관성 있고 미화되고 적절하게 다듬어진 품행의 일종이다. 매끄럽든 어설프든, 의식적이든 아니든, 교활하든 진실하든 공연으로 실현해야 하고 표현해야 하는 것이다."[159] 나아가 상호작용의 질서는 모종의 도덕 질서이기도 하다는 사실을 잊지 말아야 한다. 우리는 공연을 통해—장례식장에서는 이러저러하게 행동해야 한다는 식의—사람들 사이에 널리 퍼져 있는 여러 평가 기준(혹은 '정상성')에 부합한다는 인상을 주려고 노력한다. 이러한 공연은 "공동체의 도덕적 가치를 생생한 표현으로 재확인해주는 의례"로서의 특성을 지닌다.[160] 그런데 이때 공연자의 관심사는, '특정한 평가 기준의 실현'이라는 도덕적 문제가 아니라, '그것을 실현한다는 인상의 설득력 있는 구현'이라는 비도덕적 문제에 놓인다. "우리의 행동은 대체로 도덕적 문제를 다루지만, 공연자로서 도덕적 문제에 대한 우리의 관심은 도덕적이지 않다. 우리는 공연자로서 도덕성을 파는 장사꾼인 셈이다."[161]

책의 끝부분에서 고프먼은 일상을 낱낱이 해부하는 사회학자의 가

---

158 Erving Goffman, "The Interaction Order: American Sociological Association 1982 Presidential Address," *American Sociological Review*, 48(1), 1983, pp. 1-17 참조. 이처럼 고프먼은 사회구조와 상호작용 상황 간의 분절적 성격을 역설했다. 같은 맥락에서 그는 '상호작용 상황'을 분석하는 '미시사회학'이 예컨대, '미시경제학' 같은 분석 유형과는 상이하다고 주장한다. 이는 경제학에서의 거시와 미시의 분석 단위에는 일정한 연속성이 있지만, 사회학에서의 거시와 미시 사이에는 그러한 연속성이 없다는 의미로 여겨진다. Erving Goffman, "Microsociologie et histoire," in Phillippe Fritsch (Dir.), *Le sens de l'ordinaire*, Paris, CNRS, 1983, pp. 197-202.

159 『자아 연출의 사회학』, p. 101.

160 앞의 책, p. 52.

161 앞의 책, p. 314.

차 없는 시선을 이제 자아에로 돌린다. 그가 보기에, 우리의 자아는 앞면은 "공연자performer", 뒷면은 "배역character"인 동전과도 같다. 그것은 공연의 원인 아닌 효과이며, 우리가 연기하는 인물들의 총체이기도 하다. "요컨대, 우리는 모두 우리가 아는 것보다 훨씬 연기를 잘한다."[162] 사회적 삶 속에서 우리는 상황에 맞는 무수한 가면을 시시각각 바꿔 쓴다. 고프먼이 강조하는 것은 그러한 가면들 뒤에 숨겨진 '본래의 얼굴' 따위는 없다는 점이다. 공연에서 관건이 되는 문제는 진정성 여부가 아니라, 성공 여부이다. 개인은 어떤 참된 내면에 의해서가 아니라, 자유로운 변검술의 능력에 의해 특징지어진다. 이처럼 사회 현실이 우리가 함께 수행하는 연기(演技)로써 구축되는 것이라면, 정직과 위선, 허상과 실체의 구분이 가능하기나 할까? 고프먼은 삶이란 결국 '진짜'가 무엇인지에 대한 대답을 끊임없이 연기(延期)하지 않을 수 없는 과정이며, 그렇게 이어지는 시간의 허공 속으로 흩어져버릴 한낱 연기(煙氣)에 지나지 않는다고 말하는 듯하다. 나는 사회학이 사람에 대해, 그리고 삶에 대해 내놓을 수 있는 진실 가운데 이보다 더 지독한 것을 알지 못한다.

2021년 11월

162 앞의 책, p. 99.

권력에 대해 말하기

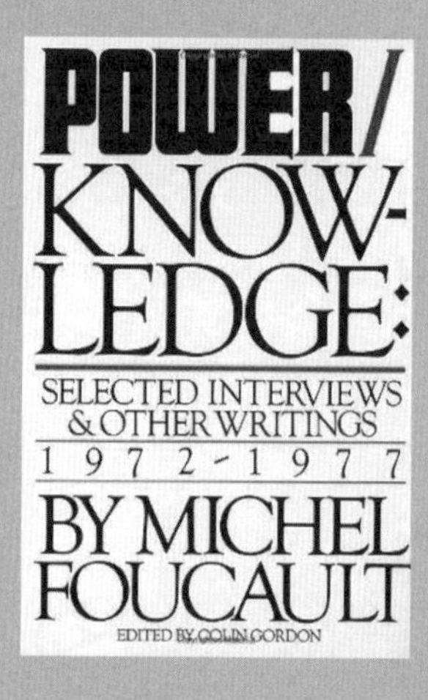

미셸 푸코 —
『권력과 지식—미셸 푸코와의 대담』

미셸 푸코(Michel Foucault, 1926–1984)의 『권력과 지식-미셸 푸코와의 대담』은 정치학자 홍성민의 번역으로 1991년 나남에서 출간되었다. 원서는 영국의 정치학자 콜린 고든(Colin Gordon)이 편집한 *Power/Knowledge: Selected interviews and other writings 1972–1977* (London: Vintage, 1980)이다.

1990년대 이후 지금까지 우리 사회의 지식 장에 가장 큰 영향력을 끼친 사상가를 단 한 명만 들라면 아마도 푸코를 꼽아야 할 것이다. 그는 이성과 비이성, 정상성, 담론, 섹슈얼리티, 존재의 미학 등 다양한 주제를 다루었지만, 무엇보다도 '권력의 철학자'로서 전 세계적인 명성을 얻었다. '권력을 다시 사유하기'는 그의 사상에서 가장 중요한 기획은 아니었을지 몰라도, 가장 주목받은 기획이었다고 할 만하다. 『권력과 지식』은 1972년부터 1977년까지 푸코가 가진 대담, 강의, 토론 등을 묶은 책이다. 그 다양한 대화 상대는 역사학자, 지리학자로부터 정신분석학자, 마오주의자, 마르크스주의자들을 망라한다. 영국의 정치학자이자 독립연구자인 콜린 고든이 편집한 이 책은 영미권 독자가 푸코의 권력론에 좀 더 쉽게 접근할 수 있게 하려는 취지에 맞는 텍스트들을 담고 있다. 1980년대 영미권에서는 푸코의 주저들이 번역, 출간되는 한편으로 논문이나 대담, 강연문 같은 텍스트들의 편역서 또한 꾸준히 나왔는데, 『권력과 지식』은 그러한 편역서들 가운데 대표적인 저작이자 우리말로 옮겨진 드문 저작 가운데 한 권이기도 하다.

『권력과 지식』은 우선 푸코 사유의 국제적 유통 양상이 지닌 어떤 특징적 면모를 환기한다는 점에서 흥미롭다. 고든의 편역서는 그 자신이 책 앞부분의 서지 사항(국역본은 이 부분을 누락하고 있다)에서 밝히고 있는 대로, 1977년 이탈리아에서 나온 편역서 『권력의 미시물리학-정치적 개입Microfisica del potere-Interventi politici』의 체제를 참조한 것이다. 각각 열 편 가량인 두 책의 텍스트는 모두 일곱 편이나 겹친다.[163] 정치철학자 알레싼드로 폰타나Alessandro Fontana와 파스칼레 파스키노Pascale Pasquino가 공동 편집한 이탈리아판 편역서는 특히 당시 불법 복제 테이프로 돌고 있던 푸

163 『권력과 지식』 출간 한 해 전에 호주에서 나온 푸코 선집인 『권력, 진실, 전략』 역시 『권력의 미시물리학』 편집본의 체제를 따왔다. Michel Foucault, *Power, Truth, Strategy* (edited by Meaghan Morris & Paul Patton), Sydney: Feral Publications, 1979. 『권력의 미시물리학』은 1978년 독일에서 『권력장치Dispositive der Macht』라는 제목으로 번역되었고, 브라질에서도 번역되었다. Daniel Defert, "Chronologie," Michel Foucault, *Dits et écrits I*, Paris: Gallimard, 1994, p. 51.

코의 1976년 콜레주드프랑스 강의 두 편을 녹취, 수록했는데(『사회를 보호해야 한다』라는 제목으로 이 강의록 전체의 공식적인 발간이 이루어진 것은 20년 뒤인 1997년의 일이다), 『권력과 지식』 역시 이 강의들을 그대로 영역해 실었다. 68혁명 이후 정치적 급진주의가 만연해 있던 1970년대의 유럽 지식 사회에서 푸코 철학은, 『권력의 미시물리학』 편집본이 시사하듯, '권력 비판'이라는 전투적인 용도를 부여받았다. 다소 뒤늦게 영미권에서도 『권력과 지식』을 통해 마찬가지 양상이 나타났던 셈이다. 이 책은 1980년대 미국 대학에서 '프랑스 이론French theory'의 소란스러운 부상과 더불어 큰 인기를 누리기에 이른다.

『권력과 지식』에서 푸코는 권력을 자기 철학의 핵심 문제로 제기하는 한편, 그것을 군주, 국가, 정권, 지배계급 등 '대주체'의 소유물인 양 사고하는 방식을 급진적으로 비판한다. "왕의 머리를 베기"라는 인상적인 모토는 이러한 시각을 적절히 요약한다.[164] 그는 사회 모든 곳에 퍼져 있는 국지적이고 유동적인 권력 관계와 그 효과에 주목하며, 이를 위해 전쟁, 그물망, 모세혈관, 신경세포, 파놉티콘과 같은 은유를 동원하고, 전략, 규율, 장치, 권력/지식, 계보학, 주체화, 진리체제 등의 개념을 새롭게 창조한다. 『권력과 지식』은 그러한 푸코의 철학적 여정을 잘 보여주는데, 이미 반세기 전에 나온 글들의 모음집이라는 사실이 믿기지 않을 만큼 현재성을 지니는 여러 주제—인민적 정의, 건강과 질병, 섹슈얼리티, 진실의 정치 등등—를 다루고 있기도 하다. 이 다채로운 글들을 관통하는 푸코 고유의 권력론은 크게 세 가지 테제로 정리해볼 수 있을 것이다.

첫째, 권력을 '미시적 세력 관계'의 수준에서 다시 개념화해야 한다는 것이다. 푸코는 17세기 이래 유럽에서 나타난 권력 메커니즘의 역사적 변화를 환기하면서, 근대의 권력 양상이 지니는 특수성을 강조한다. 그에 따르면, "권력은 개인들 하나하나에까지 이르러서 그들의 신체에 다다르고

164 미셸 푸코, 「진실과 권력」, 『권력과 지식-미셸 푸코와의 대담』, 콜린 고든 엮음, 홍성민 옮김, 나남, 1991, p. 154.

행동과 태도, 담론, 학습 과정과 일상생활 안까지 스며든다."[165] 이는 우리에게 추상적 정치이론 대신 "권력의 미시물리학"을 요구하는데, 이때 '미시'의 스케일은 국가, 정부 기관, 자본주의 같은 '거시'의 스케일을 연속선상에서 단순히 하향 혹은 축소시킴으로써 자연스럽게 얻어지는 것이 아니다. 그것은 들뢰즈Gilles Deleuze가 지적한 바 있듯, 아예 새로운 관계 유형과 분석 수준을 열어젖히는 일이다.[166] 그 결과, 담론과 지식이라든지 개인, 나아가 신체, 정신, 욕망, 쾌락, 섹슈얼리티 등, 이전까지 권력과 무관하게 여겨졌던 다양한 영역들이 정치적 탐구의 대상으로 떠오른다. 이러한 접근은 권력에 대한 자유주의적 관점이 조장하는 금지와 억압의 가정을 거부하고, 마르크스주의적 관점이 주창하는 경제결정론과 총체적 혁명의 이상을 기각한다.

둘째, 권력은 무엇보다도 지식의 구성에 개입하며, 따라서 지식과 권력은 서로 뗄 수 없는 관계에 있다는 것이다. 푸코에 의하면, "우리는 권력이 이러저러한 발견을 필요로 한다든지, 이러저러한 형태의 지식을 요구한다고 말하는 데 만족하지 말고, 권력의 행사 그 자체가 새로운 지식의 대상을 만들어내고 새로운 정보 더미를 축적한다고 덧붙여야 한다." 그는 이처럼 권력과 지식 사이의 "항상적인 접합", 이른바 "권력/지식"을 전면적으로 문제화한다. "권력의 행사는 끊임없이 지식을 창출하며, 지식은 지속적으로 권력효과를 발생시킨다."[167] 이러한 시각은 '객관적이고 중립적인 지식'이라든지, '허위 또는 이데올로기에 대립하는 과학'이라는 종래의 관념을 근본에서부터 뒤흔드는 것이다. 푸코는 각 사회가 고유한 "진리체제"를 가진다고 주장하면서, 진리를 정치경제적 조건들 속에서 역사적으로 상대화시킬 수 있는 무엇으로 재정의한다. 총체적이고 절대적이며 비역사적인 진리란 존재하지 않는 것이다. 이러한 견지에서 그가 주창하는 역사

---

165 푸코, 「권력의 유희」, 앞의 책, pp. 63-64.

166 질 들뢰즈, 『들뢰즈의 푸코』, 허경 옮김, 그린비, 2019, p. 129.

167 푸코, 「권력의 유희」, pp. 78-79.

연구 방법론인 '계보학'은 이성과 광기, 정상과 비정상, 비행과 범죄 등에 대한 지배적 관념을 의문시하면서, 평범한 인민의 국지적 · 소수적 · 투쟁적 지식을 복원하려는 지향점을 갖는다.

셋째, 권력과 지식에 대한 이러한 재개념화는 지식인과 이론의 역할에 대한 새로운 인식을 요청한다는 것이다. 푸코에 따르면, 20세기 중반 이후 그 전과는 다른 지식인의 형상이 출현했다. 그것은 절대적 진리와 정의의 대표자인 '보편적 지식인'이나, 계급적 이해의 대변자인 '유기적 지식인'이 아닌, 언제나 자기 위치에서 국지적 형태의 권력과 관계를 맺는 지식인 유형이다. 이 '특수한 지식인'은 자신의 전문 지식을 매개로 특정한 영역에서 구체적인 문제를 둘러싼 정치 투쟁에 나서는데, 이 과정에서 인민과 연대해 저항함으로써 권력 네트워크 전반에 커다란 변화를 가져올 수 있다. 푸코에 의하면, 이러한 지식인의 임무는 "과학 담론에 투여된 권력과 지식 효과에 맞서는, 또 제도에 맞서는 지식들의 봉기와 대립과 투쟁에서 쟁점이 되는 이슈를 제시하고 구체화하는" 데 있다".[168] 이때 "연장통"으로 기능하는 이론은 "체계가 아닌 도구로서, 권력 관계의 특수성과 그 주변에서 일어나는 투쟁에 대한 논리로서 구축되어야" 한다. 나아가 이러한 탐구는 "주어진 상황들에 대한 (어떤 면에서 역사적일 수밖에 없을) 성찰을 기반으로 해서만 점진적으로 수행될 수 있는" 것이다.[169]

원서가 1980년에 나온 『권력과 지식』은 1991년 국내에서 번역, 출간되었다. 프랑스에서 영미권으로, 그리고 다시 한국으로 푸코의 권력론이 각각 약 10년의 시차를 두고 수용된 셈이다. 이를 섣불리 '지체'로 규정할 필요는 없을 것이다. 그 시차는 지역에 따라 다른 학문 장의 구조와 정치경제적 맥락에서 생겨난 고유한 시간성의 자연스러운 '불일치'로 이해하는 편이 더 적절하다. 오히려 우리가 주목해야 할 것은 1980년대 말 90년대 초 국내 지식 사회의 특수한 조건과 상황에 기입된 푸코의 사유가 실제로

---

168 푸코, 「권력, 왕의 머리 베기와 훈육」, 앞의 책, p. 120.

169 푸코, 「권력과 전략」, 앞의 책, p. 180.

어떤 효과를 발휘했는가 하는 점이다. 당시 각종 '포스트주의'의 유행과 함께 일어난 국내의 푸코 수용은, 김현이나 오생근 같은 예외가 없지는 않지만, 주로 미국에서 유학한 연구자들에 의해 권력 이론을 중심으로 이루어졌다. 대학생이었던 내가 개인적으로 푸코 관련 글들을 접했던 것도 그 무렵의 일이다. '권위주의 국가'와 '억압적 군부독재'의 그림자가 완전히 걷히지 않은 시대에 푸코의 철학은 마르크스주의와는 또 다른 식으로 우리 사회를 이해하고 분석할 수 있게 해주는 비판적 대안으로 다가왔다. 그것이 지닌 매력은 현실 사회주의가 몰락해가던 상황에서 한층 증폭되었던 듯싶다. 1970년대에 이미 "소비에트 경험의 반복을 피하고 혁명 과정이 망가지는 일을 방지하기 위한 조건들 가운데 먼저 이해해야 하는 것은, 권력이 국가 기구 안에만 자리 잡고 있지 않으며 그 바깥에서, 그 아래에서, 그 주변에서 훨씬 더 미세하고 일상적인 수준에서 작동하는 권력의 메커니즘이 변화하지 않는다면 사회 안에 그 어떤 것도 변화하지 않으리라는 점"이라고 역설했던 권력론이었으니 말이다.[170]

사실 '미시정치'를 본격적으로 문제화하고 '과학/이데올로기'의 이분법을 기각하며 '특수한 지식인'을 주창하는 푸코의 사유는, 적어도 내게는, 자유주의보다 마르크스주의에 훨씬 더 강하게 대적하는 것처럼 느껴졌다. 그것은 '한국 자본주의의 성격'에 대한 '과학적' 규명 위에서 '이데올로기 비판'이라든지 '사회주의로의 이행 전략'을 모색했던 당시 진보적 사회과학 진영에 근본적인 질문을 제기하는 것으로 보였다. 언젠가 좀 더 정교한 연구가 필요하겠지만, 국내 지식 장에서 푸코 철학은 마르크스주의를 내파시키는 '트로이의 목마' 노릇을 했다고 말할 수도 있을 것이다. 그것은 이후 많은 비판적 연구자들을 '자본주의-사회주의'의 생산양식 구분 너머에 있는, '근대성'이라는 또 다른 문제틀로 유인하게 된다.

어쨌거나 『권력과 지식』의 우리말 번역이 매우 부실하다는 사실을

170 푸코, 「육체와 권력」, 앞의 책, pp. 89-90.

지적해두자. 당시 드물지 않았던 출판 관행에 따라 대학원생이 '공부 삼아' 옮긴 이 책은 개념의 몰이해, 원전에 있는 문장의 누락과 새로운 문장의 무분별한 추가 등 숱한 오역과 크고 작은 오류들로 얼룩져 있다. 엄밀한 연구나 정확한 인용을 위해서라면 도저히 쓸 수 없을 『권력과 지식』은 그럼에도 푸코의 권력론을 국내에 소개하고 대중화하는 데 나름대로 의미 있는 역할을 했다고 평가할 만하다. 다소 역설적인 논리겠지만, 이는 그 책이 푸코 수용의 전체적인 흐름 속에서 '하나의 텍스트'로서의 위상만을 가졌기에 가능했다. 즉 푸코의 다른 저작이나 관련 연구서들의 번역본, 국내 학자들의 책과 논문 등이 쏟아져 나오는 상황에서 『권력과 지식』의 오역은 연관 텍스트들이 구성하는 의미론적 장 내에서 어느 정도 통제되고 교정될 수 있었다는 것이다. 이러한 사례는 번역의 문제가 단지 개별 텍스트 수준에서만이 아니라, 광범위한 '문화 번역' 혹은 필연적인 번안과 해석을 수반하는 지식 이전(移轉)의 사회적 과정 속에서 이해될 필요가 있음을 일깨워준다.

푸코는 자신이 좋아하는 작가들을 해석하기보다 이용하는 편을 선호한다고 말하면서, "니체의 것과 같은 사상에 대한 유일하게 타당한 헌사는 바로 그것을 활용하고 변형하고 신음하게 하고 항변하게 만드는 것"이라고 강조한 바 있다.[171] 푸코의 사유에 대해서도 우리는 똑같이 말할 수 있으며, 또 그래야만 할 것이다. 사실 그것을 이용하고 확장하고 또 소리 내게 만드는 연구들이 지난 30여 년 동안 국내에서도 꾸준히 쌓여온 것으로 보인다. 이는 우리 지식 사회가 오랜 시간 축적한 서구 사상 수용의 역량을 증명하는 동시에, 푸코의 저작이 '연장통'으로서 지니는 여전한 쓸모와 가치를 환기한다. 장차 도래할 더 많은 '푸코적' 연구들을 기대하며, 나로서는 『권력과 지식』이 가리키는 한 가지 부가적 성찰 지점만을 간단히 언급해두고 싶다. 그것은 바로 '대담집'이라는 이 책의 형태가 갖는 의미와 관련된다. 대화, 토론, 강의 등은 소크라테스 이래 철학의 주된 방법이자 형식이었다. 푸코는

171 푸코, 「권력의 유희」, 앞의 책, p. 81.

그러한 '말하기'를 효과적으로 활용하며 자기 철학의 중요한 일부로 통합했던 철학자였다. 이는 그의 대담이 주저들의 내용을 교육이나 홍보의 목적으로 단순화하는 작업만은 아니었다는 뜻이다.

사후적으로 따져볼 때, 푸코의 저작은 크게 '전문 연구서', 대담과 토론, 강연 같은 '구술출판물', 그리고 (주로 콜레주드프랑스의) '강의록'이라는 세 층위로 이루어진다. 『광기의 역사』로부터 '성의 역사' 시리즈에 이르는 연구서들은 대부분 본격적인 역사서로서 (『성의 역사 4: 육욕의 고백』 정도만 제외하고는) 푸코 생전에 출판되었다는 특징을 지닌다. 푸코는 그 주저들이 현재성에 대해 지니는 철학적·정치적 의미를 명료화하기 위해 대담 형식을 적극적으로 이용한 것으로 보인다.[172] 바꿔 말하자면, 푸코의 주저들은 그의 대담, 토론, 강연 등이 얼마나 치밀하고 전문적인 역사 연구를 바탕으로 하고 있는지 알려준다. 또 푸코의 강의는 그의 주저들이 얼마나 철저한 사전 준비와 열린 탐구의 암중모색을 거쳐 나왔는지 확인시켜준다. 이처럼 푸코 저작의 세 층위는 서로 밀접하게 얽혀 있으면서, 각각이 갖는 의미를 보완하고 강화하는 역할을 한다. 여기서 대담집이나 강의록이 차지하는 핵심적 위상은 푸코가 철학적 시각과 연구 주제를 혁신한 만큼이나, '말하기'라는 철학의 고전적 형식과 방법론을 갱신한 지식인이라는 점을 곱씹어보게 만든다. 지식인의 무의미한 말들이 SNS 홍보와 지식 마케팅의 시류를 타고 난무하는 현실에서 『권력과 지식』은 지적 전문성과 윤리적 책임감을 바탕으로 말한다는 것은 무엇인지, 또 어떻게 가능한지 우리에게 되묻고 있는 듯하다.

2021년 4월

172 그리하여 들뢰즈는 "만일 푸코의 대담들이 그의 저작의 불가결한 부분을 이룬다면 그것은 그 대담들이 광기이든 처벌이든, 또는 섹슈얼리티이든 간에 그의 각 저작의 역사적 문제화를 현재적인 문제의 구성으로까지 확장하기 때문"이라고 평한 바 있다. 들뢰즈, 앞의 책, p. 194.

자본주의의 부적응자들을 위한 변론

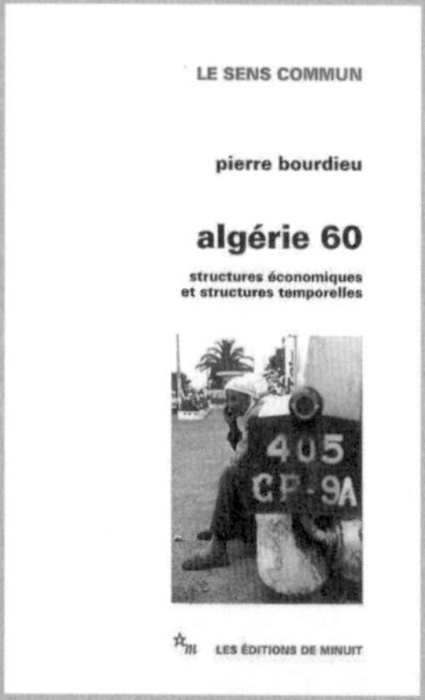

피에르 부르디외 — 『자본주의의 아비투스— 알제리의 모순』

피에르 부르디외(Pierre Bourdieu, 1930–2002)의 『자본주의의 아비투스- 알제리의 모순』은 사회학자 최종철의 번역으로 1995년 동문선에서 출간되었다. 원서는 *Algérie 60 - structures économiques et structures temporelles* (Paris: Minuit, 1977)이다.

1980년대 말 1990년대 초는 우리 지식사회에서 마르크스주의가 점차 퇴조하고 프랑스 사상가들이 부상하기 시작했던 시기다. 이 무렵 번역·소개된 사상가 대부분이 한때의 인기를 뒤로 한 채 금세 사라져 갔다. 그 와중에 여전히 살아남아 지적 영향력을 행사하고 있는 '생존자들' 가운데 한 사람이 바로 사회학자 피에르 부르디외다. 그 '학문적 장수'의 비결에는 여러 가지가 있겠으나, 나는 무엇보다도 그의 책들이 '해야 할 말을 아직 다 못했기 때문'이라고 생각한다. 이는 단지 부르디외 국역본의 질이 대개 난감한 수준이어서 국내에서 이제껏 제대로 읽히지 못했다는 의미에서만은 아니다. 부르디외의 저작은 그것이 들어온 지 수십 년이 지난 우리 사회의 현실에서 여전한 현재성을 지닌다. 아마도 그 현재성은 시간이 지날수록 점점 더 도드라져 보이게 될 것이다. 그의 저작이 다루는 계급 간 문화적 차별화라든지, 문화자본의 상속 심화, 교육을 통한 계급 재생산, 국가의 공적 책무 같은 주제가 지금의 한국 사회에서 몇 십 년 전에 비해서도 훨씬 더 뜨거운 화두로 떠오르고 있기 때문이다.

『자본주의의 아비투스-알제리의 모순』은 부르디외의 1977년 저작 『알제리 60-경제구조와 시간구조Algérie 60 - structures économiques et structures temporelles』의 번역본이다. 국역본의 제목은 일역본 제목 『資本主義のハビトゥス：アルジェリアの矛盾』을 ('하비투스'를 '아비투스'로 바꾼 것만 빼면) 그대로 따왔다. 이 책은 1958년부터 1961년 사이 부르디외가 알제리에서 수행한 통계학적·민족지적 연구의 방대한 보고서인 『알제리의 노동과 노동자Travail et travailleurs en Algérie』(Minuit, 1963)를 더 많은 사람이 읽을 수 있도록 일부 요약, 정리한 것이다. 역자 최종철은 후기에서 『자본주의의 아비투스』가 "학자로서의 완숙기에 달한 부르디외의 학문적 파노라마를 성급하게 조망하려는 사람들의 기대에는 비켜 가는 책"이지만, 그 핵심 개념들이 "어떻게 그의 학문 세계 속에서 떠오르게 되었는지를 계보학적으로 알고 싶어 하는 독자들에게는 일독을 권할 만한 책"이라고 강조한다.[173]

나는 파리 유학 중에 『자본주의의 아비투스』를 구해 처음 읽었다. 국역본이 나오고 얼마 지나지 않은 때였는데, 책은 나름대로 흥미로웠지만, 그 무렵의 내 관심사에 딱히 부합하는 것은 아니었다. 내게 부르디외는, 그 당시 많은 이들에게 그랬고 또 지금도 그렇듯이, 무엇보다도 '문화예술'의 사회학자였고 '거대이론가'였다. 전쟁 중 알제리가 겪은 사회경제적 변동에 대한 촘촘한 인류학적 현지 조사 내용이 빼곡히 담긴 이 책이 특별히 매력적으로 다가오지 않은 것은 어찌 보면 당연한 일이었다. 그랬던 내가 이 책의 가치에 대해 다시금 곱씹어보게 된 것은 2010년대 들어 부르디외의 사유에 대한 이해의 폭이 좀 더 넓어지고, 한국 사회의 신자유주의적 전환과 그 부정적 영향을 뚜렷이 의식하게 되면서부터다. 번역에는 아쉬운 부분이 많지만, 『자본주의의 아비투스』는 우리 사회에서 여러모로 널리, 그리고 깊이 읽히면 좋을 책이다. 이 작은 책 속에는 기존 학문 전통에 대한 예리한 비판, 풍부하고 구체적인 경험 분석, 창의적인 이론화의 시도, 그리고 정치적 논쟁에 대한 개입 의지까지 우리가 뛰어난 사회과학책에 기대할 수 있는 거의 모든 것이 들어 있다. 게다가 이 책의 연구 현장이 자본주의 체제로의 이행기에 들어선 알제리라는 점은 식민지와 압축근대화를 경험한 한국 사회와 관련해 '현실 적합성'을 한층 높이는 요인으로 작용한다. 이러한 맥락에서 특히 알제리의 하층민에 대한 부르디외의 분석은 새삼 눈여겨볼 만하다.[174]

알제리는 프랑스에 의해 132년 동안이나 식민통치를 당했다. 부르디외에 따르면, 식민지 체제는 식민 지배자가 피지배자의 선택 능력을 억압

---

173 피에르 부르디외, 『자본주의의 아비투스-알제리의 모순』, 최종철 옮김, 동문선, 1995, pp. 131-132. 참고로 『알제리의 노동과 노동자』는 2021년 프랑스에서 새롭게 편집, 출간되었다. 이 새 판본은 『자본주의의 아비투스』가 '경제구조와 시간구조의 관계'에만 초점을 맞춘 요약본이라는 한계를 보완하기 위해, 원저의 내용을 최대한 그대로 살리고 다른 관련 논문들 또한 추가했다. Pierre Bourdieu, *Travail et travailleurs en Algérie* (Edition revue et actualisée), Paris: Raisons d'agir, 2021.

174 부르디외의 알제리 연구가 갖는 의미와 중요성에 대해서는 노서경, 『알제리전쟁 1954-1962』, 문학동네, 2017, 2장과 이상길, 「부르디외, 파농, 그리고 식민지 문제」, 『문화연구』, 7권 1호, pp. 3-46를 참고할 수 있다.

하면서 경제와 생활양식에서까지도 자기의 규준을 채택하도록 강요하는 지배 관계를 정초한다.[175] 부르디외가 인류학 조사를 벌이던 1960년 전후의 알제리에서는 공장제 산업 구조가 제대로 발전하지 않은 상태에서 프랑스인들의 광범위한 토지 수탈, 농민의 대규모 도시 이주, 식민기업의 노동자 착취, 농업 기계화와 토지 집중에 따른 실업자의 증가 등 자본주의화의 격변이 벌어졌다. 부르디외는 이 과정에서 새로운 체제에 제대로 적응하지 못하고 고통을 겪는 하층프롤레타리아의 참상에 주목한다. 하층프롤레타리아는 영세한 소작농, 임시직 노무자, 일용직 노동자, 소상인과 노점상, 상점 점원, 실업자 등의 집단을 가리킨다. 이 계층은 폭발적인 증가세를 보였는데, 알제리 농촌 인구의 절반가량이 강제로, 때로는 자의에 따라 삶의 터전을 도시로 옮겼으나 공장 등 생산 시설은 미미한 상황 탓이었다. 낯선 생활환경 아래서 하층프롤레타리아는 불안정한 상태에 놓일 수밖에 없었다. 원래 농촌에서는 공동체가 최하층 소작민을 보호하는 오랜 전통이 있었다. 반면 특별한 자격이나 학력이 없는 도시의 하층프롤레타리아는 하루하루의 생계와 내일에 대한 만성적 불안 속에서 빠져나오지 못한다. 문제는 이들이 안정적인 임금노동자로 변모하기 어려운 사회경제적 상황에 갇혀버렸다는 것이다. 부르디외가 보기에, 이는 단지 자본주의 경제의 하부구조가 미성숙하기 때문이 아니라, 하층프롤레타리아가 자본주의 경제에 적합한 성향체계를 형성시킬 물적 조건들에 접근할 수 없기 때문이다.

부르디외에 의하면, 경제의 작동은 특정한 성향체계의 존재와 결부된다. 이를테면 자본주의 경제체제는 '계산'과 '예측'에 바탕을 둔 경제적 행동의 합리화를 요구하며, 이에 걸맞은 성향체계를 필요로 한다. 그런데 이는 전자본주의 경제체제에서는 찾아보기 힘든 것이다. 예컨대 알제리 카빌리 지역의 농민들은 파종을 위해 저장한 곡물의 분량이라든지 어미

175 『자본주의의 아비투스』, p. 96.

닭이 품은 알의 개수를 세지 않는다. 장래를 추정하는 그러한 행동은, 도리어 장래를 차단하고 위태롭게 만든다고 믿기 때문이다. 그들은 곡식 종자나 병아리의 수를 셀 때는 '신의 관대함을 측정하지 않기 위해' 세심한 주의를 기울이며 완곡어법을 쓴다. 이는 계산과 정확성의 정신에 대한 거부로 나타난다. 또한 '내일, 그것은 무덤이다'라는 속담에서 단적으로 드러나듯, 농민들은 미래가 현세의 우리에게 속하지 않는 무(無)이기에 그것을 잡으려는 노력은 헛된 것이라고 표상한다. 그들은 1년 단위의 순환적 시간, 그러니까 역사의 시간이 아닌, 신화와 의례의 시간을 산다. 그 안에서 관심은 단기의 '실천적 장래'에만 주어지고, 관습적인 예견과 정형화된 행동이 이루어진다. '미래는 신의 몫'이라는 또 하나의 관용구가 시사하듯, 예측의 정신은 악마적인 야망으로 단죄당한다. 전통사회의 농민들에게 '소비를 위한 비축'은 있을지언정 '자본주의적 축적'은 없고, 급박한 필요에 따른 '빚내기'는 있을지언정 장기적인 투자목적의 '대출'은 없다. 한마디로 그들에게는 자본주의가 전제하는 '추상적 미래'라는 시간 의식이 없는 것이다.

부르디외는 전자본주의 경제에 잘 적응한 성향체계를 가진 사람들일수록 새롭게 이식된 자본주의 경제에 제대로 적응하지 못하고 하층프롤레타리아의 열악한 삶에서 벗어나지 못한다는 사실을 발견한다. 프랑스 식민당국이 알제리 원주민들을 민족해방전선FLN군과 분리하기 위해 설치한 이주민집단수용소에 강제로 내몰린 사람들이라든지, 토지를 잃고 고향을 떠나온 농민들은 혼란스러운 도시 환경 속에서 만성적인 실업과 저소득에 따른 극심한 생활고를 겪어야만 했다. 이들에게 일거리의 부재는 단지 확실한 수입만이 아닌, 가장으로서 권위, 공동체 내의 위신, '온전한 인간'으로서 자존감을 앗아간다. 주로 '연줄'에 의해 불규칙하게 주어지는 일의 유일한 목적은 즉각적 소비와 욕구의 충족이 된다. 경제적·심리적 안정성이 무너진 상태에서 생활은 혼란 속에 빠진다. 임시직 노동자나 실업자는 그날그날의 일과는 물론 미래에 대한 일관성 있는 계획을 세울 수가 없다. 고정된 직장도, 규칙적인 시간표도 없다. 공간은 일을 찾거나 돈을 빌리러 우왕좌왕하는 경로로 짜이고, 시간은 일할 수 있는 날과 일거리를 구하러 다녀야 하는 날로 나뉜다. 이러한 시간적·공간적 불연속성 아래 삶은 우연과 무질서의 게임으로 체험되고, 갖가지 극적인 경험들로 장식된다. 세속적 기술 문명의 도시 세계에서 전통적 종교는 새로운 문제들에 대한 해답을 제공하지 못하고, 그 자리에는 종교적 무관심이나 절망적 전통주의, 비관론적 운명론, 혹은 종말론적 메시아주의가 들어선다. "마법적 희망은 미래가 없는 사람들에게 고유한 미래의 전망이다."[176]

부르디외는 자본주의화의 격류에 휩쓸린 식민지 농민과 하층프롤레타리아가 '호모 에코노미쿠스'로 변신하기 어려운 상태에 놓여 있다는 점을 지적한다. 그들은 마치 도시의 어지러운 뒷골목에서 길 잃은 사람처럼 자본주의에 적응하지 못한다. 자본주의적 행위자가 되기 위해서는 추상적 미래를 계산적으로 지향하는 성향체계를 가져야 하는데, 그러려면 무엇보다도 삶의 절박한 필요와 빈곤에서 벗어날 수 있어야 한다. 기본적인 소득 보장과 욕구 충족, 생활 안정이 절실한 것이다. 경제적 급박성의 압력이 완화되어야만 현실에 대한 체계적이고 합리적인 의식을 가질 수 있고, 경제를 객관적 기대의 장으로서 인식할 수 있기 때문이다. 사람들은 실현 가능성이 커질수록 더 현실적인 기대를 품게 되고, 그것을 실현 가능성에 비추어 더 엄밀하게 잰다. 일례로 자신에게 필요한 적정 수입의 질문에 정규직 노동자는 경제적 계산에 기초한 '합리적인' 답변을 하는 데 반해, 하층프롤레타리아는 상상을 투영한 터무니없는 답변을 한다. 이처럼 소득과 교육 수준이 높을수록 자본주의적 합리성과 미래관을 가지고 행동하는 성향체계(재정 설계, 저축, 대출, 투자)가 발전하는 것이다.

그런데 『자본주의의 아비투스』에서 특히 독창적인 면모는 부르디외가 시간 의식을 매개로, 경제적 성향의 분석을 정치적 성향에 대한 논의

176 앞의 책, p. 101.

로까지 확장한다는 데 있다. 그가 보기엔, '합리적 계산과 행동을 바탕으로 구현 가능한 추상적 미래'에 대한 관념 없이는, 행위자에게서 어떤 현실성 있는 정치적 기획이나 시도도 나타날 수 없다. 이러한 주장에서 『자본주의의 아비투스』가 지니는 정치적 함의, 혹은 부르디외의 논쟁적 의도가 명확히 드러난다. 당시 알제리 문제와 관련해 많은 좌파 지식인들—사르트르와 파농Frantz Fanon이 대표적이다—은 제3세계 혁명의 주축이 결국 식민지인의 대다수를 이루는 농민과 하층프롤레타리아가 될 수밖에 없다고 보았다. 식민지 기업에서 상근 고용과 정규급여를 보장받는 소수의 노동계급은 '잃을 것'이 많기에 보수적이며, 진정한 혁명역량이 될 수 없다는 것이다. 반면 부르디외는 이러한 명제가 농민과 하층프롤레타리아의 현실에 대한 무지와 신비화에서 비롯했다고 본다. 혁명적 태도를 지니기 위해서는 구조적 현실을 객관적으로 파악할 수 있어야 하고, 미래를 변화에 열려 있는 시간이자 합리적인 계획의 대상으로 인식할 수 있어야 한다. 따라서 부르디외에 의하면, 극심한 억압과 비인간적인 상황에 의해 가장 고통받는 집단이 혁명 세력으로 변화할 것이라는 전망은 결코 타당하지 않다. 하층프롤레타리아는 너무도 절박하고 비참한 생활에 처한 나머지, 또 다른 사회경제적 질서를 꿈꾸고 이성적으로 지향할 여유를 갖지 못한다. 그들은 오히려 자신의 고통을 삶의 불가피한 부분으로 감수하며 자연적인 것으로 수용하는 경향이 있다. 생활에서 최소한의 안정과 필수적인 교양을 갖추지 못한 이 집단은 식민지 상황의 부당성을 해소하기 위한 총체적 사회 변동을 도모할 수 없다는 것이다. 부르디외의 말을 빌리자면, "세계와 맞서기 위해, 혹은 세계를 제어하기 위해 세계로부터 자기를 떼어내는 것은 즉각적 현재에서 벗어나는 것, 현재에 포함된 긴급성과 위협으로서의 급박한 장래avenir에서 벗어나는 것이다. 하층프롤레타리아는 현재에 갇혀서 몽상의 밧줄 없이는 미래futur를 알지 못한다." 177

대신 하층프롤레타리아에게서 두드러지는 시각은 사회경제적 세계에 대한 "감정적인 유사-체계화quasi-systématisation affective"다. 즉 그들은 나름대로 자신을 둘러싼 세계를 통일적으로 이해하지만, 그 원리는 이성 아닌 감정의 층위에 놓이며 체계의 객관적 구조와 메커니즘을 비껴간다. "실제로 감정은 부조리가 지배하는 극적인 경험을 통일시킬 수 있는 유일한 원리다."[178] 그들에게 식민지 세계는 사악하고 전능하며 은밀한 힘이 관장하는 곳으로 나타난다. 거기서 감지되는 것은 '차별'이 아니라 '인종'이고, '착취'가 아니라 '착취자', 그나마도 기업주가 아닌 현장감독이다. 일상생활의 구체적 곤경 속에서 하층프롤레타리아는 식민지 체제 자체가 아닌, 그 현상적 표현들에만 주의를 기울인다. 그것들이 긴급한 문제로 제기되며 감정적인 힘을 갖기 때문이다. 이 집단은 식민지 체제의 착취와 부정의에 대해 감정적으로 반발하지만, 그 '저항'은 대개 게으름 피우기, 체념에 따른 포기, 핑계 대기와 술책 부리기, 몽상 속으로의 도피 등으로 귀결한다. "그들은 이성에 도전하는 세계를 이성적으로 설명하도록 요구받을 때 고정관념에 의존하는 것 이외에는 다른 방도가 없다. 이 고정관념은 허구와 경험의 중간에, 구성된 것과 우연한 것의 중간에 위치하는 담론이다." 그럼에도 부르디외는 그것을 도덕적으로 쉽사리 재단하거나 비난하는 편에 서지 않는다. 도리어 그는 이 공허한 담론이 "절규로서 극적인 경험을 극적으로 표현"하기에 "언제나 모종의 진실과 충만성을 간직"한다고 지적한다.[179] 부르디외의 사회학적 이해의 시선이 지닌 깊이가 느껴지는 대목이다.

어떤 텍스트의 의미는, 그 맥락은 변했는데 텍스트는 변하지 않았다는 바로 그 사실 때문에 변화한다. 언젠가 부르디외가 했던 이 말은 그의 저작에도 고스란히 되돌려질 수 있을 것이다. 『자본주의의 아비투스』는 한국 사회가 1980년대 중반부터 이어진 경제 호황을 누리며 '세계화'를 ('대비'가 아니라) '추진'(!)하던 1995년 번역되었다. 그런데 불과 2년 뒤 한국 사회는 IMF 사태를 겪었고, 이후 정착된 신자유주의 체제는 실업과 고

177 앞의 책, p. 77.

178 앞의 책, p. 89.

179 앞의 책, pp. 86-87.

용 불안정성의 증가, 노동 환경의 악화, 개인주의적 경쟁의 심화를 불러왔다. 그 여파로 단기직, 임시직을 전전하거나 미취업과 실업의 공포를 근근이 견디며 살아가는 사람들, 치열한 경쟁으로부터 정신적인 탈출을 꿈꾸는 사람들 또한 엄청나게 많아졌다. 알제리 하층민의 곤경과 사회적 고통이 이제 먼 나라의 옛날이야기가 아니라, 우리의 '현재사' 나아가 '근미래사'의 일부인 양 읽힐 수 있는 시대가 온 것이다. 물론 자본주의화의 도정에 있던 1960년대의 알제리와 이른바 '압축근대화'를 거치고 자본주의의 고도화와 신자유주의화에 이른 2000년대 이후 한국의 근본적인 차이를 감안해야겠지만 말이다. 『자본주의의 아비투스』는 우리 사회의 비정규직, 빈민, 실업자, 혹은 청년들이 새로운 약탈적 자본주의 경제체제 아래서 어떻게 적응(또는 부적응)하고 있는지, 그들의 꿈과 좌절과 분노는 어떤 대상을 향하고 있는지, 그 정치적 효과는 과연 무엇인지 묻게 만든다. 이 책이 아직 말할 것이 남은 사회는 불행한 사회다.

2021년 6월

그들이 '문명인'이 되기까지

노르베르트 엘리아스 —
『문명화 과정 I, II』

노르베르트 엘리아스(Norbert Elias, 1897–1990)의 『문명화 과정 I, II』은 사회학자 박미애의 번역으로 한길사에서 1996년에 1권이, 1999년에 2권이 각각 출간되었다. 이 가운데 1권은 『매너의 역사』라는 제목 아래 1995년 신서원에서 나온 바 있다. 『매너의 역사』는 영어 중역본으로 서양사학자 유희수가 번역했다. 『문명화 과정』의 원서는 *Über den Prozeß der Zivilisation. Soziogenetische und psychogenetische Untersuchungen. Band 1: Wandlungen des Verhaltens in den weltlichen Oberschichten des Abendlandes / Band 2: Wandlungen der Gesellschaft: Entwurf zu einer Theorie der Zivilisation* (Basel: Verlag Haus zum Falken, 1939)이다.

어떤 삶은 특별한 감동을 준다. 내겐 독일계 유대인 사회학자 노르베르트 엘리아스의 생애가 그랬다. 유학 시절 읽은 『그 자신이 말하는 노르베르트 엘리아스』는 장문의 전기적 인터뷰와 노트들을 묶은 책이었는데, 거기 나오는 몇몇 에피소드는 지금까지도 내 기억에 또렷이 남아있다. 예컨대 학부 시절 의학과 철학, 심리학을 공부하고 칸트에 관한 논문으로 박사 학위까지 받았던 그가 지도교수와의 학문적 마찰 때문에 사회학으로 전향한 것이라든지, 1933년 나치가 집권하면서 교수자격 청구논문을 마무리하지 못하고 파리를 거쳐 런던으로 도피한 것, 그리고 그의 설득에도 불구하고 고향 브레슬라우에 남아 계시던 부모님이 2차 세계대전의 발발과 유대인 학살 와중에 차례로 희생당한 것 등등. 하지만 그중에서도 가장 인상적이었던 것은 그의 결연한 낙관주의였다. 영국에 망명한 이후에도 학계에 이방인으로 머물며, 뒤늦게 시작한 대학교수 생활을 8년 만에 정년퇴임한 엘리아스는 가나, 독일, 네덜란드 등지를 떠돌며 연구와 강의를 계속했다. 그런데 이토록 힘든 역경 속에서도 그는 "허무주의는 어른이 되길 거부하는 사람의 태도"일 뿐이라며, 자신이 "뭔가 꽤 중요한 일을 할 수 있을 것"이라는 믿음을 언제나 놓지 않았다고 술회한다.[180] 평생 독신으로 지내면서 여든이 넘은 나이까지도 일주일 내내 집필 활동에 열중했다는 엘리아스는, 당시 20대의 가난한 유학생이었던 내게, '학자'가 갖춰야 할 덕목—끈기, 성실성, 자존감, 불굴의 용기—의 더할 나위 없는 본보기처럼 다가왔다.

하지만 이러한 전기적 일화들은 모두 그의 저작을 좀 더 돋보이게 하는 부수적인 장식에 지나지 않는다. 그의 영광은 온전히 그의 저작이 지닌 탁월성에서 비롯한 것이기 때문이다. 엘리아스가 남긴 여러 권의 묵직한 저서들 가운데서도 『문명화 과정』 2부작은 필생의 역작이자 대표작이라 할만하다. 일단 말해두어야 할 것은 그가 이 책을 쓰고 출판했던 때가

180 Norbert Elias, *Norbert Elias par lui-même*, Paris: Fayard, 1991, p. 86과 97.

1930년대 후반이라는 사실이다. 1935년 가까스로 런던에 정착한 엘리아스는 유대인망명자위원회의 소액 지원금에 힘입어, 대영박물관 내 도서관을 다니며 19세기 프랑스 자유주의에 관한 연구를 수행한다. 그 과정에서 '궁정예절courtoisie', '예의civilité', '문명civilisation' 같은 용어의 사회적 의미와 변화 양상에 흥미를 느낀 그가 3년간의 집중적인 작업을 통해 쓴 책이 바로 총 2권으로 이루어진 『문명화 과정』이다. 그런데 이 책 역시 엘리아스의 굴곡진 삶처럼 흔치 않은 우여곡절을 겪었다. 1939년 스위스 바젤의 한 출판사가 출간 제의를 받아들이면서 운 좋게 세상의 빛을 볼 수 있었던 『문명화 과정』은 곧 전쟁이 터지는 바람에 거의 팔리지 못한 채 망각의 어둠 속에 묻혀버렸다. 그리하여 전후 출판사에 다시 찾아간 엘리아스는 창고에 가득 찬 재고를 어떻게 좀 치워줄 수 없겠느냐는 사장의 하소연을 들어야만 했다.[181]

서양인들이 어떤 과정을 거쳐 이른바 '문명인'이 되었는지 탐구한 이 대작은 정작 인류 역사상 가장 야만적인 시기에 쓰였다는 점에서 역설적인 책이다. 동시에 그것은 불운한 출간 시점 때문에 시장은 물론 학계에서도 거의 주목받지 못한 채 잊혀버렸다는 점에서 비극적인 책이기도 하다. 그런데 1969년 운명의 극적인 역전이 일어난다. 독일에서 재출간된 『문명화 과정』이 독자들의 큰 인기를 끌며 베스트셀러가 되는 한편, 엘리아스를 일약 동시대 사회학의 거장 반열에 올려놓은 것이다. 어떻게 보면, 책의 진가가 알려지기까지 꼬박 30년이 걸린 셈이다. 한편 국내에서 『문명화 과정』 2부작이 독일어 완역본으로 온전한 모습을 드러낸 것은 1990년대 후반으로, 유럽에서 재평가받고도 다시 한 세대가 지난 뒤의 일이었다. 이후 엘리아스의 여러 저작이 우리말로 옮겨졌지만, 그 학문적 영향력은 제한적인 것처럼 보인다.[182] 그럼에도 나는 그의 사유체계가 지금보다 훨씬 더 나은 대우를 받아야 마땅하다고 생각하는데, 이러한 견지에서 특히

---

181 앞의 책, pp. 70-80.

『문명화 과정』은 널리 그리고 새롭게 읽힐 필요가 있다. 그 주요 내용과 주장에 대해서는 사실 엘리아스 자신이 「초판 서문」과 「1968년 서문」을 통해 잘 정리하고 있는 만큼, 나로서는 이 책의 몇 가지 특징 내지 장점만을 들어보고자 한다.

우선 이 책은 요즘 학계에서는 쉽게 찾아보기 힘든 문제설정의 스케일을 보여준다. '문명화 과정'에 대한 탐구라니, 사실 '사이비 학자-비평가'나 '예언자형 지식인'에게서나 기대할 수 있는 거창한 기획 아닌가? 그는 이렇게 질문한다 "어떻게 이 변화, 즉 서구의 '문명화'가 실제로 일어났는가, 그 내용은 무엇이었으며 그 원동력과 원인, 또는 동기는 무엇이었는가."[183] 『문명화 과정』의 뛰어난 점은 주제의 스케일 그 자체에 있는 것이 아니라, 그것을 '형이상학적인 명상'이나 '자민족 중심적인 비평'의 소재로 소모하지 않고 치밀한 역사인류학적 탐구의 대상으로 끌어올렸다는 데 있다. 이 과정에서 돋보이는 것은 바로 그의 독창적인 문제설정과 접근 방법이다.

『문명화 과정』 1권의 표면적인 내용은 우리가 세련된 품행, 문명화된 행동으로 여기는 예의범절이 수 세기에 걸친 역사적 변화의 산물이라는 것이다. 이를 보여주기 위해 엘리아스는 16세기 이래 장기지속의 시간 속

---

182 국내에서 엘리아스 저작의 소개는 1980년대에 『사회학이란 무엇인가』의 번역을 통해 처음 이루어졌다. 이 책은 1982년에 처음 나왔다가, 1987년 역자 해제를 포함한 개정본이 다시 나왔다. 1995년에는 아날학파의 새로운 역사학이 주목받던 상황에서 『문명화 과정 I』이 『매너의 역사』라는 제목으로 번역 출간되었다. 프랑스사 전공의 역사학자가 번역한 『매너의 역사』는 영역본을 대본으로 삼았으며, 프랑스 역사학계의 엘리아스 평가를 해제에 담았다. 한편 독일어 원본의 번역은 『매너의 역사』가 나온 그 이듬해 1권이, 그로부터 다시 3년 뒤에 2권이 차례로 이루어졌다. 『문명화 과정』 2부작의 역자는 독일에서 사회학을 전공한 연구자로, 『모차르트-한 천재에 대한 사회학적 고찰』(1999/2018), 『기득권자와 아웃사이더』(2005) 등의 엘리아스 저작을 우리말로 옮겼다. 엘리아스 사회학의 국내 수용이 저조한 상황에는 여러 가지 이유가 있을 테지만, 주요 매개자 노릇을 할 수 있었던 역자들이 일찍 타계하거나 대학 제도 안에 자리 잡지 못하는 등 개인적으로 어려운 사정을 겪은 사실도 적잖이 작용했을 것으로 보인다. 『사회학이란 무엇인가』(최재현 옮김, 나남, 1987); 『매너의 역사』(유희수 옮김, 신서원, 1995) 참조. 이밖에도 엘리아스의 책들로는 『죽어가는 자의 고독』(김수정 옮김, 문학동네, 1998/2012), 『궁정사회』(박여성 옮김, 한길사, 2003), 『스포츠와 문명화-즐거움에 대한 탐구』(송해룡 옮김, 성균관대 출판부, 2014) 등이 국내에 나와 있다.

183 노르베르트 엘리아스, 『문명화 과정 I』, 박미애 옮김, 한길사, 1996, p. 46.

에서 다양한 예법서의 처방과 규범이 어떻게 변해왔는지를 꼼꼼히 검토한다. 이 과정에서 그는 유럽인들이 신체, 감정, 욕구에 대해 지니는 태도에 초점을 맞춘다. 프랑스 역사학계에서 아날학파가 형성되던 1930년대에 그것과 유사한 기획이 독일의 개별 연구자에게서 독립적으로 출현했던 셈인데, 특히 『문명화 과정』 1권은 한참 후대에 이루어진 필립 아리에스Phillippe Ariès의 심성사histoire de la mentalité를 연상시킨다는 평까지 받았다.[184] 이 책에 따르면, 유럽인들은 중세 이후 신체의 생리 현상이나 성 본능, 공격성 등, 이른바 '동물적인' 모든 것을 일상생활의 '무대 뒤'로 비가시화하거나 내면에서 통제하고 억압하게 되었다. 예컨대 사람들은 식탁이나 땅바닥에 함부로 침을 뱉지 않고, 코를 풀기 위해 맨손이나 소매 아닌 손수건을 쓰게 되었으며, 음식을 손가락으로 집어 먹는 대신 포크를 이용하게 되었다. 신체의 노출에 대한 사람들의 태도도 달라져서, 나체나 성관계, 취침 장면을 공공연히 드러내는 일을 피하게 되었고, 침실, 목욕탕, 화장실 같은 특정한 장소에서 은밀히 수행하기에 이르렀다.

그렇다면 이러한 변화는 왜 일어났을까? 엘리아스가 보기에, 그것은 물질적 생활 수준의 향상에 따른 것도, 위생 관념의 증가에 의한 것도 아니다. 가장 부유한 봉건 영주의 행동 규범도 지금 기준으로는 더럽고 미개하다고 여겨질 수준이었다. 또 실제 보건 지식의 발전은 달라진 예법을 사후적으로 합리화하는 역할을 했을 뿐, 진화를 이끈 원동력이 아니었다. 예를 들어, "가래침의 위험성에 대한 이성적 인식은 행동 변화의 후기 단계, 즉 19세기에 들어서 비로소 대두된 것이다."[185] '가래침을 매개로 한 병원균의 전염 가능성'이라는 지식은 특정한 행동을 참지 못하는 감수성—불쾌감과 수치심—을 나중에 정당화했을 따름이다. 우리가 어떤 행동이 건강상 해롭다는 사실을 안다고 해서 불쾌감과 수치심이 생기지는 않듯이, 그 반대도 마찬가지다. 그러므로 우리가 살펴야 할 것은 "수치심과 불쾌감

---

184 Roger Chartier, "Elias: une pensée des relations," *EspacesTemps*, 53/54, p. 44.

185 『문명화 과정 I』, p. 319.

의 형성, 불쾌감을 느낄 수 있는 한계점이 낮아지는 과정"이다.[186] 어떠한 사회적 조건 아래서 그러한 감수성의 진화가 이루어졌으며, 그것이 다시 하나의 영향요인으로서 역사적 발전에 어떻게 작용했는지를 보아야 하는 것이다.

중세가 지나면서 사람들은 점차 타인의 나체나 분비물을 보는 것, 혹은 자신의 성 충동이나 폭력성을 타인에게 드러내는 것에 대해 불편과 당혹감을 느끼게 되었다. 이러한 감수성이 심층적으로 체화되고 자연스러운 것으로 여겨지면서 '적절한 품행'에 대한 모종의 기준을 구성한다. 이렇게 정해진 특수한 행동 규칙들은 다시 감정구조를 구축하는 데 이바지한다. 이때 "먼저 불쾌감과 제한을 불러일으키고 강화하는 것은 인간 상호관계와 종속관계의 변화이다."[187] 엘리아스에 의하면, 중세 동안 강력한 왕권이 성립하는 한편 폭력적인 기사 제도가 소멸하고 이른바 "전사들의 궁정화"가 이루어지면서 문명화된 행동 역시 발전하기 시작한다. 왕은 신하들에게 '복종과 존경의 표시'로서 더 강한 '자기통제'를 요구한다. 이렇게 궁정사회에서 생겨난 '구별짓기의 기호'가 상류층 전반으로 퍼져 나가고, 사회 하층부에서 이를 모방하게 되면서 변화가 일어난다는 것이다. 특정한 예의범절이 어떤 이론 또는 지식과 결합하고, 지위나 신분과 관계없이 모든 사람이 따라야 하는 처방으로 변화하는 것은 나중의 일이다.

주목할 점은 이러한 논리 전개 위에서 『문명화 과정』 1권이 최근 유행하고 있는 이른바 '정동affect 경제'를 분석의 전면에 놓고 있다는 사실이다. 엘리아스는 지나치게 추상적이거나 이론적인 언어에 기대지 않으면서도, 예법서 같은 구체적인 자료를 바탕으로 혐오감, 수치심, 불쾌감, 당혹감 같은 집합적 정동의 구성과 변동을 포착해낸다.[188] 나아가 그는 이러한 정동이 사회집단 간에 어떻게 확산되고 공유되는지, 또 세력 관계 속에서 어떤

186 앞의 책, p. 320.

187 앞의 책, p. 319.

188 특히 노르베르트 엘리아스, 『문명화 과정 II』, 박미애 옮김, 한길사, 1999, pp. 382-392.

의미를 지니는지 꼼꼼하게 되짚는다. 그래서인지 『문명화 과정』 1권은 일상생활과 심성의 변화를 미시적으로 살피는 아날학파의 흔한 역사서처럼 읽히는 면이 있다. 하지만 이러한 인상은 『문명화 과정』의 2권으로 나아가면 더 이상 유지되기 어려워진다. 2권은 1권에서의 엘리아스의 논의가 대단히 거시적이고 이론적인 관심과 긴밀하게 결합해 있음을 알려주기 때문이다. 게다가 그러한 관심은 막스 베버Max Weber와 지그문트 프로이트Sigmund Freud를 통합하는 틀을 모색한다는 점에서 매우 독창적이기도 하다.

『문명화 과정』 2권은 16–17세기 절대주의 국가의 성립 과정과 궁정사회의 내부 역학을 집중적으로 다룬다. 이는 "왕의 대궁정은 오랫동안 행동의 문명화를 촉발시키고 지속적으로 진전시킨 그 사회적 관계망의 중심에 위치"하고 있었으며, 따라서 "이 과정의 원동력을 알아낼 수 있는 단서를 우리에게 제공하는 중요한 현상"이라는 인식에서 비롯한다.[189] 일찍이 베버는 '물리적 폭력행사의 정당한 독점'을 국가라는 사회조직체의 핵심요소로 지적했는데, 엘리아스는 책에서 베버의 이러한 주장을 이중적으로 보완한다. 한편으로 그는 유럽에서 어떻게 무력과 조세의 중앙집중화가 일어나고, 또 그에 기초한 대궁정이 점진적으로 발달하는지 재구성한다. 나아가 그는 개인의 생활 태도를 주형하는 사회적 요구와 금지의 작용, 불안의 형태가 폭력행사의 국가 독점과 더불어 어떻게 변모하는지 검토한다.[190] 이처럼 '국가의 사회발생사'를 '인격구조의 역사적 형성'에 체계적으로 연결함으로써 엘리아스는 국가에 대한 베버의 통찰을 확장하는 동시에 프로이트의 초자아 이론을 역사화한다.[191] 한마디로, 그의 문명화 이론은 베버와 프로이트의 비판적 종합 위에 세워진 셈이다.

---

189 『문명화 과정 II』, p. 347. 구태여 시간순으로 따져보자면, 엘리아스가 궁정사회를 연구하다가 예법의 발달과 문명화 과정에 관한 관심에까지 이르게 되었다고 말하는 편이 더 정확할 것이다. 그가 1933년 교수자격 청구논문으로 준비하다가 나치의 집권과 그에 따른 지도교수 카를 만하임(Karl Mannheim)의 영국 망명으로 인해 끝마치지 못했던 원고가 1969년 출간한 『궁정사회』이기 때문이다.

190 『문명화 과정 I』, p. 50.

엘리아스에 의하면, 중세 말 이후 유럽 사회는 점진적인 평화 정착으로 특징지어진다. 왕정이 군사력과 조세권을 점차 독점해가면서 전투적인 기사귀족은 온순한 궁정귀족으로 변화하는데, 대략 11-12세기에서 시작된 이 과정은 17-18세기에 마무리된다. "폭력의 독점이 정착된 사회, 특히 우선 제후나 왕의 대왕궁들로 구체화되는 이 사회는 기능의 분화가 어느 정도 진척되어 있고, 개인들의 행위 고리는 길며, 개인들 서로 간의 기능적 의존성이 큰 사회이다."[192] 이러한 사회에서 개인은 예기치 않은 폭력이나 습격으로부터 보호받는 한편, 자신의 감정을 자제해야 하고 과격한 충동과 공격성을 억눌러야 한다. 사회적 기능의 분화가 한층 심해지고 상호의존의 관계망이 촘촘해질수록 감정과 정동의 자기통제 능력이 뛰어난 사람이 사회적 생존에 더 유리한 위치에 놓이게 된다. 이는 타인을 고려하지 않은 즉흥적인 감정 표출이나 본능에 따른 행동을 사람들이 스스로 검열하게 만든다. "사회적 제재가 뒷받침하는 금지는 개인에게 자기통제로 재생산된다. 충동을 억제해야만 한다는 강박관념, 본능을 둘러싼 사회발생적 수치감은 완벽하게 습관이 되기 때문에, 사람들은 이제 은밀한 공간에 혼자 있더라도 습관의 힘에 저항할 수 없다."[193] 개인은 자유로운 리비도의 발현에 가해지는 사회적 제약을 내면화하고, 이는 프로이트가 말한 무의식이나 초자아를 구성한다. 유럽인은 이렇게 문명인이 되었던 것이다.

『문명화 과정』 2부작은 유럽사에 대한 면밀한 검토를 통해 근대국가의 성립이 표상하는 '사회공간의 평정'과 개인 심리 및 품행 상의 '문명화'가 궤를 같이 하는 사회역사적 과정이었다는 점을 설득력 있게 주장한다. 이 작업을 위해 엘리아스는, 대가들이 대체로 그렇듯이, 역사학, 사회학,

---

191 『문명화 과정 II』, pp. 374-379. 엘리아스는 역사학자 로제 샤르티에(Roger Chartier)와의 대담에서 프로이트의 이론이 없었더라면 자신이 쓴 것을 결코 쓰지 못했을 것이라고 고백하면서도, 인격 구조에 접근하는 정신분석의 개념들을 역사화·사회학화해야 할 필요성을 강조한다. "Norbert Elias ou la sociologie des continuites," *Libération*, 5 décembre 1985, p. 29.

192 『문명화 과정 II』, p. 320.

193 앞의 책, p. 364. 『문명화 과정 I』, p. 365도 참조.

인류학, 심리학, 정치학 등 분과학문의 경계를 자유롭게 넘나들면서, '사회적인 것'과 '개인적인 것'의 이분법을 극복하고 둘 사이의 접합에 대한 총체적인 이해를 도모한다. 그가 정태적이고 현재 중심적인 사회학 경향을 비판하면서 '과정 사회학'을 주창하고, '결합태'라든지 '하비투스', '사회발생'과 '개인발생' 등의 개념을 제시한 것도 이러한 시도와 맥이 닿아 있다.[194]

물론 우리 입장에서는 '문명화 이론'의 보편타당성에 대해 의구심을 가져야 마땅하다. 더 많은 역사적 경험 연구 또한 필요하다. 『문명화 과정』에서 저자도 언뜻언뜻 내비치듯, 유럽과 아시아에서 국가 형성과 문명화의 경험이 다르기 때문이기도 하고, 20세기 이후의 역사가 수많은 전쟁과 폭력으로 얼룩져왔기 때문이기도 하다. 게다가 목적론적이거나 기능주의적인 해석을 끊임없이 경계함에도 불구하고, 엘리아스에게 문명화는 어느 정도 진화론적 방향성을 띠는 과정으로 나타난다. 그렇다면 당장 그가 겪었던 나치즘과 2차 세계대전만 하더라도, 그의 이론을 논박하는 결정적인 반증 사례라고 보아야 하지 않을까?[195] 한 가지 분명한 것은 그가 이러한 질문에 대해 나름대로 성실하게 고민하고 답하려 애썼다는 사실이다. 엘리아스가 생전의 마지막 저작으로 내놓은 『독일인』은 20세기 전반 독일에서 벌어진 '탈문명화' 과정을 탐구하고 성찰한 여러 텍스트를 담고 있다.[196] 그의 답변이 얼마나 만족스러운지에 대한 평가는 뒤로 미루어두자. 우리는 다만 그가 『문명화 과정』의 결론에서 말한 내용을 상기할 수 있을 것이다. 문명화 과정은 합리적이지도 비합리적이지도 않다고. 단지 우리는 지식의 향상을 통해 그것이 인간의 필요와 목적에 더 적합한 방향

---

194 엘리아스 사회학의 주요 개념들에 관해서는 『사회학이란 무엇인가』가 유용하다.

195 아날학파 역사가들이 프랑스에서의 엘리아스 저작 수용에 관해 벌인 토론회에서도 국가의 폭력 독점이 느슨해진 현상이 곳곳에서 출현하는 시대에 엘리아스가 제안하는 진화론적 모델이 과연 적절한지가 중요한 쟁점이 되었다. "L'oeuvre de Norbert Elias, son contenu, sa réception," *Cahiers internationaux de Sociologie*, 99, 1995, pp. 213-235.

196 Norbert Elias, *The Germans. Power Struggles and the Development of Habitus in the Nineteenth and Twentieth Centuries*. London: Polity Press, 1996. 이 책의 독일어 원본은 『문명화 과정』이 나온 지 50년 만인 1989년에 출간되었다.

으로 나아가게끔 개입할 수 있을 것이라고.[197] 엘리아스의 문명화 이론을 전적으로 믿지는 않지만, 나는 학생 시절에도 지금에도, '학자'로서 그가 보여준 태도와 신념을 지지한다.

2022년 1월

197 『문명화 과정 II』, pp. 316-317. 『사회학이란 무엇인가』, pp. 50-51도 참조.

너무 많이 말한 사나이

카를로 진즈부르그 —
『치즈와 구더기—
16세기 한 방앗간 주인의 우주관』

카를로 긴즈부르그(Carlo Ginzburg, 1939–)의 『치즈와 구더기-16세기 한 방앗간 주인의 우주관』은 역사학자 김정하와 문학 연구자 유제분의 공역으로 2001년 문학과지성사에서 출간되었다. 원서는 *Il formaggio e i vermi. Il cosmo di un mugnaio del '500* (Torino: Einaudi, 1976)이다.

종교개혁 이후이기는 해도 아직 가톨릭교회의 위세가 서슬 퍼렇던 16세기 후반, 이탈리아 시골 마을 몬테레알레의 한 방앗간 주인이 사람들에게 우리가 보는 모든 것이 곧 하느님이며, 우리는 작은 신들이라고 떠들고 다녔다. 그는 기독교의 핵심교리인 삼위일체를 거부하고, 하느님이 천지를 창조했다는 설을 부정했다. 한 세기 뒤였더라면, 이 괴짜는 아마도 환영에 시달리는 착란증 환자 취급을 받으며 정신병원에 수감당하는 정도의 처지에 내몰렸을 것이다. 하지만 불행히도 당시는 가톨릭교회가 지배계급과 민중을 상대로 반종교개혁의 기치를 강화하던 때였다. 그는 이단으로 의심받아 세 차례 고발을 당하고 15년 간격으로 두 번의 종교재판을 받았다. 결과는 참혹했다. 그는 2년 가까운 옥살이를 해야 했고, 나중에는 고문을 당한 후 결국 화형으로 생을 마감했다. 법정에서 그는 이단 심문관들에게 자신의 우주관을 다음과 같이 피력했다고 전해진다. "제가 생각하고 믿는 바에 따르면, 흙 공기 물 그리고 불, 이 모든 것은 혼돈 그 자체입니다. 이 모든 것이 함께 하나의 큰 덩어리를 형성하는데, 이는 마치 우유에서 치즈가 만들어지고 그 속에서 구더기가 생겨나는 것과 같습니다. 이 구더기들이 천사들입니다."[198]

『치즈와 구더기』는 이처럼 당대로서는 매우 특이한 우주관의 소유자였던 평범한 촌부 메노키오의 삶과 생각을, 재판 기록에 기초해 자세히 뒤쫓아가는 미시사 분야의 대표작이다. 미시사란 역사연구에서 관찰의 스케일을 축소해 개인, 사건, 공동체 등에 대한 "현미경적 관점의 분석"을 시도하는 것이다.[199] 『치즈와 구더기』는 이러한 접근 방법을 새롭게 개척한 저작으로, 선구적인 가치를 지닌다. 동시에 그것은 전 세계적으로 큰 인기

---

198 카를로 진즈부르그, 『치즈와 구더기-16세기 한 방앗간 주인의 우주관』, 김정하·유제분 옮김, 문학과지성사, 2001, p. 75. 저자의 'Ginzburg'라는 성이 역자에 따라 진즈부르그, 긴즈부르그, 긴츠부르그 등으로 다르게 옮겨져 있다는 사실을 지적해두자. 이 글에서는 책 정보를 쓸 경우를 제외하고는, 가장 널리 통용되는 이름인 긴즈부르그로 모두 통일해 적었다.

199 앞의 책, p. 14. 미시사에 관해서는 카를로 긴즈부르그, 『실과 흔적』, 김정하 옮김, 천지인, 2011, 5장과 6장.

를 누린 역사서인데, 그 이유는 자명하다. 인상적인 소재와 박진감 넘치는 서술 덕분에 웬만한 추리소설보다도 훨씬 더 흥미진진하게 읽히기 때문이다. 이는 작은 단서들에서 중요한 의미를 발견하고 적절한 해석을 발전시켜가는 저자 긴즈부르그의 역량에 크게 빚지고 있다. 이 역사가-탐정은 치밀하면서도 능수능란한 이야기꾼으로서의 솜씨를 유감없이 발휘하면서, 메노키오라는 '이름 없는 인물'의 사유와 감정, 고뇌와 상상을 펜 끝에서 매력적으로 되살려낸다.[200]

이 과정에서 긴즈부르그가 특히 주목하는 부분은 우리의 주인공이 어떻게 해서 그런 이단적 사상을 갖게 되었는가 하는 것이다. 이 질문은 매우 의미심장한데, 16세기 유럽사에서 지배문화와 민중문화, 문자문화와 구술문화의 관계라는 더 큰 문제를 제기하기 때문이다. 사실 이론적 야심은 미시사가 단순한 사례 연구나, 다양한 일화의 나열에 머무르는 역사 서술과 어떻게 다른지 일깨워주는 특징이기도 하다. 긴즈부르그는 전근대 유럽 사회의 문화를 탐구한 역사학의 기존 성과들을 크게 세 가지 입장으로 구분한다. 지배계급이 제공하는 문화에 민중이 수동적으로 적응했다는 주장, 민중문화가 부분적인 자율성을 간직했다는 주장, 그리고 민중문화를 일종의 '절대적인 타자성'으로 간주하는 주장이 그것이다. 각각의 입장이 갖는 한계를 비판적으로 검토한 뒤에, 그는 지배계급과 민중 간 문화적 교접과 순환, 상호 영향이라는 아이디어를 발전시키고자 한다.[201]

이러한 지향 속에서 긴즈부르그는 일단 메노키오의 정신세계를 꼼꼼

---

200 "단서-모렐리, 프로이트, 셜록 홈스"라는 유명한 논문에서 긴즈부르그는 역사학자의 작업이 탐정과 마찬가지로, '지표 패러다임' 위에서 이루어진다고 주장했다. 그것은 지표(단서)로 기능하는 자료들을 바탕으로 가추법과 해석 같은 논리적 절차에 의지해 실재의 진실을 탐구하는 프로그램이다. 움베르토 에코, 토머스 세벅 엮음, 『셜록 홈스, 기호학자를 만나다 - 논리와 추리의 기호학』, 김주환·한은경 옮김, 이마, 2016, 4장 참고. 한편 긴즈부르그의 어머니 나탈리아는 이탈리아의 유명한 소설가이기도 하다. 그녀는 자기 가족과 유년 시절의 이야기를 자전적 소설로 형상화한 바 있다. 나탈리아 긴츠부르그, 『가족어 사전』, 이현경 옮김, 돌베개, 2016 참조.

201 『치즈와 구더기』, pp. 25-39. 긴즈부르그에 의하면, 이는 미하일 바흐찐(Mikhail Bakhtin)의 작업에서 영감을 받은 것이다. 미하일 바흐찐, 『프랑수아 라블레의 작품과 중세 및 르네상스의 민중문화』, 이덕형·최건영 옮김, 아카넷, 2001 참조.

하게 재구성한다. 각종 사료를 종합해 살펴보면, 메노키오는 창조주 하느님을 부인하고 예수를 인간화했으며, '치즈'와 그로부터 생겨난 '구더기', 즉 천사들을 고집스레 되풀이했다. 그의 우주관은 유치한 유물론에 가까웠지만, 기독교의 창조론보다는 훨씬 '과학적'이었고, 무생물로부터 생명체가 자연스럽게 발생한다는 당대 지식인들의 믿음과도 공명하는 면이 있었다. 메노키오는 또 '가난한 민중을 억압하고 착취하는 권력자들'이라는 대립 구도 위에서 농촌 사회를 바라보았으며, 교회와 성직자들의 위선, 부패, 허례허식을 신랄하게 비판했다. 나아가 그는 여러 이민족과 다른 문화권에 존재하는 신앙과 관습의 다양성을 존중했고, 모든 사람에게 하나의 정신, 혹은 성령이 존재한다는 신앙을 바탕으로 만인 평등의 종교를 구상했다. 메노키오는 이러한 자기 생각을 종교재판소의 법정에서 풍부한 비유와 밀도 있는 언어로 침착하고 자신 있게 설명해 심문관들을 놀라게 했다. 이 모든 것은 대체 어떻게 가능했을까?

긴즈부르그는 메노키오가 루터파나 재침례파 같은 종교개혁 집단들과 유사한 입장을 드러내지만, 직접적인 교류나 인적 연결고리가 있었던 것은 아니라고 지적한다. 오히려 유념할 것은 메노키오가 읽고 쓸 줄은 알 정도의 기본교육을 받았다는 점이다. 그는 특별한 계시나 영감이 아닌, 독서에 바탕을 둔 판단력을 중시했으며, 이런저런 책에서 유래한 자기 의견을 마을 사람들과의 대화를 통해 체계화하고 공고히 해나갔다. 이와 같은 추론에 힘입어 긴즈부르그는 메노키오의 독서 목록을 재구성하고 그 내용을 일일이 확인함으로써, 진술과 증언들에서 아주 흐릿한 형태로 남아 있는 책들의 흔적을 찾아낸다. 그에 따르면, 메노키오는 속어로 씌어진 『성서』를 비롯해, 『성서 약술기』, 『성인전』, 『카라비아의 꿈』, 『맨더빌의 기사』 등 다양한 책을 읽었고, 금서인 『데카메론』이나 심지어 『쿠란』까지 접했던 것으로 보인다. 16세기 초 이래 이탈리아의 프리울리 일부 지역에서 가난한 사람들도 초등수준의 교육을 무상으로 받을 수 있게 되면서, 책을 사지는 못하더라도 서로 돌려보는 일이 활발해졌던 것이다.

이제 긴즈부르그는 메노키오가 '무슨 책을 읽었는가'를 넘어, '어떻게 읽었는가'에 눈을 돌린다. 그리고 이와 관련한 재판 자료, 자필 탄원서 등의 촘촘한 분석은 미시사적 접근이 본격적으로 빛을 발하는 대목이기도 하다. 독서 목록이라는 피상적인 정보 뒤에 가려져 있는, 읽기 방식의 개인적 특성과 그로 인한 의미 구성의 차이가 클로즈업하듯 뚜렷이 솟아오르기 때문이다. 긴즈부르그는 이러한 검토를 통해 메노키오가 매우 주체적이고 능동적인 책 읽기를 했으리라는 추정을 제시한다. 생략과 비약을 통해서든 좀 더 복잡한 과정을 통해서든 "의미의 왜곡"이 기본적으로 일어났다는 것이다.[202] 메노키오의 사유가 무르익는 과정에서 해석은 원전보다 훨씬 중요하게 작용했다. 예컨대 그는 성 요셉이 예수를 "내 아들아"라고 불렀다는 『성서 약술기』의 일화를 근거로 예수가 인간이었다고 확신한다. 한데 그 책의 다른 쪽에는 성모 마리아가 "그의 아버지는 오직 하느님"이라고 말했다는 내용이 실려 있다. 그럼에도 메노키오는 예수가 신이라면 처녀에게서 출생했을 리 없고 십자가에 못 박혀 죽었을 리 없다는 '합리적 믿음'이 있었고, 자기 신념을 확인하기 위해 독서에서 편파성과 임의성을 드러냈다. 같은 맥락에서 그는 어떤 책의 이야기는 정반대의 의미로 해석하고, 단순한 메시지에 집착하기도 하며, 텍스트를 자신의 환경에 투영해 이해하기도 했다. 하느님과 천사의 관계를 일 안 하는 주인과 일꾼의 관계에 유비해, 세상을 창조하는 '일'에는 천사들만 관여했다고 보는 식으로 말이다.[203]

긴즈부르그는 이처럼 메노키오가 독서의 영향을 받았지만, "이 책들을 '원천'이라는 용어의 기계적 의미로 생각하려는 그 어떠한 시도도 메노키오의 공격적이고 독창적인 독서 활동 앞에서는 의미를 상실한다"고 단언한다. "메노키오가 자신과 인쇄된 지면 사이에 무의식적으로 설치한 칸막이"가 있었다는 것이다.[204] 그 칸막이는 특정한 단어를 강조 또는 배제

202 『치즈와 구더기』, p. 153.

203 앞의 책, pp. 148-149와 209.

하고, 어떤 내용의 의미를 과장하거나 변형했으며, 종국에는 문자문화가 구술문화와 만나는 접면이 되었다. 그러므로 긴즈부르그가 보기에, "메노키오의 생각은 책 그 자체가 아니라, 그 속에 기록된 내용들과 구전 문화가 만난 결과였다."[205] 이는 달리 말하면, 메노키오가 이단 심문관들에게 말한 내용을 특정한 책으로 환원할 수 없다는 뜻이다. 기독교적 세계관을 회의하고 종교적 관용을 옹호하며 급진적 사회 변혁을 희구하는 그의 사유는 이단 교파의 저작이나 금서, 혹은 교양인들과의 접촉뿐만 아니라, 농촌 사회의 오랜 구전 문화에서 원천을 찾을 수 있다. 책을 읽는 메노키오의 머릿속에서 기독교, 신플라톤주의, 스콜라 철학의 명료한 관념들이 농민 신화, 민중 신앙, 유토피아적 열망 같은 불분명한 구비전승의 요소들과 뒤섞이고 맞물렸던 것이다.

이렇게 해서 메노키오의 사례는 16세기 지배계급 문화와 민중문화 간 상호침투와 순환을 선명하게 보여주는 '예외적 정상'의 자리에 올라선다. 또한 그것은 종교개혁과 인쇄 혁명이 평범한 사람들의 삶과 문화에 어떤 식으로 작용하면서 유럽 전역에 근본적인 변화를 가져왔는지 알려주는 시금석이 된다. 긴즈부르그에 의하면, 종교적 획일성을 무너뜨린 종교개혁은 세대를 거듭하며 내려온 농민들의 오랜 믿음을 수면 위로 부상시켰고, 농촌 자치주의와 급진주의 노선을 활성화했다. 한편 서적 보급의 확대는 민중 계급이 구비 전통과 독서 관행을 결합하고 혼종적인 사유와 언어를 발전시킬 가능성을 제공했다. 종교 문제에 대한 성직자층의 독점과 인쇄 문화에 대한 식자층의 독점이 종식되면서 민중 계급은 이전과 다른 새로운 문화적 국면에 접어들었다. 몬테레알레의 방앗간 주인은 종교개혁 덕분에 교회와 세상에 대한 자기 의견을 감히 말할 수 있게 되었고, 인쇄술 확산 덕분에 자신의 모호한 견해를 연마하고 표현할 수 있는 언어를 갖게 되었던 것이다. 물론 개인의 사회적 배경에 대한 고려도 빼놓을 수 없다.

---

204 앞의 책, p. 142.

205 앞의 책, p. 181.

전근대 사회에서 방앗간은 사람들이 모여드는 곳이었고, 다양한 생각과 이야기를 주고받는 장소였다. 제분업자라면 이단적 사고를 형성하기에 좋은 환경이었던 셈이다. 지역 봉건영주에게 직접 예속되어 있었던 제분업자들은 이단 집단에 상당수 포섭되었고, 재침례파 교도도 많았다. 메노키오는 아마도 그러한 부류는 딱히 아니었던 것 같지만 말이다.[206]

긴즈부르그는 메노키오의 생애 궤적과 독서 이력을 세밀하게 들여다보면서도, 16세기 후반 프리울리 지방의 귀족 파벌 간 정치적 갈등이라든지 농촌 경제의 파탄과 농민들의 심각한 빈곤 문제 또한 애써 시야에서 놓치지 않는다. 이처럼 『치즈와 구더기』는 미시사와 거시사(또한 질적 연구와 계량적 연구)가 결코 서로 대립하거나 배제하지 않으며, 끊임없이 상호작용하는 기획이라는 점을 시사한다. 그럼에도 긴즈부르그가 미시사를 원칙적으로 선호한다면, 그것은 민중 계급—그는 그람시Antonio Gramsci를 따라 종속계급subaltern class이라는 용어를 주로 쓴다—의 무명씨(無名氏)들에 대해 역사가로서 갖는 애정 때문일 것이다. 그는 다음과 같이 역설한다. "오늘날 하층계급은 과거와는 달리 역사가들에 의해 무시되지는 않지만, 여전히 '침묵'의 올가미를 벗어나지 못한 것으로 보인다. 그러나 식별이 분명하지 않은 대중뿐 아니라 개별 인격을 문헌을 통해서 재구성할 수 있음에도 불구하고 그 가능성을 무시하는 것은 어리석은 일이다. '개인'에 대한 역사 개념을 사회의 하층계급이라는 방향으로 확대하는 것은 결코 무가치한 목표가 아니다."[207]

공식 역사에서 주변화되어 온 이름 없는 개인들에게 목소리를 다시 주기 위해 긴즈부르그가 각별히 강조하는 개념은 바로 문화와 계급이다. 그 개념들 없이 개인의 삶과 생각을 제대로 이해하기란 난망하기 때문일 것이다. 긴즈부르그가 보기에, "의사소통이 불가능한 광기에 빠져드는 경

---

206 앞의 책, pp. 338-340.

207 앞의 책, p. 41. 민중계급 문화에 대한 긴즈부르그의 관심과 애정은 『베난단티와 밤의 전투』, 『밤의 역사』 같은 저작들에서도 여실히 드러난다.

우를 제외한다면, 사람은 자신이 살던 시대의 문화와 계급에서 벗어나지 않는다. 언어와 마찬가지로 문화도 개인에게 잠재된 가능성(또는 가능태)의 지평, 즉 제한된 자유만이 허용된 유연하면서도 보이지 않는 울타리를 제공한다."[208] 문화를 이해하기 위해 미시사는 통계학 대신 인류학에 호소하며, 이 지점에서 시계열적 사회사와 궤를 달리한다. 또 계급차를 부각함으로써 미시사는 어떤 시대 전체의 집단적 심성을 포괄하려 하는 심성사와 스스로를 차별화한다.

한 명의 평범한 독자로서 내게 메노키오의 이야기에서 제일 인상적이었던 것은 그가 자신의 진실을 '너무 많이' 말했다는 사실이었다. 하기야 그에 앞서 메노키오는 '너무 많이 읽고', '너무 많이 아는' 사람이기도 했다. 그런데 단순히 후자의 사실들만으로 그가 문제적 인물이 될 수 있었을까? 만일 메노키오가 자신이 읽고 아는 것을 주변 사람들에게, 적어도 법정의 심문관들에게 제대로 말하지 않았더라면, 그저 자기만 알고 말았더라면 화형에까지 이르는 끔찍한 운명은 피할 수 있었을 것이다. 만일 그가 입을 다물고 진실을 말하지 않았더라면, 아니 자신의 믿음과 다른 거짓을 꾸며냈더라면 그럭저럭 목숨은 부지할 수 있었을지도 모른다. 하지만 메노키오는 심문 중에 "저의 잘못과 무지에 대해 눈감아주시길 바랍니다"라고 탄원하면서도, 고집스레 토론과 논쟁을 중단하지 않았다. 심지어 그는 자기 마을에 왔던 유대인 방랑자 시몬을 집에 초대해 대접하고 종교에 관해 밤새 이야기하면서 자신이 이 때문에 죽게 될 것이라고 말하기도 했다.[209] 사실 그는 자신을 이해해주는 이가 거의 없는 고향마을에서 30년 동안이나 자기 입장을 견지했다. 이는 지적으로나 정신적으로 엄청난 힘을 요구하는 일이었을 테다.

물론 너무 과장할 필요는 없다. 긴즈부르그에 의하면, "메노키오의 '탄원서'에 표현된 복종의 의지는 분명히 진지했다. 자신을 부담으로 여기

---

208 앞의 책, p. 42.

209 앞의 책, pp. 296-297.

는 자식들로부터 버림받고 마을에서 온갖 수모를 당하였으며 가정의 행복도 깨어지자, 메노키오는 한때 자신을 기독교 세계로부터 추방하였으며 심지어 신에게 버림받은 사람으로 낙인찍은 교회에 다시 접근하기 위해 필사적으로 노력하였다."[210] 그런데 2차 종교재판에서 그는 공포에 질려 자기 입장을 부정하고 침묵하다가도, 결국에는 자제하지 못한 채 앞선 '위증'을 번복하며 논리적 자가당착에 빠져버린다. 그가 숱한 고초에 시달리고 죽음을 내다보면서도 그래야만 했던 이유는 과연 무엇이었을까? 메노키오는 자신을 추궁하는 재판관에게 이단적 견해를 솔직히 털어놓으며 이렇게 덧붙이곤 했다. "때로는 악마가 어떤 말을 하도록 유혹합니다…."[211] 그 '악마'에 '진실 의지', 또는 고대 그리스인들을 뒤좇아 '진실을 말하는 용기parrhêsia'라는 이름을 붙일 수 있을까? 1633년 종교재판에서 자신의 진실을 굽히고 나와야 했던 또 다른 이탈리아인이 "그래도 지구는 돈다"며 중얼거리도록 유혹한 악마도 분명 같은 놈이었을 것이다. 다만 부인할 수 없는 점은 그것이 교회의 시간을 멈춰 세웠을지언정, 인간의 역사를 확실히 좀 더 앞으로 나아가게 만들었다는 사실이다.

2022년 10월

---

210 앞의 책, p. 315.

211 앞의 책, p. 304.

죽음과 소녀

롤랑 바르트 —
『밝은 방』

롤랑 바르트(Roland Barthes, 1915–1980)의 『밝은 방-사진에 관한 노트』는 불문학자 김웅권의 번역으로 2006년 동문선에서 출간되었다. 원서는 *La Chambre claire: Note sur la photographie* (Paris: Cahiers du cinéma/Gallimard/Seuil, 1980)이다. 이 책은 국내에서 모두 세 차례 출간된 셈인데, 가장 먼저 나온 조광희의 번역본(『카메라 루시다』, 열화당, 1986)과 가장 나중에 나온 김웅권의 번역본 사이에는 바르트와 수전 손택(Susan Sontag)의 텍스트(On Photography)를 함께 묶은 송숙자의 번역본(『사진론-바르트와 손탁』, 현대미학사, 1994)이 있다.

영상 문화에 조금이라도 학문적 관심이 있는 사람이라면, 『밝은 방』은 이미 한 번쯤 읽어 보았을 법한 책이다. 1980년 롤랑 바르트가 발표한 이 에세이는 흔히 수잔 손택Susan Sontag의 『사진에 관하여』와 함께 20세기 후반에 나온 대표적인 사진론으로 꼽힌다. 이러한 세평은 『밝은 방』이 영상 연구의 전통 속에서 갖는 독보적 위상을 간단명료하게 드러내는 동시에, 서평 쓰기의 의지를 다소 무력하게 만든다. 이토록 유명한 고전에 대해 새삼 무슨 말을 보탤 수 있을까 하는 회의감을 불러 일으키기 때문이다. 『밝은 방』에 관해서는 지난 수십 년간 이런저런 비평—그 가운데는 물론 손택의 것도 있다—과 연구가 국내외에 상당히 쌓여온 것으로 보인다. 과거의 이 엄청난 자료 더미를 뒤에 두고 무언가 새로운 글을 써야 하는 상황에서, 나는 학문 전통이 내게 지우는 부담의 매듭을 굳이 풀려고 애쓰기보다 그냥 과감히 잘라내는 편을 택한다. 그것은 말하자면, 다른 이차 문헌들의 존재에 좌고우면하지 않고 『밝은 방』을 내 식으로 읽고 쓰는 일이다.[212] 그러한 작업의 출발점은, 바르트가 사진에 관해 쓰기 위해 사진에 대해 그렇게 했듯이, 그저 이 책만을 찬찬히 들여다보면서 그 텍스트의 공간에서 무엇이—설령 그것이 아무리 사소한 디테일이라 할지라도—나를 끌어당기는지, 혹은 '찌르는지' 잡아내는 것일 테다.

『밝은 방』은 일단 사유의 운동을 유려하게 보여준다는 점에서 매력적인 책이다. 그것은 저자가 어떻게 자기 생각을 조금씩 진전시키거나 심화하면서 더 높은 단계로 나아가는지, 그 느리고도 조심스러운 움직임을 화려하지는 않지만 아름다운 문장 안에 담아낸다. 이 책에는 사진 20여 장에 대한 직관적 분석을 포함하는 48개의 단장fragment이 실려 있다. 단장이라는 형식은 그 자체로 의미가 없지 않다. 어떤 사유를 논리적 궁지까

---

212 『밝은 방』의 세부 내용과 미학적 의의에 관해서라면 우리말로 읽을 수 있는 책 가운데 특히 다음의 두 권을 참고할만하다. 박상우, 『롤랑 바르트, 밝은 방』, 커뮤니케이션북스, 2018; 낸시 쇼크로스, 『롤랑 바르트의 사진-비평적 조망』, 조주현 옮김, 글항아리, 2019. 앞의 책이 텍스트 자체에 충실하면서도 알기 쉽게 『밝은 방』을 해설해준다면, 뒤의 책은 바르트 사진론의 전반적인 진화 속에서 상세하게 논의한다.

지 밀어붙이는 아포리즘aphorism과 달리, 단장들은 생략과 침묵을 통해 서로 이어지며, 그 느슨한 연결 속에서 사유의 점진적인 확장과 고양에 이르기 때문이다. 『텍스트의 즐거움』, 『사랑의 단상』 등 바르트의 후기 저작을 특징짓는 단장의 글쓰기는 어떤 사유 스타일의 반영 또는 구축 과정처럼 보인다. 파편적이고 주관적이며 은유적인 그 스타일은 때로 이해하기 쉽지 않지만, 합리성의 여백을 존중하면서 자신의 오류 가능성에 겸손하게 열려 있다는 미덕을 지닌다.

『밝은 방』을 시작하면서 바르트가 사진에 대해 "가혹한 어조"로 "성가신 목소리(과학의 목소리)"를 내는 사회학에 격렬한 거부감을 드러내는 이유 또한 그러한 글쓰기 및 사유 스타일과 무관하지 않을 것이다. 사실 그는 사회학 말고도 기호학, 정신분석 등, 모든 "환원적 체계"에 대한 저항의 입장을 분명히 한다. 대신 그가 취하는 대안은 사진을 대상으로 놓고서 자기 자신만을 척도로 삼는 "하나의 개별적인 학une Mathesis singularis"을 시도하는 것이다.[213] 책 앞부분의 이 다짐을 바르트는 중간에 다음과 같이 되풀이한다. "나는 미개인, 어린아이, 혹은 미치광이다. 나는 모든 지식, 모든 교양을 추방하며, 다른 사람의 시선을 물려받으려 하지 않는다."[214] 『밝은 방』에서 내 눈길을 불현듯 잡아끌었던 것은 바로 이 평범한 문장이다. 여기서 바르트는 사진의 존재론을 탐구하는 자신의 태도와 관점을 담담하게 서술한다. 그런데 그가 루이스 하인Lewis Hine의 사진을 해석하며 (아마도 무심히) 떠올린 세 유형의 시선 주체—즉 '미개인', '어린아이', '미치광이'—는 어쩐지 내게는 그 자신이 이 책 전체에서 순차적으로 취하는, 서

213 롤랑 바르트, 『밝은 방』, 김웅권 옮김, 동문선, 2006, p. 18과 21. 바르트가 사회학을 신랄하게 비판할 때 직접 거명하지는 않지만 염두에 두고 있는 사람이 부르디외라는 사실은 의심의 여지가 없다. 피에르 부르디외 외, 『중간예술』, 주형일 옮김, 현실문화, 2004 참조.

214 앞의 책, p. 68. 이전에 벌써 그는 다음과 같이 적었다. "하지만 나는 집요하게 버텼다. 가장 강력한, 또 다른 목소리가 나에게 사회학적 논평을 부정하도록 부추겼다. 어떤 사진들 앞에서 나는 교양 없이 미개하고 싶었다." 앞의 책, p. 20. 나중에 그는 또 '사회적 개인'에게는 몸과 감정이 없는 것처럼, 어머니는 그저 보편적-추상적 존재인 것처럼, 가족은 오로지 구속과 의례의 조직인 것처럼 다루는 과학적 입장을 혐오한다고 말한다. 앞의 책, pp. 95-96.

로 연결된 주체 위치들을 형상화하는 진술처럼 다가왔다. '교양인', '성인', '정상인'의 대척점에 놓이는 이 시선-위치들을 의도적으로 점유함으로써 그는 과연 무엇을 하고 싶었던 것일까?

물론 바르트의 일차적인 목표는 '사진이 무엇인지' 밝히는 일, 달리 말해 사진의 존재론을 구성하는 것이다. 이를 위해 그는 유연한(또는 경쾌한) 현상학의 관점에 선다. 현상학은 어떤 대상의 실체를 제대로 파악하려면 우리가 그것에 대해 가지고 있는 모종의 인식과 선입견을 괄호 치고 대상 그 자체로 돌아가야 한다는 입장이다. 즉 아무런 선지식이나 고정관념이 없는 '미개인'인 양 그 대상을 직관해야 한다는 것이다. 이러한 관점에서 사진은, 니체를 흉내내 말해보자면, "심오한 모든 것이 표면에 감춰져 있는" 평평하고 밋밋한 '밝은 방'으로 나타난다. 바르트는 오로지 자신의 '맨눈'으로 이 방들을 들여다보면서, 사진의 무엇이 보는 이의 감정과 쾌락을 일으키는지 파악하고자 한다. 그러한 노력 끝에 그가 내놓은 두 개념이 바로 스투디움studium과 푼크툼punctum이다. 널리 알려진 대로, 스투디움은 문화에 바탕을 둔 일반적인 흥미 요소를, 푼크툼은 의외의 예리한 정서적 충격 요소를 가리킨다. 예컨대 니카라과 폭동의 폐허를 찍은 사진에서 도로를 순찰하는 무장군인들의 모습은 스투디움이지만, 그들 뒤로 지나가다 우연히 카메라에 잡힌 수녀는 푼크툼이 될 수 있다. 푼크툼은 사진에서 보는 이의 시선을 잡아채는 작고 하찮은 디테일이자, 종종 스투디움의 공간을 가로질러 나타나는 "예기치 않은 줄무늬"다.[215] 우연히 사진에 틈입한 이 요소는 라틴어원처럼 작은 구멍이며 찔린 자국이고, 얼룩이며 상처이다. 푼크툼은 스투디움과 달리, 이름 붙이거나 코드화할 수 없다. 그것은 보는 사람의 눈을 찌르고 마음을 사로잡는다.

이렇게 현상학이 열어주는 '미개인'의 눈으로 공적 사진들(보도사진, 예술작품)을 살펴본 바르트는 그것만으로는 사진의 '본질'을 파악하는 데

215 앞의 책, p. 118.

불충분하다고 느낀다. 그리하여 그가 택한 길은 다시 사적 사진들, 그러니까 돌아가신 어머니의 사진들을 새로운 응시와 성찰 대상으로 삼는 것이다. 이러한 변화는 자연스럽게 시선의 이동을 가져오는데, 어머니와의 관계에서 우리는 언제나 '어린아이'일 수밖에 없기 때문이다. 게다가 1977년 10월 25일 어머니 앙리에트 뱅제Henriette Binger가 세상을 떠난 이래 바르트는 결코 물러가지 않는 깊은 슬픔에 잠겨 있었다. 이 애도 기간 중에 쓴 『밝은 방』에 어머니를 잃은 한 '소년'의 시선이 어른거리지 않는다면 도리어 이상한 일일 것이다.[216] 바르트는 이렇게 적는다. "애도는 그 점진적인 작업에 의해 천천히 고통을 지워버린다고 사람들은 말한다. 나는 이 말을 믿을 수 없었고, 지금도 믿지 못한다. 왜냐하면 내게 시간le Temps은 상실의 감정을 제거하는 것이 전부이기 때문이다. 나머지는 모두 부동의 상태로 남아있다. 왜냐하면 내가 잃은 것은 어떤 [추상적] 형상(대문자 어머니)이 아니라, 하나의 존재이기 때문이다. 아니 하나의 존재가 아니라 하나의 특질(하나의 영혼)이기 때문이다. 아니 없어서는 안 될 것이 아니라, 대체할 수 없는 것이기 때문이다."[217] '영혼'이라니, 이 무슨 좌파 지식인에게 어울리지 않는 소리인가 하고 깜짝 놀랄 독자들에게 그는 이미 1978년 7월 13일자 일기에서 자신의 속내를 이렇게 표현했다. "영혼을 믿지 않는다는 건, 영혼들의 불멸을 믿지 않는다는 건 얼마나 야만적인 일인가! 유물론은 진리이지만 그러나 그 진리는 또 얼마나 어리석은 진리인지!"[218]

자기식의 애도 작업을 위해 어머니의 사진들을 한 장 한 장 살펴 나가던 바르트는 마침내 거기서 사진의 진정한 핵심을 발견한다. 사진은 현실의 피사체에 들러붙어 있다는 점에서 예컨대 회화나 언어와는 다른 고유성을 지닌다. 회화나 언어는 반드시 외부의 지시 대상이 없더라도 독자적

216 『밝은 방』의 맨 끝에는 이 책의 집필 기간이 '1979년 4월 15일-6월 3일'이라고 쓰여있다. 한편 바르트는 어머니가 타계한 다음날부터 1979년 9월 15일까지 자신의 슬픔과 고통을 담은 메모 혹은 일기를 남겼다. 이 글들은 바르트 사후에 『애도일기』라는 제목의 책으로 묶였다.

217 『밝은 방』, p. 97.

218 롤랑 바르트, 『애도일기』, 김진영 옮김, 이순, 2012, p. 169.

으로 존재할 수 있지만, 사진은 그것과 떼어 놓을 수 없는 것이다. 파이프 사진은 파이프의 동어반복이며, 둘은 서로 등과 배처럼 맞붙어 있다. 그런데 이는 다시 사진의 복잡한 존재 양식을 낳는다. 사진의 지시대상은 카메라 렌즈 앞에 반드시 실재했어야 하며, 그 피사체 없이 사진은 존재하지 않을 것이기 때문이다. "내가 사진에서 결코 부정할 수 없는 점은 사물이 거기 있었다는 것이다. 실재와 과거라는 이중적 위치가 결합되어 있다." 한마디로, 사진의 본질은 "그것이-존재-했음"에 있다는 것이다.[219] 이 진실을 바르트는 어머니의 어린 시절 온실 사진을 통해 발견한다. 그가 태어나기도 훨씬 전인 1898년 다섯 살짜리 소녀였던 어머니를 찍은 그 낡고 빛바랜 사진에서 그는 "그녀가 그 누구에게서도 얻지 않았지만, 그녀의 전 존재를 금세 그리고 영원히 형성시킨 선함"을 본다.[220] 온실 사진 속의 어머니는 바르트가 알았던 그녀의 외모와는 전혀 닮지 않았을지라도, 그는 '이미지의 진실성'을 매개로 어머니를 알아보고, 그녀라는 피사체의 실재성을 강렬하게 실감한다.

'실제로 존재했음'이라는 사진의 본질은 이처럼 인증의 힘을 지닐 뿐만 아니라, 다층적 시간성 또한 빚어낸다. 그것이 '더 이상 없음' 또한 알려주기 때문이다. 사진에 찍힌 대상은 과거에 분명히 존재했지만, 그 순간의 그 대상은 지금 더 이상 존재하지 않는다. '과거의 존재 증명'인 사진은 동시에 '현재의 부재 증명'이 되고, 사진을 찍거나 보는 행위는 그러므로 죽음과 만나는 일이 된다.[221] 이를테면, 온실 사진을 보는 바르트는 현재에 있으면서, 카메라에 찍힌 소녀-어머니의 시간을 복합적으로 경험한다. 사진 안에서 그녀는 살아있고(과거 속 현재), 장차 죽을 것이며(과거 속 미래), 이미 죽었다(과거완료). 그의 의식을 가로지르는 여러 시간대의 중첩

---

219 『밝은 방』, p. 98과 99.

220 앞의 책, p. 89.

221 바르트는 사진이 '죽음'을 사이에 두고 연극과 닮았다고도 지적한다. 사진을 보면서 그는 사자(死者)숭배와 관련 있던 원시 연극, "우리가 죽은 자들의 모습을 볼 뿐인 저 부동의, 분칠한 얼굴의 윤곽"을 연상한다. 앞의 책, p. 48.

과 혼돈은 공간만이 아닌 시간의 푼크툼 역시 사진을 통해 작동한다는 점을 일깨운다.

사진은 그 지시 대상이 지금-여기에 실제로 없다는 것과 예전-거기에 실제로 존재했다는 것을 동시에 가리키면서, 보는 이에게 독특한 환각을 불러일으킨다. 이 '부재 속의 현존'은 "지각의 차원에서는 허위이지만, 시간의 차원에서는 진실한 환각 형태"인데, 바르트는 이를 '광기'라고 부른다.[222] 이 감각은 사진이 '지나간 실재'를 사람의 의식 안에서 마법처럼 되살리기 때문에 생겨난다. 우리는 예컨대 사진을 보면서 죽은 사람이 생생하게 살아 돌아오는 경험을 할 수 있는 것이다. 온실 사진은 어머니의 존재를 인증하고 그 진실(참모습)을 발산함으로써 바르트에게 광기를 자아낸다. 말하자면 그는 이제 '미치광이'의 위치로 나아간다. 그런데 사진이 유발하는 이 광기는 그에 따르면 피사체에 대한 '사랑', 더 넓게는 '연민'과 긴밀히 맞물려 있다. 그것은 '모든 죽어가는 것'에 대한 순수한 슬픔의 감정이자, '죽어 사라진 것'에 대한 끝없는 고통의 체험이다. 사진의 광기에 사로잡히는 '미치광이'는 실은, 학대로 쓰러진 말의 목을 부여잡고 통곡한 니체가 그랬듯이, 존재에 대한 연민을 주체하지 못하는 도덕적 주체이다.

내게 『밝은 방』은 바르트가 현상학적 시선('미개인')의 애도 작업('어린아이')을 통해 도덕적 주체('미치광이')에 이르는 여정을 보여주는 텍스트처럼 읽힌다. 이 과정에서 온실 사진은 그에게 "유일한 존재에 대한 불가능한 과학을 유토피아적으로 완수"해주었다.[223] 사진은 그것만이 가지는 실재성과 진실성을 통해 우리에게 또 다른 앎을 선사한다. 그것은 '재현representation' 아닌 '제시presentation'의 층위에서 고유한 진실을 현현하며, 그런 의미에서 일종의 '과학'이다. 나는 바르트가 사회학을 의식해 일부러 과학science이라는 용어를 썼다고 생각한다. '비환원적인 비체계'로서의 '사진적 제시'도 '사회학적 재현' 못지않은 앎, 아니 '유일한 존재'에 대한 불가능

222 앞의 책, p. 141.

223 앞의 책, p. 91.

해 보이는 앎까지도 생산할 수 있다고 강조하기 위해서 말이다. 그 앎이 이 상적으로 구축된다면, 사랑과 죽음과 도덕에 관해 말할 수 있는 '침묵의 과학'이 될 것이다. 내가 보기에, 『밝은 방』은 이 새로운 앎을 수호하기 위한 우아한 선전포고나 다름없었다.

2022년 6월

'매트릭스'에서 살고 죽다

장 보드리야르 —
『시뮬라시옹』

장 보드리야르(Jean Baudrillard, 1929-2007)의 『시뮬라시옹-포스트모던 문화론』은 불문학자 하태환의 번역으로 1992년 민음사에서 출간되었다. 원서는 *Simulacres et simulation* (Paris: Galilée, 1981)이다.

이런저런 논란이 따라붙긴 하지만, 장 보드리야르가 우리 시대를 바라보는 하나의 독창적인 시선을 제공한 사상가라는 점에는 의심의 여지가 없다. 그는 1968년 첫 저서 『사물의 체계』로 사유의 여정에 첫발을 내디뎠고, 타계 직전까지 50여 권의 저작을 통해 자기만의 행보를 지속해나갔다. 하지만 그 스스로 시인하듯이, 그것은 뚜렷한 전환점 역시 내포한 여정이었다. 데뷔작에 뒤이은 『소비의 사회』, 『기호의 정치경제학 비판』, 『생산의 거울』, 『상징적 교환과 죽음L'échange symbolique et la mort』까지 마르크스주의, 기호학, 정신분석학의 지평 위에서 비판적 분석을 지향하는 듯 보였던 보드리야르의 사유는, 1970년대 말부터는 기존 지식과의 연결고리나 논리적 체계성, 학문 장의 규범으로부터 완전히 자유로운 단상, 혹은 에세이의 단계에 들어선다. 이와 함께 그 전부터도 이미 동시대의 새로운 경향성과 사회문화적 변동에 민감했던 그의 지적 촉수는 매일매일의 시사 문제에까지 한층 분주하게 뻗어나갔다. 1980년대 이후에 나온 그의 책들이 주로 아포리즘 형식의 '일기'라든지 신문·잡지에 실린 '시평'의 모음집인 이유도 그 때문이다.

프랑스에서 1981년 출간되고 국내에는 1992년에 완역본으로 소개된 『시뮬라시옹Simulacres et simulation』은 후기 보드리야르 사유의 정수를 보여주는 대표작이다. 자연에서는 관측하는 축적에 상관없이 특정한 형태나 패턴이 지속적으로 나타나는 사례가 적지 않다. 예컨대 적란운 같은 구름, 고사리나 브로콜리 같은 식물은 멀리서 볼 때의 모양과 가까이서 확대해 볼 때의 모양이 서로 닮아있다. 나는 이러한 '척도 불변성'과 '자기 닮음꼴'을 우리가 어떤 책들에서도 발견할 수 있다고 생각하는데, 『시뮬라시옹』이 바로 그러한 경우다. 이 책은 서두를 장식한 "시뮬라크르들의 자전(自轉)"을 제외하면(장문의 이 텍스트는 다른 글들 전체에 대한 이론적 도입부 역할을 한다), 베트남전, 과학소설, 퐁피두센터, 광고, 동물, 홀로그램, 하이퍼마켓 등 다양한 대상을 다룬 짧은 텍스트들을 묶은 것이다. 하지만 이 글들 한편 한편이 책 전체의 주장과 형상을 고스란히 담고 있기에 『시뮬라시옹』은 단순한 시평집의 수준을 뛰어넘어, 마치 롤랑 바르트의 『신화지Mythologies』가 그렇듯이, 어떤 의미 있는 화두를 여러 차례의 변주 속에서 되풀이하는 이론서의 성격을 띤다. 그 화두는 바로 책의 원제이기도 한 '시뮬라크르와 시뮬라시옹'이다.

사실 보드리야르는 『시뮬라시옹』보다 5년 앞서 나온 『상징적 교환과 죽음』에서 이미 이 문제를 본격적으로 논한 바 있다.[224] 논자에 따라 그의 최고작으로 꼽기도 하는 『상징적 교환과 죽음』이 학문적 체재를 갖춘 마지막 저서이자 후기 사상으로의 이행을 예비한 저작이라는 점을 고려하면, 『시뮬라시옹』은 그가 자신만의 개념과 시각, 그리고 이와 맞물려 있는 글쓰기 스타일을 새롭게 정립한 텍스트라 할 만하다. 게다가 우리말 번역본이 원제에는 없는 '포스트모던 사회문화론'이라는 부제를 달고 있다는 점 또한 자못 시사적이다. 보드리야르 자신은 그 꼬리표를 전혀 달가워하지 않았지만, 많은 독자에게 그는 포스트모더니티의 대표적인 이론가로 여겨져 왔고 지금도 그렇기 때문이다.[225] 『시뮬라시옹』에서 그는 19세기가 외양의 파괴, 세계의 탈주술화, 해석과 역사의 지배로 특징지어졌다면, 20세기는 "포스트모더니티의 혁명" 속에서 재현, 비판, 역사 등과 같은 "의미의 거대한 파괴 과정"에 봉착했다고 언급한다.[226] 그리하여 이 책은 근대 이후를 '시뮬라시옹의 시대'로 선포한 일종의 지적 예언서가 되어버렸다. 이 점에서 그것이 Y2K로 떠들썩하던 1999년, 워쇼스키 형제의 영화 〈매

---

224 영미권에서는 『상징적 교환과 죽음』에 실린 「시뮬라크르의 질서」와 『시뮬라시옹』에 실린 「시뮬라크르들의 자전」을 함께 묶은 편역본이 1983년에 먼저 나왔고, 『시뮬라시옹』의 완역본은 1994년에 나왔다. Jean Baudrillard, *Simulations, Semiotext(e)*, 1983; Simulacra and Simulation, University of Michigan Press, 1994. 현재 국내에는 보드리야르 저작 대부분이 (주로 배영달의 번역으로) 번역, 출간되어 있는데, 『상징적 교환과 죽음』은 보드리야르를 국내에 처음 소개한 편역서 『섹스의 황도』에 일부가 옮겨졌을 뿐, 완역본은 나와 있지 않다. 걸프전을 시뮬라시옹의 관점에서 분석한 유명한 비평서 『걸프전은 일어나지 않았다La guerre du Golfe n'a pas eu lieu』(1991) 역시 아쉽게도 번역되어 있지 않다.

225 장 보드리야르·이상길, 「'전 지구화'와 '과잉시뮬라시옹'의 시대를 응시하기-장 보드리야르 서울 대담」, 『2018 서울사진축제-멋진 신세계』, 서울시립미술관, 2018, p. 7.

226 장 보드리야르, 「허무주의에 관하여」, 『시뮬라시옹』, 하태환 옮김, 민음사, 1992, p. 247. 강조 표시는 원문의 것이다.

트릭스Matrix〉에 철학적 열쇠처럼 등장했다는 사실 또한 다분히 상징성을 띤다.

1980-90년대 영미권에서 '포스트모더니즘'의 기수로 떠받들어질 때, 보드리야르는 흔히 료타르, 푸코, 데리다Jacques Derrida, 들뢰즈 등과 함께 호명 당했다. 나는 그러한 분류에 별로 공감하지 않으면서도, 그가 쓴 『푸코 잊기Oublier Foucault』(1977)라는 팸플릿 때문인지, 아직도 보드리야르를 푸코와 함께 떠올리곤 한다. 그와 푸코가 유사하다는 이유에서가 아니라, 여러 면에서 판이한 사상가라는 인식에서이다. 이를테면 그는 「시뮬라크르들의 자전」의 한 절인 '파놉티콘의 종말'에서 TV 미디어를 통해 실재 자체가 조작 대상으로 변한 상황이 푸코의 권력론에 어떤 난점을 가져오는지 설명한다.[227] 그런데 이 같은 세세한 이론적 내용을 넘어 나는 두 사람이 문제의식의 출발점에서부터 근본적인 차이를 지니고 있었다고 생각한다. 구체적으로 푸코의 첫 직관이 '왜 특정한 시기에 가능한 모든 것이 말해지고 행해지지 않았나, 즉 담론과 실천이 왜 이리 희박한가'하는 질문에 있었다면, 보드리야르의 경우엔 '우리 시대에 사물과 이미지는 왜 이렇게 과잉인가'하는 질문에 있었다는 것이다.[228]

보드리야르에게 그러한 '과잉'의 문제는 모사물, 혹은 시뮬라크르가 불러온 전환을 둘러싼 관심으로 이어진다. 그에 따르면, 서양 역사에서 시뮬라크르의 질서는 다음과 같은 양상을 거쳐왔다. 첫째, 르네상스기에서 산업혁명까지 이른바 고전주의 시대의 모작contrefaçon이다. 이 경우 모방의

227 이 절의 제목은 번역본에는 '전체투시의 종말'로 되어 있다. 지나치며 말해두자면, 『시뮬라시옹』에는 가급적 우리말 역어로 풀어 쓰려는 역자의 의욕 때문에 역설적으로 의미의 이해가 더 어려워진 용어나 개념어들이 적지 않다. 예컨대 영화 〈지옥의 묵시록Apocalypse now〉이 〈세계의 종말 지금〉으로, '하이퍼마켓'이 '거대시장'으로, '홀로그램'이 '입체영상'으로, 마셜 매클루언(Marshall McLuhan)의 개념 '쿨미디어(cool media)'가 '싸늘한 매체'로, '시네마 베리테'에 대응하는 'TV-베리테(TV-vérité)'가 'TV-진실'로 번역된 경우들이 그렇다.

228 이러한 관점에서 박사학위 논문을 정리한 보드리야르의 첫 책 『사물의 체계』 서문은 의미심장하다. 거기서 그는 "무한한 성장을 하는 사물들"에 관해 질문한다. "일상의 사물들[…]은 증식하고, 욕구는 증가하고, 생산은 욕구의 탄생과 죽음을 가속화하며, 사물들에게 이름을 붙일 어휘는 부족하게 되었다." 장 보드리야르, 『사물의 체계』, 배영달 옮김, 백의, 1999, p. 11과 12.

양식으로 외부의 지시대상에 대한 재현이 이루어지며, 원본과 모조품은 명확히 구분 가능하다. 둘째, 산업 시대의 생산production이다. 여기서는 모델을 기반으로 일련의 동일한 대상들이 출현한다. 대량 생산되는 상품이 전형적인데, 원본이 없으므로 복제품 또한 존재하지 않는다. 달리 말하면, '진짜'와 '가짜'의 구별이 불가능해지고 무의미해지는 것이다. 셋째, 코드code가 지배하는 시뮬라시옹이다. 텔레비전 프로그램이나 인터넷 정보는 시뮬라시옹의 대표적인 사례라 할 수 있다. 보드리야르는 코드가 무엇인지 명확히 정의하지 않지만, 용례로 보아 순수한 시뮬라크르를 산출하는 각종 기술의 내적 작동 원리—알고리즘, 수학적 공식, 미디어 언어 등—를 아우른다.[229] 보드리야르에 따르면, 모델과 코드는 실재에 선행하며 자전한다. 이제 시뮬라크르는 실재를 모방하고 재현하는 수준을 넘어서, 조작하고 통제하는 수준에 이른다. 그것은 실재에 형태를 부여한다.[230] 보드리야르가 인용한 보르헤스의 우화를 조금 비틀어 이야기하자면, 사람들은 더 이상 영토를 재현하기 위해서가 아니라 정교하게 모델링하고 개발하기 위해 지도를 제작한다.

이미지의 차원에서 시뮬라크르의 세 질서는 각각 회화, 사진, 디지털 이미지로 표상 가능할 터이다. 그런데 이러한 진화는 '재현과 실재의 논리'가 시뮬라시옹과 더불어 어떻게 변화하는지 확연히 보여준다. 보드리야르에 의하면, "이미지의 연속적 국면은 다음과 같을 것이다: -그것은 심원한 실재의 반영이다 -그것은 심원한 실재를 은폐하고 변질시킨다 -그것은 심

229 보드리야르는 특히 사이버네틱스가 생산 기술, 정보통신 미디어, 생명체와 생태계, 산업공학과 사회과학 등의 영역에 광범위하게 적용되면서 가져온 사회문화적 결과를 중요하게 여긴다. 이런 면에서 그의 논의는 사이버네틱스에서 철학의 완성과 종말을 보았던 하이데거의 시각과도 이어진다.

230 보드리야르, 「시뮬라크르들과 공상과학」, 『시뮬라시옹』, p. 198과 206. Jean Baudrillard, *L'échange symbolique et la mort*, Gallimard, 1976, p. 77. 『시뮬라시옹』의 역자가 '자전(自轉)'으로 옮긴 용어 'précession'에는 '선행(先行)'이라는 의미도 있다. 한편 보드리야르가 보기에, 역사 속에서 순차적으로 등장한 시뮬라시옹의 세 질서는 각각 오페라적인 것(l'opératique), 수행적인 것(l'opératoire), 조작적인 것(l'opérationnel)에 상응하며, 후속 단계는 이전 단계를 포괄할 수 있다.

원한 실재의 부재를 은폐한다 -그것은 어떤 실재와도 관계가 없으며, 고유의 순수한 시뮬라크르이다."[231] 우리가 외부세계를 모사한다고 여겨왔던 이미지는 기술적 복제와 조작 가능성에 힘입어 어느새 재현 기능으로부터 훌쩍 이탈해 버렸고, 고전적 의미의 실재를 휘발시킨다. 컴퓨터 그래픽과 디지털 보정의 일반화로 이제 거의 '그림' 수준이 되어버린 영화를 떠올려보면, 이 말의 의미를 금세 이해할 수 있을 것이다. AR Augmented Reality, VR Virtual Reality과 같은 디지털 기술은 이전까지 경험한 적 없는 차원의 실재를 생산한다. 겹겹의 광고 이미지 속에 용해된 상품 또한 더 이상 실용성이나 사용가치와는 무관한, 일종의 부유하는 기호-대상에 가까워졌다. 그 결과, "오늘날 시뮬라시옹의 원리가 지배하는 세계에서 실재적인 것은 모델의 알리바이가 되었다"는 것이다.[232]

보드리야르가 보기에, 모델과 코드에 의해 구조화된 새로운 시스템 속에서 우리의 삶은 과잉의 상품과 이미지, 그러니까 원본 없는 수많은 인공물에 둘러싸여 있다. 이 시뮬라크르들은 무한히 증식하고 확산하면서, 그 과잉의 존재 속에서 한없이 부박하고 표피적인 파생실재 hyperréalité를 구성한다.[233] '자연적 실재'라든지 '외부세계의 지시대상'은 더 이상 존재하지 않으며, 그러한 실재 '이상의' 실재, 시뮬라크르가 빚어내는 또 다른 실재, 과잉실재, 혹은 초실재만이 현존하게 되었다는 것이다. 보드리야르는 우리가 이전까지 견고하다고 믿어왔던 자연, 실재, 진리, 이데올로기, 재현,

---

231 보드리야르, 「시뮬라크르들의 자전」, 『시뮬라시옹』, p. 27.

232 앞의 책, p. 200. 이후 보드리야르는 시뮬라시옹에 의한 "실재의 살해"를 "완전범죄"로 표현한다. "그것은 우리의 온갖 행위, 온갖 사건을 순수한 정보공학으로 변환하고, 모든 데이터를 구현함으로써 세계를 맹목적으로 실현하는 범죄이다. 그것은 일종의 대학살, 즉 실재의 복제(clonage)에 의한 세계의 예정된 분해, 분신(double)에 의한 실재적인 것의 절멸이다." Jean Baudrillard, *Le Crime parfait*, Galilée, Paris, 1995, p. 47.

233 『시뮬라시옹』의 역자는 보드리야르가 말하는 'hyperréalité'가 시뮬라시옹에서 비롯한 실재라는 점에 착안해 '파생실재'라고 옮겼다. 라틴어 접두어 'hyper'는 '과도한', '초월한', '대단한', '극단적인' 등의 뜻을 가지는데, 보드리야르는 '실재를 넘어선 실재'를 'hyperréalité'라고 표현하므로, '과잉실재', '초과실재', '초(超)실재' 등의 역어도 나쁘지 않은 것으로 보인다.

의미, 역사 등이 급진적으로 사라지는 세계에 살고 있다고 주장한다. 물론 시뮬라시옹은 그 모든 것의 소멸과 부재를 적극적으로 은폐하는 전략을 펼치고 있지만 말이다. 이 과정에서 보드리야르가 각별히 주목하는 것은 바로 미디어 기술이다. 그것이 시뮬라시옹의 논리를 사회 전 영역에 부과하는 주된 진원지이기 때문이다. 그에 따르면, 미디어가 유통하는 너무 많은 정보와 이미지는 실재를 더 정확하게 재현하고 인식시키기는커녕, "모든 사건의 역사성에 종지부를 찍는 진정한 해법"을 제시한다.[234] 미디어는 고유한 코드와 기술적 추상성에 따라 모든 내용을 분해하고 중화하며, 그럼으로써 사건을 등가적이고 동질적인 기호로 변환시킨다. 결국 과잉의 정보와 이미지가 순환하는 과정은 사건의 깊이와 개별성을 증발시키고 의미를 붕괴시키며, 미디어와 메시지, 실재의 구분을 파괴하기에 이른다. 영화, 텔레비전 같은 미디어가 베트남전과 홀로코스트의 기억에 개입하고 작용하는 방식은 이러한 시뮬라시옹의 논리를 잘 드러낸다.

보드리야르는 사회의 전 영역이 미디어가 끊임없이 생산, 유통하는 시뮬라크르로 포화되어있다고 주장한다. 우리가 사건이라고 믿는 정치적 스캔들, 심지어 혁명, 전쟁조차도 거대한 이미지-시뮬라크르에 지나지 않으며, 이제 우리는 그 매트릭스에서 벗어나 살 수 없다는 것이다. 이와 관련해 그의 시각이 시뮬라시옹의 편재성을 점점 더 강조하는 쪽으로 변화했다는 점을 지적해둘 만하다. 『기호의 정치경제학 비판』에서 그는 신문, 라디오, 텔레비전 등의 보도가 그 자체로 검열로 작용하면서 68혁명을 도덕화, 무력화했다고 비판하는 한편, "오월의 진정한 혁명 미디어는 담벼락과 벽보, 유인물 또는 삐라, 발언이 행해지고 교환되는 거리"였다고 역설한 바 있다.[235] 그런데 이로부터 약 10년 후에 나온 『시뮬라시옹』에서는 그 비슷한 언급도 등장하지 않는다. 보드리야르에게 이제 미디어는 기호론적

---

234 보드리야르, 「홀로코스트」, 『시뮬라시옹』, p. 102.

235 장 보드리야르, 「대중매체를 위한 진혼곡」, 『기호의 정치경제학 비판』, 이규현 옮김, 문학과지성사, 1992, p. 200.

대립과 투쟁의 영역까지도 모두 포획해, 의미와 커뮤니케이션을 그 내부로부터 폭파implosion하는 메커니즘이기 때문이다. 그에 따르면, "미디어는 의미와 대항의미를 실어나른다. 그것은 모든 방향에서 동시에 조작하며, 그 무엇도 이 과정을 통제할 수 없다. 그것은 시스템 내적인 시뮬라시옹과 시스템 파괴적인 시뮬라시옹을 운반한다. 바로 이런 식이다. 이에 대한 대안도, 논리적 해결책도 없다. 오로지 논리적인 고조exacerbation와 파국적인 해결책만이 있을 뿐이다."[236]

보드리야르는 이 일반화된 시뮬라시옹의 시대에 일말의 실질적인 저항이 있다면, 그것은 모든 의미를 거부하고 반사하거나 아예 흡수해버리는 대중의 침묵과 무관심 속에서 이루어진다고 본다. "시스템의 현재 주장은 말의 극대화와 의미의 극대생산이다. 따라서 전략적 저항은 의미의 거부와 말의 거부이다. 혹은 시스템의 메커니즘에 대한 과잉순응적 시뮬라시옹에 의한 저항으로, 이는 거부이며 수령 거절non-recevoir이다. 이것이 대중의 저항이다. 이는 시스템에 그 자체의 논리를 다시 배가해 되돌려 보내는 것이고, 마치 거울처럼, 의미를 흡수하지 않고 되돌려 보내는 것이다."[237] 한편 지식인이 시스템의 헤게모니에 도전하려면, 이론적 폭력과 조롱, 아이러니를 시스템의 지탱할 수 없는 한계에까지 몰고 가는 수밖에 없다. 진실과 합리성을 추구하는 '비판'과 '분석'으로는 적절한 개입이 불가능하며, (상당히 모호한 대안이지만) '언어langue'만이 효과적인 수단을 제공할 수 있다는 것이다. 그리하여 보드리야르는 "이론에서의 테러리스트이자 허무주의자"를 자처하고, 현재 진행 중인 사태와 현상의 논리를 극단까지 밀어붙이면 과연 어떤 일이 일어날지 상상하고 기술하는 일종의 반(反)과학, 또는 "시뮬라크르의 형이상상학pataphysique des simulacres"을 지향한다.[238] 그의 수사학을 약간 고쳐 쓰자면, 그는 실재를 제대로 붙잡기 위해 실재보다 빨리, 그것의 그림자보다도 빨리 달려 나가길 선택한 셈이다.

---

236 보드리야르, 「매체 속에서 의미의 함열」, 『시뮬라시옹』, p. 151.

237 앞의 글, pp. 152-153.

『시뮬라시옹』을 통해 보드리야르가 펼쳐낸 이 ‘극단의 사유’는 파리 지식인 특유의 이른바 ‘급진적 겉멋radical chic’이 아니냐는 삐딱한 시선에 오랫동안 시달렸다. 영화, 소설, 건축은 물론 핵에너지, 걸프전, 9·11 사태, 광우병, 생명 복제, 가상현실 등 동시대의 다양한 사회문화 현상에 대한 그의 비평이 재기발랄하고 도발적인 만큼이나, 경박하고 비현실적이라는 지적 역시 그치지 않았다. 시뮬라시옹 이론은 “텔레비전으로 세계를 바라보는 시청자의 아주 제한적인 경험”을 특권화하고 일반화한다는 비판을 받기도 했다.[239] 이러한 논평들에는 나름대로 일리가 있다. 보드리야르의 단정적 어투와 과도한 은유, 혼종적 논리는 때로 그의 주장이 지닌 설득력을 의심하게 만든다. 그의 급진적 입장이 결국 현실에서는 냉소주의와 보수주의로 귀결해버릴 위험성 또한 무시하기 어렵다. 그럼에도 나는 우리가 그의 ‘전략’과 그의 ‘진정성’을 혼동할 필요는 없다고 생각한다. 보드리야르는 우리 시대가 사유에 제기하는 문제들에 과감하면서도 진지하게 도전했고, 그 과정에서 빼어난 통찰력과 조숙한 개념화를 보여주었다. 『시뮬라시옹』이 인터넷은 고사하고 IBM PC가 겨우 첫선을 보인 해에 나온 저작이라는 사실은 지금도 놀라운 감이 있다. SNS에 일상의 거의 모든 것이 전시되고, 각종 밈과 허위정보가 판치며, 인공지능과 디지털 게임, 메타버스만이 우리의 미래라고 떠들어대는 세상에서 그의 책은 여전히 차가운 빛을 발하는 경고등처럼 창백하게 서 있다.

2022년 3월

---

238 보드리야르, 「나선형 시신」, 『시뮬라시옹』, p. 235와 240. 프랑스 극작가 알프레드 자리(Alfred Jarry)가 창안한 형이상상학은 일반적인 세계 너머의 또 다른 세계—초자연, 초실재, 초이성 등—를 논하는 비(非)학문을 가리킨다.

239 Philippe Corcuff, “Jean Baudrillard n'a pas eu lieu”, *Le Monde*, 17 mars 2007.

하이브리드 세계의 '방법서설'

브뤼노 라투르 —
『브뤼노 라투르의 과학인문학 편지』

브뤼노 라투르(Bruno Latour, 1947~2022)의 『브뤼노 라투르의 과학인문학 편지』는 전문번역가 이세진의 번역으로 과학사회학자 김환석의 감수 아래 2012년 사월의책에서 출간되었다. 원서는 *Cogitamus - six lettres sur les humanités scientifiques* (Paris: La Découverte, 2010)이다.

'코비드 에르고 줌Covid ergo Zoom.' 코로나 팬데믹 발발 이후 비대면 화상회의 기술인 줌이 각종 기관, 학교, 기업, 학회 등에서 폭발적으로 쓰이게 되자 프랑스 SNS에서 떠돌았다는 우스갯소리다. '코기토 에르고 숨Cogito ergo sum(나는 생각한다, 고로 나는 존재한다)'을 패러디한 이 농담은 나름대로 의미심장한 면이 있다. 그 문장 안에 더 이상 '사유 주체로서의 개인'은 사라지고 없기 때문이다. 이제 남은 것은 바이러스와 디지털 플랫폼뿐이다. 데카르트의 명제에서 자신의 정체성과 우월성을 확인했던 인간 발화자는 이제 SNS 농담을 통해 인간 아닌 존재들이 구성하는 환경에서 자신이 어떤 자리에 있는지 되돌아보아야 하는 상황에 놓였다. 『브뤼노 라투르의 과학인문학 편지』에 관해 글을 쓰기로 마음먹은 뒤 내게 이 농담이 제일 먼저 떠오른 이유는 아마도 라투르가 '새로운 인간 조건'에 관한 사유에서 그 누구보다도 멀리 나간 지식인이기 때문일 것이다. 게다가 그의 책들에는 독자를 슬며시 웃음 짓게 만드는 유머 또한 풍부하게 담겨 있다.

2022년 75세를 일기로 타계한 브뤼노 라투르는 인류학자이자 철학자이며, '세계에서 제일 유명하지만 이해받지 못하는 프랑스 사상가'로도 꼽힌다. 그는 지적 스승인 미셸 세르Michel Serres의 대담자로 국내 출판계에 이르게 모습을 드러냈지만, 2010년 이전까지도 단독 저자로서 제대로 소개되지 못했다.[240] 그가 독보적인 과학기술학 저서들로 이미 1980년대부터 세계적으로 주목받은 연구자라는 점을 고려하면, 다소 이례적인 일이다. 그의 주저라고 할 만한 『실험실 생활』, 『젊은 과학의 전선』, 『판도라의 희망』의 우리말 번역본은 2010년대 후반에야 나왔다. 이처럼 국내에서는 오랫동안 그 명성이 널리 알려지지 않았던 라투르가 최근 들어 새삼 각광을 받게 된 데는 환경 위기와 팬데믹이라는 상황적 요인이 크게 작용한 것

---

240 미셸 세르, 『해명』, 박동찬 옮김, 솔, 1994. 이 대담집에서 라투르는 질문자 역할을 했다. 그는 2010년에 백남준상 수상을 계기로 한국을 방문한 바 있다. 그 이전에 출간된 그의 저서로는 『우리는 결코 근대인이었던 적이 없다』가 유일하다. 라투르의 상세한 이력에 관해서는 김환석, 「라투르는 누구이며 왜 중요한가?」, 『브뤼노 라투르의 과학인문학 편지』, 이세진 옮김, 사월의책, 2012, pp. 8-13 참조.

으로 보인다. 말년의 그는 특히 기후 재난과 코로나 사태의 심각성을 알리고 대안을 모색하는 공공지식인 활동을 벌였는데, 그러한 맥락에서 나온 『나는 어디에 있는가』, 『지구와 충돌하지 않고 착륙하는 방법』, 『녹색 계급의 탄생』 같은 몇몇 팸플릿은 우리말로 빠르게 번역, 출간되었다. 라투르가 '신기후체제'라고 명명한 전대미문의 생태-사회적 국면이 그의 이론이 지닌 적실성을 강력히 일깨우는 계기를 마련한 셈이다.

『과학인문학 편지』는 라투르가 자신이 진행하는 온라인 강의 내용을 한 독일 여학생에게 이메일로 요약, 소개해주는 형식을 취하고 있다. 그 강의의 제목은 "과학과 기술을 역사, 문화, 문학, 경제, 정치와의 '관계 속에서'" 논하는 과학인문학이다.[241] '경험'과 '철학', '구체'와 '추상'을 끊임없이 오르내리며 논지를 전개하는 라투르 특유의 스타일은 이 '강의' 혹은 '편지'에서도 어김없이 나타난다. 다소 난해한 독창적 개념들을 그 자신이 편안한 구어체로 여러 사례와 함께 풀어서 설명해주고 있다는 것은 『과학인문학 편지』의 큰 장점이다. 하지만 그렇다고 해서 이 책이 정리하기에 그리 만만한 책은 아닌데, 라투르가 원서 출판 시점인 2010년까지 발전시킨 방대한 사유를 나름대로 망라하고 있기 때문이다. 더욱이 여러 예시를 걷어내고 나면 그 안에서 작동하는 그의 개념들은 여전히 어려운 것으로 남아 있다. 따라서 나는 라투르가 즐겨 인용하는 예화 하나를 빌려와 그의 논의 전반을 내 식으로 쉽게 해설해보는 데 만족하려 한다.

『과학인문학 편지』의 앞부분에 나오는 그 이야기는 원래 『플루타르코스 영웅전』에 실린 수학자 아르키메데스의 일화이다. 그 골자는 이렇다. 지레와 도르래의 원리를 발견한 아르키메데스는 시라쿠사의 왕 히에론에게 편지를 써 자랑한다. 왕은 아르키메데스에게 공개실험을 통한 증명을 요구하고, 아르키메데스는 겹도르래의 작용에 힘입어 사람과 화물을 가득 실은 돛대 세 개짜리 배를 힘들이지 않고 움직이는 놀라운 능력을 발휘

---

241 『브뤼노 라투르의 과학인문학 편지』, p. 20.

한다. 왕은 아르키메데스에게 요새 공방전에서 사용할 수 있는 전투 기계를 제작하게 했고, 그 결과 막강한 로마 군대와의 전쟁에서 승리한다. 그런데 전쟁이 끝나자 이제 아르키메데스는 물질적 필요와 관계된 모든 기술과 역학을 천한 육체적 일로 여기면서, 아름답고 탁월한 대상에만 열의를 쏟는 예전의 일상으로 되돌아간다.[242]

라투르가 하필 아르키메데스의 일화를 끌어온 것은 예사롭지 않다. 많은 이들에게 아르키메데스는 목욕을 하다가 밀도를 측정하는 법을 알아내고는 그 발견의 기쁨을 '유레카!'라는 외침으로 표현한 인물이자, 시라쿠사가 함락당한 상황에서 떠나라는 명령을 무시한 채 수학적 작도에 몰두하다가 로마 군인에게 살해당한 인물로 잘 알려져 있기 때문이다. 이 유명한 에피소드들은 모두 아르키메데스를 과학의 순수성, 무상성, 독립성 같은 가치의 대표자로 추켜올린다. 그런데 라투르는 우리가 그의 이야기를 특정한 부분만 떼어서 보지 말고, '전체'로서 보아야 한다고 주장한다. 그럴 경우 무엇이 새롭게 보일까? 아르키메데스의 연구가 왕과 기계와 전쟁에 깊숙이 엮여 있었다는 점이다. 물론 애초에 그의 과학은 지중해 연안의 몇몇 학자만이 관심을 갖는 자율적 상태에 있었고, 종국에는 다시 스스로에만 몰두하고 자기만을 근거로 삼는 상태로 되돌아간다. 하지만 그 중간에 과학이 정치권력을 매개로 기술과 군사적 방어의 연속선 상에 놓였다는 중요한 사실은, 라투르에 따르면 우리 시야에서 빠져나가는 경향이 있었다. 아르키메데스 이야기를 전체로서 이해하라는 그의 요청은 이제 중대한 시각 전환으로 이어진다.

우선 그것은 '순수한 과학'이라는 개념을 거부한다. 이와 더불어 상식 혹은 이데올로기와 과학 사이의 '인식론적 단절'이라든지, '과학의 자율성'에 대한 옹호(나아가 '타율성'에 대한 비판과 배격)는 허상에 지나지 않게 된다.[243] 라투르가 보기에, 과학자들은 불순한 정념이나 상상과 단절하면

---

242 앞의 책, pp. 26-34.

서 순정한 합리성으로 이행하는 일차원적 존재가 아니다. 17세기 초 갈릴레이는 직접 제작한 초보적 수준의 천체망원경으로 달의 분화구를 관찰하고 그림으로 그렸는데, 거기에 자신의 후원자인 코시모 데 메디치 2세의 탄생일 별점 역시 그려놓았다. 하지만 '달을 관측한 과학자'와 '점성술을 믿은 신민'은 결코 별개의 인물이 아니다. 라투르는 과거의 과학자들을 그들이 미처 알지도 못했고 지향하지도 않았던 미래의 선구자들로 만들어서는 안 된다고 역설한다. 이는 과학사를 '이성의 끝없는 진보 과정'으로 이해하면서 근대의 과학혁명을 영광스러운 단절의 역사로 기록해온 오랜 관행을 의문시하는 결과로 이어진다.[244]

라투르에 따르면, 과학혁명의 거창한 서사, 혹은 '혁명 모델'은 회고적 역사이자 방법론적 오류이다. 우리는 혁명과 해방의 상속자들이 아니라, 한없이 복잡한 또 다른 역사의 후계자들이라는 것이다. 그 역사에서는 옛 존재들과 새 존재들이 재배치되고, 양립 가능한 구성 요소들이 다른 식으로 조합될 뿐이다. 이러한 관점에서 우리는 갈릴레이가 달을 코스모스에 추가하면서 양립 불가능했던 것(지구중심설)과 그렇지 않았던 것(별점, 가톨릭 신앙)을 드러낼 수 있다. '근대적인' 자연과학자 갈릴레이로부터 별점 신봉자의 '전근대적인' 형상을 분리하고 단죄 혹은 삭제하기보다, 갈릴레이와 더불어 다수의 이질적 요소들이 평가, 판단, 수정, 재조합을 거치는 과정을 기술하게 되는 것이다.[245]

다시 『플루타르크 영웅전』으로 돌아와 아르키메데스와 히에론왕의 관계 그 자체에 주목한다면, 우리는 라투르가 창안한 과학인문학 연구의 중심 아이디어들을 좀 더 자세히 들여다볼 수 있다. 이야기의 중반부는 크게 두 부분으로 나누어진다.

---

243 이는 바슐라르(Gaston Bachelard), 쿠아레(Alexandre Koyré)로부터 알튀세르(Louis Althusser), 부르디외 등으로 이어지는 주류 프랑스 인식론 전통에 대한 급진적 비판을 의미한다. 『해명』, pp. 40-44.

244 『브뤼노 라투르의 과학인문학 편지』, pp. 125-131.

245 앞의 책, pp. 131-137.

장면#1. 아르키메데스가 히에론왕에게 자신의 새로운 발견을 과시하자 왕은 공개실험을 요구하고, 아르키메데스는 제작 기계를 이용해 선박 이동을 성공시킨다.

장면#2. 왕은 아르키메데스에게 공성전에 동원할 수 있는 병기를 제조하게 하고, 마침내 로마와의 전쟁에서 승리를 거둔다.

여기서 앞 장면은 특히 '과학적 사실의 구성'을, 그리고 뒷 장면은 '기술과 권력'의 문제를 환기한다고 볼 수 있을 것이다.

구체적으로 장면#1은 과학자가 어떻게 '사실'을 생산하는지, 그 과정에서 권위, 인정, 자금을 제공하는 다른 행위자들과의 교섭과 동맹, 관심과 이익의 구축이라든지 기록, 기구, 장비, 시설 등과 얽혀 있는 실험의 역할이 얼마나 중요한지를 시사한다. 공식을 작성한 아르키메데스는 편지를 써서 왕의 관심을 끌려 애쓰고, 설득당한 왕은 아르키메데스에게 자신의 이해관계를 건다. 또 공개실험은 겹도르래라는 기술적 장치를 통해 기하학의 공식을 가시화한다. 라투르가 보기엔, 이처럼 과학자, 정치가, 진술, 문헌, 도구, 물질 등의 연쇄로 이루어지는 광범위한 이종적 연결망이 과학적 사실을 생산한다. 이는 달리 말하면, 과학적 진술의 유효성을 구성하는 그러한 연결망과 분리 가능한 '과학 그 자체'는 존재하지 않는다는 것이다.[246]

한편 장면#2는 인간과 기술의 복잡한 상호결합이 어떠한 정치적 결과를 가져오는지 알려준다. 아르키메데스 덕분에 왕은 아주 작은 힘으로 거대한 물체를 들어 올릴 수 있는 기계, 나아가 전쟁 병기를 얻는다. 라투

246 19세기 프랑스 미생물학자 루이 파스퇴르에 관한 라투르의 연구는 이 점을 잘 보여준다. 그에 따르면, 파스퇴르의 성공은 단순히 질병을 일으키는 미생물, 효과적인 예방 접종 및 살균 기술을 '발견'한 데 있는 것이 아니다. 그것은 오히려 파스퇴르가 농부와 수의사, 탄저균을 비롯한 수많은 행위자를 연결하고, 실험실을 농장, 진료소, 거리로 가져가면서 파리의 자기 실험실 안으로 다시 '프랑스 사회'를 가져왔다는 데 있다. 브뤼노 라투르, 「나에게 실험실을 달라, 그러면 내가 세상을 들어 올리리라」(김명진 옮김), 『과학사상』, 2003년 봄호, pp. 43-82.

르는 이러한 기술들을 위시한 사물, 도구, 객체를 모두 비인간non-human 행위자로 명명한다. 비인간 행위자와 결합한 인간 행위자, 그러니까 예컨대, 강력한 무기를 확보한 왕은 그렇지 못했던 과거의 왕보다 훨씬 더 큰 힘을 가지고 다른 목표를 실행할 수 있는 새로운 행위자가 된다. 예전에 히에론 왕은 인민의 정치적 대표자에 불과했으며, 인민에 함부로 군림할 수 없었다. 그런데 아르키메데스는 그에게 인민 전체보다 강한 물리력을 발휘할 수 있고 로마 군대에 대항할 수 있는 기계를 제공함으로써 정치적 관계 또한 역전시켰다. 아르키메데스는 물리적 힘과 정치적 힘을 통약 가능하게 만들었고, 비례 법칙과 정치 형태의 연합을 창출했다. 이렇게 기하학이 지정학으로 이행하고 정역학[247]이 정치와 일치하는 상황에서 약자였던 왕은 강자로 변모했던 것이다.[248]

이 두 장면에 대한 해석은 라투르가 다른 연구자들과 함께 발전시킨 행위자-연결망 이론Actor-Network Theory이 어떻게 다양한 영역에서 탐구의 실마리가 될 수 있는지 예시한다. 행위자는 인간일 수도, 실험기구나 미생물, 건물, 텍스트 같은 비인간일 수도 있다. 또 행위는 반드시 의도를 요구하지 않으며, 어떤 결과에 영향을 미치는 거의 모든 것을 망라한다. 행위자-연결망 이론은 다양하고 이질적인 인간 및 비인간 행위자들 사이에서 연결이 생겨나고 변해가며 이동하는 역동적인 결합 과정을 추적한다. 그것은 크고 작은 사회 집단과 현상의 차이가 본질적이고 영속적인 것이 아니라, 끊임없이 창출되고 협상되는 과정 속에 있다고 본다. 세계는 이처럼 변화하는 무수한 행위자-연결망으로 구성된다는 것이다. 행위자-연결망은 고정불변의 지리적 경계도 갖지 않으며, 다만 길이와 규모의 면에서 달라질 따름이다.[249]

이러한 이론적 관점은 어떤 대상이든 선불리 범주화, 실체화하지 말

---

247 정역학(靜力學)은 역학(mechanics)의 한 갈래로, 물체가 정지해 있을 때 힘이 작용하는 방식과 조건 등을 연구한다.

248 브뤼노 라투르, 『우리는 결코 근대인이었던 적이 없다』, 홍철기 옮김, 갈무리, 2009, pp. 273-278.

고 철저히 경험적으로 기술하기를 요청하는 일종의 방법론적 제언이기도 하다. 그리하여 라투르는 『과학인문학 편지』에서 과학을 연구하기 위해 어떤 '과학적' 진술을 곧장 객관적인 진실로 받아들이지 말고, '말풍선'에 넣어 그 생성조건과 결부시키는 노력을 하라고 권유한다. 그 진술을 누가 누구에게 어떤 상황에서 어떤 목적으로 무슨 증거를 대면서 누구에게 반대해서 어떤 원칙을 가지고 어떤 재원에 힘입어 제시했는지 살피라는 것이다.[250] 이는 특정한 진술이 어떻게 믿을 수 있는 것, 반박할 수 없는 것의 단계에 이르는지(혹은 그렇게 되지 못하는지) 그 과정을 처음부터 끝까지 추적하는 일이며, 한마디로 행위자-연결망을 구축하는 작업이다. 이를 통해 우리는 아르키메데스의 일화가 예증하듯이 과학자, 정치가, 기계, 장치, 자료, 사진, 다이어그램, 실험동물 등 복잡다양한 이종적 집합체가 과학적 진술을 구성하는 과정을 보게 될 것이다.

라투르의 행위자-연결망 이론이 비인간 존재, 특히 기술에 주목한다는 점은 별도로 언급할 만하다. 히에론왕은 의식적이고 전략적으로 기술을 동원하고 또 이용했다. 하지만 라투르의 언급처럼, 우리는 일상생활의 물질적 차원에 절대적으로 의존하고 있으면서도 그에 대해 자각하지 못한다. 우리의 행위 경로는 언제나 사회적인 만큼이나 기술적이기도 하다. 하나 혹은 다수의 기술적 장치가 우리의 행위에 길을 내고 그것을 이끈다. 그러한 장치가 너무나 효과적이어서 거기 익숙해지면 기술은 마치 없는 듯 여겨지고, 행위 경로는 균일한 일직선처럼 나타난다. 실제로는 수많은 이질적 구성 요소와 우회의 층들로 이루어져 있는데도 말이다.[251] '생각하는 사람'이 종이, 펜, 책 등 그 어떤 도구에도 의지하지 않는 '벌거벗은 인간'의 이미지로 떠오르는 식이다. 우리가 행위 경로에 기술이 얼마나 깊숙

---

249 아네르스 블록·토르벤 엘고르 옌센, 『처음 읽는 브뤼노 라투르』, 황장진 옮김, 사월의책, 2017, 5장.

250 『브뤼노 라투르의 과학인문학 편지』, pp. 89-90.

251 앞의 책, pp. 54-55.

이 배태되어 있는지 깨닫게 되는 것은 글을 쓰다가 컴퓨터가 고장 나는 경우처럼 위기와 시험이 닥치는 상황에서이다. 컴퓨터의 고장으로 글쓰기가 중단되면, 그 행위 경로에 필요했던 결합의 연쇄와 다양한 구성 요소(기기, 소프트웨어, 인터넷, 전기 등)가 그동안 지워졌던 모습을 갑자기 드러낸다.

라투르는 인류의 진화과정에서 기술적 역량은 축적·보전·재구성되어 왔으며, 그에 따라 행위 경로 또한 사회기술적 대상들을 매개로 더 길고 복잡한 우회를 거칠 수밖에 없는 하나의 전체적 흐름이 있다고 지적한다. 그런데 기술은 사람들에게 점점 더 '자연화'되는 경향을 띠게 되었을 뿐만 아니라, 대부분 인문사회과학 연구자들의 관심 범위에서도 아직껏 벗어나 있다. 그런데 사실 "정치를 근간으로 하는 사회는 수많은 성벽과 지렛대, 도르래, 검을 인위적으로 제거해야만 얻게 되는 인공물"이다.[252] 집합체 안에 인간 행위자들과 얽히고설켜 있는 비인간 존재들을 제대로 고려하지 않고서는 사회의 규모나 견고성, 지속성을 이해할 수 없는 것이다. 라투르에 의하면, 영장류인 개코원숭이는 복잡한 사회적 관계망 속에서 고도의 행위 경로를 따를 수 있지만, 결코 물질적 기술의 중개를 거치지 않는다는 특징을 지닌다. 이 점에서 개코원숭이는 같은 영장류인 침팬지와도 다르다. 인간과 마찬가지로, 침팬지는 빨대를 써서 흰개미들을 빨아들이거나 망치를 써서 호두를 깨뜨리는 등, 기술을 이용하기 때문이다. 따라서 라투르는 기술의 우회를 탐구하지 않는 학문분과는 인간 아닌 개코원숭이를 다룰 뿐이라고 잘라 말한다.[253]

현재 인간 생활에는 그 어느 때보다도 엄청나게 많은 기술이 복잡하고 다양한 행위 경로에 관여한다. 컴퓨터나 자동차, 스마트폰처럼 형체가 뚜렷한 기기들은 물론이고 전기, 통신망, 유전자변형식품 등과 같이 우리가 그 존재를 거의 의식하지 못하는 기술도 부지기수이다. 우리의 행위 하

---

252 『우리는 결코 근대인이었던 적이 없다』, p. 278.

253 『브뤼노 라투르의 과학인문학 편지』, p. 70.

나하나는 모종의 기술을 매개로 이루어지고, 그 기술 자체도 새로운 과학 발전에 기초해 계속 고도화된다. 이 과정에는 자연과학뿐만 아니라 인문 사회과학 역시 중요한 역할을 수행한다. 이를테면, 아이의 양육이나 공중 보건에는 의학 못지않게 심리학, 사회복지학, 또는 커뮤니케이션학이 개입한다. 라투르에 따르면, 그러한 기술과 과학은 우리가 다른 사람들, 그리고 각종 사물과 대상에 한층 밀접하게 관계 맺도록 이끈다. 인간 행위는 더 이상 기술 활용, 과학을 통한 경유, 정치의 작용과 구분이 불가능해지고, 점점 더 많은 혼성적 물질을 다각적으로 동원한다. 한마디로 "물질화는 사회화요, 사회화는 물질화"인 것이다.[254]

라투르는 이러한 현상을 '하이브리드의 증식'으로 개념화한다. 인간 및 비인간 요소들의 혼합을 의미하는 하이브리드는 자연과 문화를 결합하고 상호연결하는 일련의 실천의 산물이다. 예를 들면 아르키메데스가 제작한 병기는 역학의 원리, 재료의 물질적 속성, 왕과 군대의 역할, 지정학적 이해관계, 정치 담론 등이 교차하는 하이브리드의 일종이다. 오늘날 우리가 과학 기술의 매개 없이 살아갈 수 없다는 말은 간단한 생필품이나 전자기기에서부터 생명공학 기술, 오존층 파괴, 기후변화에 이르기까지 다양한 규모의 무수한 하이브리드에 긴밀히 연루되어 있다는 뜻이기도 하다. 인류가 지구 환경 전체에 막대한 영향을 미치는 이른바 인류세의 도래 역시 이와 무관하지 않을 터이다.

과학의 순수성, 자율성이라는 고정관념을 거부하고 과학과 정치의 불가분성, 기술을 비롯한 각종 비인간 행위자와 하이브리드의 중요성을 역설하는 라투르의 논의 이면에는 궁극적으로 근대성의 철학에 대한 전면적인 문제 제기가 깔려 있다. 그에 의하면, 17세기 이래 서구사회는 '근대 헌법'이라고 이름 붙일 수 있는 존재론적 원리 위에서 질서 지어졌다. 그 핵심은 바로 인간중심주의에 기초한 자연과 문화의 이분법이었다. 사실 자

254 앞의 책, p. 76.

연과 문화는 언제나 하이브리드 연결망으로 얽혀 있었기에 따로 떨어진 영역이었던 적이 없고, 존재론적 차이 또한 갖지 않는다. 그럼에도 근대 사회는, 라투르가 보기에 인간과 비인간을 분리하고 위계화하면서 자연과 문화의 분할을 공식적으로 정초했다. 여기엔 다분히 이중적인 면모가 있는데, 그 이면에서 자연과 문화를 혼합해 새로운 유형의 하이브리드를 엄청나게 증식시키는 실천 역시 활발히 이루어져 왔기 때문이다. 어떤 면에서는 근대헌법이 정립한 자연과 문화의 이분법이 하이브리드 현상을 가시권 바깥에 있게 만들었고, 이는 후속 결과를 고려하지 않은 하이브리드의 무한 생산을 촉진했다. 지금의 생태 위기는 그처럼 무책임한 근대적 접근이 더 이상 불가능하다는 사실을 가르쳐준다.255

라투르는 이제 인류가 '해방과 근대화'의 역사라는 서사를 벗어나야 한다고 주장한다. 그것은 우리가 과거와 지속적인 단절을 성취해 가면서 그에 힘입어 주체와 객체, 사실과 가치, 자연과 문화, 과학과 정치가 한층 더 구분되는 방향으로 나아간다는 인식이다. 그 대신 라투르는 '밀착과 생태화'라는 또 다른 서사를 제안한다. 이에 따르면, 역사 속에서 인간과 비인간, 기술과 과학과 정치는 점점 더 복잡하게 얽히고설켜 더욱더 방대하고 밀접한 관계 속에 놓인다.256 이러한 상황에서 생태화는 우리와 공존하는 비인간 존재들을 고려한 새로운 민주적 절차의 수립을 요구한다. 근대헌법 아래 자연과학에 의해서만 재현/대표되어온 (비인간 객체들의) 자연을, (인간 주체들의) 사회처럼 정치에 의해 재현/대표될 수 있도록 만들어야 하는 것이다. 이로부터 라투르가 근대헌법의 대안으로 제시하는 '사물의 의회' 개념이 나온다. 민주적으로 정당한 과정을 통해 인간과 비인간, 하이브리드의 집합체를 다루는 사물의 의회는 인간중심주의로부터 탈피한 관계주의적 윤리를 지향한다. 그것은 자연과 문화의 경계를 넘어서 인간과 비인간의 권한, 역할, 권력 관계를 재편하려는 실험적 운동이다. 이는

---

255 『우리는 결코 근대인이었던 적이 없다』, pp. 40-45.

256 『브뤼노 라투르의 과학인문학 편지』, pp. 78-80.

사람, 사물, 동물 등 모든 집합체 구성원들이 좋은 공통세계cosmos, 바람직한 공동의 삶을 어떻게 창출할 것인지 함께 토론하는 과정이 될 것이다.[257]

『과학인문학 편지』의 뒷부분에 이르면, 우리는 라투르가 이 책을 왜 썼는지 그 이유를 좀 더 분명히 깨닫게 된다. 데카르트의 『방법서설』처럼 총 6장으로 이루어진 이 책의 가장 큰 목표는 결국 '과학을 세속화하기'에 있다. 라투르는 독자들에게 과학과 정치, 자연과 사회, 인간과 사물, 주체와 객체라는 낡은 구획을 과감히 버리고, 실재의 다양성을 지각하고 존중하기를 권한다. 이를 위해서는 데카르트가 표상하는 근대적 세계관과 자연관, 그러니까 '(생각하는 주체의) 연장된 실체로서의 세계', '보편적이고 연속된 환경으로서의 자연'이라는 관념을 기각하고 존재들의 물질성, 복합성, 불연속성 나아가 자연의 복수성을 상상하고 또 복원해야 한다.[258] 이러한 시각의 전환은 하이브리드 세계의 공공 문제에 시민의 자격으로 참여하게끔 이끌 것이다.

유일하고 객관적인 실재로서의 자연, 인간과 정치와 문화로부터 분리된 자연을 우리가 더 이상 사고할 수 없다면, 또 줄기세포, 핵발전, 기후 위기, 코로나 바이러스 같은 거대한 하이브리드를 계속 상대할 수밖에 없다면, 우리에게 남은 선택지는 '사물의 의회'를 구성해 그 대변인들로서 논쟁하는 일이다. 각각의 사안은 판이한 경로, 다양하고 변덕스러운 대중을 지니고서 매번 다른 결합과 다른 연쇄를 양립 가능하게 만들면서 세계의 구성을 변화시킨다. 우리는 매번 증거와 시험, 탐구와 조사, 집단적 모색의 불확실한 행보에 의탁해야 한다.[259] 이때 실재는 새로운 방식으로 구성될 가능성에 열려 있는 정치적인 것이 된다. 이 과정에서 디지털 플랫폼들은 우리의 대변과 토론과 참여를 촉진하는 기술 민주주의의 수단으로 기능할 수 있을 것이다. 원제가 『코기타무스』인 『과학인문학 편지』는 생태 위기

---

257 『우리는 결코 근대인이었던 적이 없다』, pp. 351-358.

258 『브뤼노 라투르의 과학인문학 편지』, pp. 214-220.

259 앞의 책, pp. 186-187.

시대의 이 지구에서 공동의 삶을 위해 함께 사유하고 행동하자는 라투르의 멋진 초대장이다.

> "코기타무스 에르고 수무스Cogitamus ergo sumus.
> 우리는 생각합니다.
> 고로 우리는 구성해야 할 세계로 함께 들어갑니다."[260]

2022년 12월

260 앞의 책, p. 199.

후기

침묵과
우정의 공간

이상길

프루스트도 번역가였다. 내가 이 사실을 알게 된 것은 그의 유명한 텍스트 「독서에 관하여」 덕분이었다. 원래 독립된 에세이인 줄 알았던 글을 읽으려고 찾아보았다가 그것이 『참깨와 백합』이라는 번역서의 서문이라는 정보를 뒤늦게 확인한 것이다. 『참깨와 백합』은 영국의 예술비평가이자 사회사상가 존 러스킨이 도서관과 학교 설립기금을 마련하기 위해 했던, 독서와 교육에 관한 두 차례의 강연 원고를 한데 묶은 책이다. 20대 후반부터 7년여 동안 러스킨에 커다란 관심을 기울인 프루스트는 1904년 『아미앵의 성서』를, 1906년에는 『참깨와 백합』을 번역, 출간하고 역자 서문을 달았다. 고맙게도(!) 우리말로 옮겨져 있는 이 글은 그 자체로 충분히 아름답고 흥미로웠다.

일단 인상적인 것은 길이다. 그것은 원서의 거의 절반 분량에 육박하는데, 국역본을 기준으로 『참깨와 백합』이 110여 쪽인 데 반해, 「독서에 관하여」는 50여 쪽에 달한다. 게다가 사후 높아진 프루스트의 명성 덕분인지, 프랑스에서는 「독서에 관하여」가 별도의 책으로 나와 있는가 하면, 국역본은 아예 『참깨와 백합, 그리고 독서에 관하여』라는 제목 아래 러스킨과 프루스트의 공저서처럼 출간되어 있을 정도다.[261] 더 흥미로운 것은 "독서에 관하여"의 분량이나 형식이 아닌, 바로 내용이다. 통상 역자의 글이란 아무리 길다 해도 역서의 주제와 가치를 있는 그대로 소개하는 역할을 자임하게 마련이다. 그런데 프루스트의 서문은 일반적인 기대를 여지없이 배반한다. 그는 단도직입적으로 이렇게 쓴다. "나는 그의 글 문턱에 해당하는 이 서문에서 러스킨의 의견에 반박하고 그 이유를 제시할 것이다."[262]

프루스트가 이처럼 번역서의 서문을 '장문의 반론'으로 쓰게 된 데는 나름대로 전후 사정이 없지 않았던 것으로 보인다. 애당초 러스킨의 사상

261 존 러스킨·마르셀 프루스트, 『참깨와 백합, 그리고 독서에 관하여』, 유정화·이봉지 옮김, 민음사, 2018.

262 마르셀 프루스트, 「독서에 관하여」, 앞의 책, p. 151.

에 매료되었던 프루스트는 그를 깊이 이해하게 될수록 자신과의 분명한 차이를 깨닫고 맹목적인 존경과 숭배에서 벗어나게 되었다. 『참깨와 백합』 번역을 마칠 무렵에는 프루스트 스스로 러스킨에 대한 애정이 완전히 식어버렸다고 지인에게 토로할 정도였다.[263] 이는 무엇보다도 프루스트가 러스킨의 미학에 근본적으로 동의하지 못했기 때문이었다. 러스킨이 도덕적으로 올바른 것이야말로 진정으로 아름답다는 관점에서 정치적·사회참여적 예술을 역설했다면, 프루스트는 예술가는 자기만의 진리를 추구해야 한다는 시각에서 '예술을 위한 예술'을 중시했다. 또 러스킨이 예술작품의 수용에서 창작자의 의도에 무게를 실었다면, 프루스트는 감상자의 능동적·적극적 태도에 방점을 찍었다.[264] 『참깨와 백합』에서 프루스트가 책의 주장에 반대하는 긴 서문을 단 것은 이러한 맥락에 비춰 보자면 어느 만큼 불가피한 일이었다.

러스킨에게 독서는 "위대한 현자들"과 나누는 대화이고, 인생에 지혜와 교훈을 주는 절대적인 가치를 지닌다.[265] 반면 프루스트에게 책은 친구와도 같지만, 그렇다고 해서 책 읽기라는 경험이 우리가 '유달리 교양 있는 친구'와 나누는 대화와 같은 것은 아니다. 독서는 내가 혼자 있는 상태에서 다른 사람의 생각을 받아들이는 활동이기 때문이다. 이 '혼자-있음'은 독서와 관련해 매우 중요한데, 프루스트에 따르면, 이중성을 띤다. 즉 고독 속에서가 아니면 창조적 활동은 일어나지 않기에—대화 상황에서는 그 능력이 흐트러진다—, 혼자 있는 시간은 우리가 영감에 넘치고 성찰에 잠기는 등 지적 역량을 최대한 발휘할 기회이다. 그런데 스스로 창조적 활동에 시동을 걸지 못하는 게으른 정신은 혼자 있기만 해서는 아무런 소용이 없다. 문제는 우리 대부분이 게으른 정신이라는 사실이다. 따라서 우리는

---

263 유예진, 「프루스트와 러스킨, 그리고 화가들」, 마르셀 프루스트, 『독서에 관하여』, 유예진 옮김, 은행나무, 2014, pp. 237-238.

264 앞의 글, pp. 220-228.

265 존 러스킨, 「참깨: 왕들의 보물」, 『참깨와 백합, 그리고 독서에 관하여』, p. 29.

오롯이 홀로 있을 때 내면을 부지런 떨게 만들어줄 수 있는 외부의 자극, 바로 책이라는 친구를 필요로 한다. 이것이 프루스트가 말하는 독서의 본령이다.266

이러한 관점에서 독서는 책에 쓰인 내용을 그대로 읽어내는 행위가 아니다. 그것은 독자 개개인이 책을 무엇을 어떻게 느끼고 생각하며 읽었는지 하는 주관적이고 능동적인 경험이 중요한 활동이다. 작가의 의도와 책 내용 그 자체보다는 독자의 읽기 방식과 경험이 결정적이라는 것이다. 좋은 책의 위대하고 멋진 특성은 그것이 작가에게는 "결론"이지만 독자에게는 "도발"이라는 데 있다. 프루스트는 이를 다음과 같이 표현한다.

> "바로 작가의 지혜가 끝나는 지점에서 독자의 지혜가 시작된다. 우리는 작가가 답을 주기를 바라지만 그가 할 수 있는 것이란 단지 우리에게 욕망을 불어넣는 것뿐이다. 그리고 이 욕망은 작가가 자신의 예술을 극한으로 밀고 나감으로써 도달한 숭고한 아름다움에 독자가 반응할 때야 비로소 싹트게 된다. 그러나 매우 이상하고도 다행한 정신적 관점의 법칙(이 법칙이란 바로 진리란 다른 사람으로부터 전수 받는 것이 아니라 우리 스스로 창조해야 한다는 것이다)에 의해 우리는 책의 지혜가 끝나는 지점이 바로 우리 지혜의 시작점이라 느낀다. 말하자면 책이 말을 끝냈을 때, 우리는 아직 아무것도 듣지 못한 느낌을 받는 것이다."267

이러한 문맥에서 프루스트는 독서를 '정신 깊은 곳의 문을 여는 열쇠'라든지, '내면세계의 입구까지만 이끌어주는 인도자'에 비유한다. 동시에 그는 단순히 읽기 위해서 읽는, 아니면 자신이 읽은 것만을 기억하기 위해서 읽는 문필가를 비판한다. 문필가에게 책은 "자신을 천국의 문까지 안

266 프루스트, 「독서에 관하여」, pp. 163-164.

267 앞의 글, p. 159.

내한 다음 그 문을 여는 순간 날아가 버리는 천사가 아니라, 거기 버티고 서서 경배를 요구하는 우상"이다. 그런데 이 우상은 가짜 권위이기에, 책에 대한 물신숭배는 해악이나 다름없다. 책의 가치는 그것이 독자에게 촉발하는 개인적 사유에 있으며, 책의 진정한 권위는 거기에서 나오기 때문이다. "어떠한 독창적 활동도 하지 않는 문필가의 정신은 책 속에서 자신을 더욱 강화해줄 자양분을 분리해낼 수 없다. 이렇게 통짜 그대로 들어온 책은 그의 정신 속에 동화되지 못하는 까닭에 삶의 원칙이 되지 못한 채, 이질적 객체이자 죽음의 원리가 되고 만다."[268]

프루스트에 의하면, 우리는 고독 속에서 책과(또는 책을 매개로 저자와) "진실한 우정"의 관계를 맺는다. 내 앞에 현존하지 않는 사람과의 이 우정은 가볍고 변덕스럽지 않으며, 이해타산을 넘어선다. 헛된 의례와 거짓말, 눈치 보기 같이 보통의 우정에 따라붙는 온갖 잡사는 독서의 문을 들어서는 순간 사라져 버린다. 우리가 책이라는 친구와 저녁나절을 함께 보낸다면 진심으로 그러고 싶기 때문이며, 그의 말에 웃는다면 진심으로 재미있기 때문이다. 그의 말이 지루해지거나 함께 있기에 조금이라도 지겨워지면, 우리는 그가 천재건 유명인이건 개의치 않고 곧바로 책장에 갖다 꽂아 버릴 것이다. 이처럼 이 우정은, 프루스트가 보기에 인간관계의 지저분한 겉치레를 걷어낸 곳에 자리 잡는다는 점에서 깨끗하고 아름답다. 그것은 침묵 속에서 상대방의 가장 고결한 부분을 보게 만든다.

> "이 순수한 우정의 공기atmosphère는 침묵이다. 그것은 말보다 순수하다. 말이 타인을 위한 것이라면, 침묵은 우리 자신을 위한 것이다. 또한 말과 달리 침묵 속에는 우리의 결점이나 가식이 들어있지 않다. 그것은 순수하다. 그것은 진정한 의미에서 공기이다. […] 책에는 일관성이 있다. 사실 이러한 일관성은 우리 삶에서는 불가능하다. 우리 삶

268 앞의 글, pp. 168-169.

에는 인간관계들rapports이 있고, 또 그 때문에 우리 사고에도 여러 이질적 요소가 끼어들기 때문이다. 그러나 책에는 일관성이 가능하고 이를 통해 우리는 저자 생각의 중심선을 곧게 따라갈 수 있으며, 저자의 여러 특성을 고요한 거울에 비친 것처럼 분명히 알아볼 수 있는 것이다."269

자, 이제 프루스트에 기댄 긴 도입부를 끝내고 짧은 본론으로 들어가 보자. 서평이란 무엇인가? 앞의 인용문을 이용해 이렇게 답해볼 수 있을 것이다. 서평은 개인적인 책 읽기의 경험을 통해 책의 일관성, 즉 저자의 특성과 생각의 중심선을 드러내는 작업이라고. 그것이 '책의 일관성'만 담고 있다면 흔한 '도서 정보'와 다를 바 없을 테고, 반대로 '개성적 평가'만 내세운다면 평범한 '독서감상문'과 구분하기 어려울 테다. 이윤영과 내가 『출판문화』에 '생각, 시대를 바꾸다' 시리즈를 연재하면서 우선적으로 유념했던 것도 '책의 일관성'에 대한 '개성적 평가'로서 '서평다운' 글을 쓰는 일이었다.

처음 연재 청탁을 받았을 때, 두 사람은 각자 국내 저자의 책과 번역서로 이루어진 십여 권의 서평 도서 목록을 작성했다. 하지만 여러 우연과 고려가 겹치면서 우리는 그 목록 그대로 연재를 진행하기는 어렵겠다는 합의에 자연스럽게 이르렀고, 국내 저자의 책을 이윤영이, 번역서를 내가 비평하는 식으로 역할을 분담했다. 연재의 제일 큰 난관은, 서문에 이윤영도 적었지만, 대상 도서 명단을 다시 조정하는 일이었다. 내가 애초에 호기롭게 목록에 올린 책들 가운데 상당수는 글 쓸 시간을 충분히 확보할 수 없다는 현실적인 이유로 포기할 수밖에 없었다. 그렇게 해서 서평 대상에는 결과적으로 내게 비교적 친숙한 책(혹은 저자)들만 남았다. '생각, 시대를 바꾸다'라는 거창한 제목 아래 계획한 연재가 점차 '생각, 세대를 바꾸

269 앞의 글, p. 174.

다'에 가까워지고 마침내 '우리를 읽은 책들'로 좁아 든(?) 데에는 그러한 속사정이 있었다. 물론 그 '우리'가 엄연히 특정한 세대에 속해있고, 그 세대가 특정한 시대를 살아왔다는 점에서—이윤영과 나는 둘 다 1980년대에 대학을 다녔고 2000년대 이후 사회 활동을 시작했다—'우리를 읽은 책들'은 어떤 세대의 생각에 큰 영향을 미치고 바로 '그럼으로써' 한 시대를 바꾼 책들이기도 하다.

이 책에서 다룬 번역서는 외국만이 아니라 국내에서도 그 가치를 높이 평가받고 여태껏 의미 있게 읽히는 외국 저자의 책들이라는 공통점을 지닌다. 내가 대학 교육을 받고 파리 유학 생활까지 했던 1980-90년대가 국내외에서 '프랑스 이론'의 전성기이기도 했던 터라, 번역서 목록에서 프랑스 책들의 비중이 상대적으로 크다. 그런데 번역서의 서평은 당장 책의 가독성 자체가 떨어지는 경우가 많아 쉽지 않았다. 이해가 어렵거나 인용이 필요할 때 원문을 일일이 대조하느라 든 시간만 해도 적지 않았다(독일어나 이탈리아어 원서의 경우에는 부득이 영역본을 참고했다). 그저 번역이 매끄럽지 않은 수준을 넘어 원문을 심하게 훼손한 책까지 있었다. 이 모든 것을 '번역은 반역'이라거나 '제2의 창작'이라는 듣기 좋은 상투어로 적당히 뭉개고 넘어갈 수는 없는 노릇이다. 그러니 나로서는 서평을 쓰며 국내 번역서와 번역 작업이 안고 있는 여러 문제점을 새삼 돌아보지 않을 수 없었다.

이윤영과 내가 둘 다 몇 권의 번역서를 펴낸 경험이 있다 보니, 국내 학계와 출판계의 번역 문화에도 관심이 많은 편이다. 나는 부족하나마 번역문화연구 혹은 번역사회학이라 할 만한 학술적 작업을 나름대로 시도한 이력도 있다.[270] 내가 번역서의 질, 형태, 맥락, 의의에 관한 이런저런 이야기를 서평에 자주 담게 된 것도 그러한 관심과 작업의 배경에 있는 근본적인 문제의식 때문이었을 것이다. 그러니까 이국의 저자들이 쓴 어떤 중

---

270 이시윤, 이용승, 「서구 사회 이론 수용 연구의 토대: 라몽, 번역사회학, 그리고 '더 부르디외적인' 접근」, 『한국사회학』 57권 2호, pp. 51-88 참조.

요한 책들의 (종종 지각되거나 인식되지 않는) '물질성'과 '역사성'이 '지금 여기 우리'의 담론과 지식을 어떻게 틀 짓게 되는가, 나아가 그 과정에서 피할 수 없는 시차, 이접과 변용, 혼종성과 재맥락화, 불충실한 독해와 창조적 배반 같은 현상들이 국가 간 불평등한 지적·문화적 흐름 안에서 어떤 의미를 지니는가 하는 질문 말이다.

그런데 서평에 배어있을 이러한 '문화연구자적' 시선의 이면에는 제대로 말해지지 않은 또 다른 결의, 다분히 개인적인 감상 역시 존재한다. 프루스트식으로 말해, 번역이란 낯선 언어를 쓰는 책-친구와 진실한 우정을 맺(도록 해주)는 활동이라는 것이다. 책과의 우정이 갖는 중요한 특징 한 가지는 바로 친구가 될 수 있는 사람의 시공간적 범위가 무한히 확장 가능하다는 데 있다. 책을 매개로 우리는 다른 시대, 다른 나라의 사람들과도 진정한 우정을 나누는 친구가 될 수 있다. 좋은 번역은 그러한 우정의 효과적인 촉매제이자 사려 깊은 중개자이다. 그것은 책-친구와 나의 시공간적·언어적 거리를 좁히는 한편, 그의 맥락과 나의 맥락을 예측 불가능하게 뒤섞는다. 그것은 그 자체로 (역자에 의한) 하나의 '읽기'이자 '대표적인 읽기'이며, 온전한 의미에서 '창조적 읽기'일 수밖에 없다. 이런 관점에서 좋은 번역은 아마도 "동일성 안에 내재적인 타자성, 동일한 것의 또 다른 변전"이라는 우정의 정의에 충실할 것이다.[271] 그것은 책-친구를 그대로 따라 하면서 그와 닮은 듯 다른 어떤 존재가 될 테고, 친구를 충실히 뒤좇아 가며 마침내 그가 없는 어떤 곳에 다다를 터이기 때문이다.

프루스트는 이 과정을 모범적으로 구현한 독자-번역자라고 할 만하다. 쓰는 언어도, 사는 지역도 달랐던 러스킨의 사유, 취향과 생활 방식에까지 깊은 매력을 느꼈던 프루스트는 번역이라는 가장 꼼꼼한 유형의 독해를 통해 역설적이지만 러스킨으로부터 빠져나왔고, 그를 반박하는 서문까지 쓰게 되었다. 주목하지 않으면 안 될 것은 이 서문에서 프루스트가

---

271 Giorgio Agamben, *L'amitié*, Paris: Payot & Rivages, 2007, p. 34.

자신의 유년 시절 추억을 생생하게 되살려냈다는 점이다. 달리 말해, 「독서에 관하여」는 그가 1909년부터 쓰기 시작한 대작 『잃어버린 시간을 찾아서』의 단초를 마련한 텍스트인 셈이다. 이처럼 프루스트가 '독서'와 '번역'으로써 증명한 러스킨에 대한 우정은 자기 자신을 다시금 '창조적인 저자'로 변화시킨 의미심장한 계기였다. 번역서들에 대한 평을 쓰면서 내가 '집단적 독자-번역자'로서 우리 지식사회도 프루스트처럼 될 수 있지 않을까 하는 희망을 품지 않았다면 거짓말일 것이다. 사실 그러한 희망도 없이 쓰이는 번역서 비평이라면 무슨 존재 가치가 있을까.

이제 사사로운 일화 하나로 이 두서없는 후기를 마무리 짓자. 서평을 쓰는 내내 이윤영과 나는 매번 원고와 관련해 두세 통씩 (때로는 장문의) 이메일을 주고받곤 했다. 서평의 대상이 된 책이나 상대방의 서평에 대한 감상을 담은 이 글들은 우리가 서로에게 가지고 있는 신뢰를 결코 수다스럽지 않게 표현하는 방식이기도 했다. 내가 여기 실린 서평들이 여러모로 우정의 산물이라고 생각하는 이유이다.

우리를 읽은 책들

지은이 이윤영, 이상길

처음 펴낸 날 2024년 5월 1일

펴낸이 주일우
편집 배노필
디자인 cement

펴낸곳 이음
출판등록 제2005-000137호(2005년 6월 27일)
주소 서울시 마포구 월드컵북로1길 52, 운복빌딩 3층
전화 02-3141-6126
팩스 02-6455-4207

전자우편 editor@eumbooks.com
홈페이지 www.eumbooks.com
인스타그램 @eum_books

ISBN 979-11-90944-86-1(03800)
값 17,000원

*
이 책은 저작권법에 의해 보호되는 저작물이므로
무단 전재와 무단 복제를 금합니다.
*
이 책의 전부 또는 일부를 이용하려면 반드시
저자와 이음의 동의를 받아야 합니다.